うたかた姫

原 宏一

祥伝社文庫

目次

序幕　消滅

二十分遅れで区民会館の視聴覚室に駆け込むと、劇団員八人が車座になって押し黙っていた。いつもなら体馴(からだな)らしもそこそこに立ち稽古(げいこ)に入っている頃合いなのに、深刻な面持(おもも)ちで口を閉ざしている。

「ごめん！　徹夜で劇伴(げきばん)を仕上げてたんで」

とっさに亮太(りょうた)は頭を下げた。

劇伴とは芝居の伴奏音楽のことで、亮太は『劇団ゆうまぐれ』の座付き音楽担当として楽曲作りに追われていた。この小劇団の芝居には歌やダンスのシーンが山ほどあるため曲数が多く、午前九時ジャストに稽古開始、と念押しされていながら遅刻してしまった。

「いや、違(ちげ)えんだよ」

カジが苦笑いした。本名の梶浦(かじうら)からカジと呼ばれている看板役者。亮太と同じ二十七歳だが、頭をつるつるに剃(そ)り上げたスキンヘッドのためか歳上に見える。

「じゃあ、またおばさんに怒鳴(どな)り込まれたのか？」

遅刻のせいじゃなかったことに安堵して問い返した。以前、別の区民センターでダンスの稽古中、隣室で着付け教室をやっているおばさんに、ドタバタうるさいのよ！　と怒鳴り込まれて出禁を喰らったことがある。今度はだれが怒鳴り込んできたのか。

「いやそれも違くて、おれたち終わりなんだ」

「終わり？」

肩まであるロン毛を揺らして亮太が首をかしげると、役者兼脚本担当の楓子が眉間に皺を寄せ、

「劇団消滅」

真っ赤に染めたショートヘアを掻きむしった。

「消滅って、じゃあ公演はどうすんだよ」

毎年恒例の春公演が二十日後に迫っている。

「当然中止」

いつも不機嫌そうな楓子だが、今日は輪をかけてピリついている。

「マジかよ、時間がないって急かされたから全曲仕上げてきたんだぜ！」

亮太が声を荒らげると、

「でけえ声だすなって、おれたちだって困ってんだ」

カジになじられた。

「けど、なんで消滅なんだ？」

「代表が逃亡」

楓子がチッと舌打ちする。

「代表が？」

言われてみれば、劇団代表にして演出担当の角谷(かくたに)が車座の中にいない。

「なんで急に逃げたんだよ」

「あたしが聞きたいよ！」

怒鳴りつけられた。楓子は夜の歌舞伎(かぶき)町でソフトＳＭの女王様のバイトをやっている。女王様って体じゃなくて演技力と演出力を売る商売だから、劇団女子向きの高額バイトなの、だそうで、そのためか、ときどきＳ口調になる。

かわりにカジが口を開く。

「何があったか知らねえけど、とにかく突然、代表が逃げちまったから公演は中止。劇団も消滅。それ以上でも以下でもねえ」

吐き捨てるように言った途端、若手の女役者、玲奈(れな)が憤然とした面持ちで立ち上がり、ポニーテールをなびかせて視聴覚室を飛びだしていった。

こういうときは女のほうが踏ん切りをつけるのが早いのだろう。残り二人の女役者も玲奈に続き、それを見た男役者も一人、きまり悪そうに腰を浮かせ、そそくさと後を追っていく。

残ったのはカジと楓子と亮太、そして若手役者の慶一郎だけ、と思ったら慶一郎もまた立ち上がった。五分刈り頭に、マッチョな体。若手にしては気骨のある役者だと思っていたのだが、結局、こいつも去っていくのか。まあ仕方ないか、と見守っていると、不意に慶一郎が、

「おれ、春公演やりたいっす！」

勢い込んで声を上げ、亮太たちを焚きつけるように続ける。

「今回の楓子さんの本って、傑作だと思うんすよ。だからおれ、大学の先輩の伝手を辿って出版社とかテレビとかの人に、ぜひ観にきてほしい、って声かけてたんす。この芝居は、おれたちが認められる最大のチャンスなんすよ。この際、演出も楓子さんがやれば上演できると思うし、いきなり中止なんて絶対にもったいないっす！」

慶一郎が言う〝本〟とは脚本のことだ。亮太的には傑作は言いすぎだと思うが、まあ面白いといえば面白い。亮太の音楽がなかなかの仕上がりになったのも、脚本に引っ張られたところが大きいだけに、このままお蔵入りは確かにもったいない。

物語は、潰れかけた音楽事務所の社長の思いつきからはじまる。破れかぶれの社長は、天賦の才のかけらもない素人娘を天才シンガーソングライターのごとく見せかける奇妙な演出を仕掛け、伝説の天才歌姫として世に知らしめていく。やがて世間の人たちはまんま

と騙され、前代未聞の熱狂が巻き起こる、といった流れのミュージカル仕立ての喜劇だ。芝居のタイトルは〝うたかた姫〟。主役の名は〝姫花〟。初めて脚本を渡されたときは、その馬鹿馬鹿しい展開に、くっだらねえ、と亮太は内心苦笑したものだった。ところが、いざ稽古が進むにつれて、さっき飛びだしていった玲奈が演じる姫花に不思議な存在感が生まれはじめ、馬鹿馬鹿しさを超えたドラマが立ち上がってきた。しかし、それは脚本の力というよりは玲奈の演技力に負うところが大きいだけに、

「ただ問題は、玲奈が戻ってくれるかどうか、だよな」

亮太は眉根を寄せてロン毛を掻き上げた。あの憤怒に満ちた様子からして、そう簡単には戻ってくれない気がする。

それでも慶一郎は前向きだった。

「玲奈はおれが説得します。楓子さんの脚本を無駄にしたくないんすよ」

「無理無理」

楓子が一蹴した。

「けど玲奈は」

「そうじゃなくて、お金がないの」

バイト生活の劇団員が苦労して持ち寄った公演費用を、角谷代表に持ち逃げされたのだという。下北沢の小劇場の使用料も、稽古場使用料も、舞台製作費も、チラシの印刷費も

そっくり全部、かっさらわれてしまった。

「冗談じゃないっすよ。だったら警察沙汰にして取り戻そうじゃないすか」

「それも無理」

ネット検索したら、持ち逃げ事件は、たとえ相手方を捕まえたとしても、金は借りただけ、と主張されたら簡単には立件できない。だから警察は、被害届の受理すら渋るらしい。

「うーん」

慶一郎が唸った。楓子がそこまで調べていようとは思わなかったが、亮太もまた言葉を失っていると、

「だったら、こうしねえか？」

しばらく黙っていたカジが身を乗りだした。みんなの目がカジに集まる。

「おれ、最初から思ってたんだけど、この脚本って、リアルでやれるんじゃねえかと思ってよ」

「は？」

楓子がきょとんとしている。

「リアルな世界でフェイクの天才歌姫、姫花を売りだしてひと稼ぎしちまえば、公演なんか何度だって打てるじゃねえか」

にやりと笑って、三人の顔を見回す。すかさず慶一郎が切り返した。

「けど、ラストはどうするんすか？　リアルに人が死んだら、それこそ警察沙汰っすよ」

そう、この脚本のラストでは人が死ぬ。人が死んで初めて物語は完結する。

「いや、それは」

カジは一瞬、言葉に詰まったものの、スキンヘッドをつるりと撫でつけ、

「つまんねえ心配すんなって。ラストは楓子センセイに変えてもらえばいいんだし、とにかくやってみようぜ。でなきゃ、おれたちの頑張りがパーになっちまうんだから、それこそマジでもったいねえだろが」

違うか？　とまた三人の顔を見回した。

第一幕　田嶋節子

カラオケの仕事をはじめて早いもので三年になる。

いや、カラオケ店の従業員をやっているわけじゃない。カラオケ用の伴奏音楽を東京高円寺にある自宅で録音し、カラオケ制作会社に納品する仕事だ。かつて亮太がバンド活動で頑張っていた頃、たまたま知り合った音楽関係者に紹介されてしぶしぶ引き受けたのだが、その仕事ぶりがなぜか気に入られたらしく、気がつけば三年も続いている。

「それって、どうやってやるの？」

初めてこの話を聞いた人からは必ず問い返されるが、仕事はすべて自宅で完結する。

まずは最新のヒット曲を〝耳コピ〟、つまり耳で聴いてコピーする。エレキギター、ベース、ピアノ、ドラムス、ストリングスなどなど、すべてのパートを把握したら、入力用の鍵盤を使って、それぞれのパートをパソコンの音楽ソフトに録音していく。少なくとも六、七パート、多いと十パート近くになることもあるが、原曲を忠実に再現する必要はないから、臨機応変にアレンジを施し、パートを増減したりしながら仕上げていく。

すべてのパートを録り終えたら、最後にミックスダウンという作業に入る。各パートを録音したトラックの音質や音量のバランスを整えながらステレオ2チャンネルに落としたら、あとはカラオケ会社にメール送信して仕事は完了する。

「なんか大変そうだね、何日かかるの？」

これも〝あるある質問〟だが、小学生時代からピアノを習っていたおかげか、亮太には絶対音感が備わっている。複雑な和音やメロディも一発で聴きとれるから、さくさくと耳コピして、どんどん録音していけば、一曲当たり三、四時間、一日二、三曲は送信できる。忙しいときは徹夜して五、六曲送ることもできるため、劇団員がよくやる居酒屋のバイトなどに比べたら遥かに稼げる。小劇団に関わりながらもワンルームマンションに暮らし、多少とも貯金があるのもそれゆえで、けっこう恵まれているほうだと思う。

ただもちろん、自分で作曲するわけでも、人前で演奏するわけでもないから、印税やツアー収入が入ってくるメジャーのアーティストとは比べものにならない。それでも、当面はカラオケ仕事でこつこつ稼ぎながら劇伴の仕事で名を売り、ゆくゆくは映画やテレビのサウンドトラックを手掛ける本格派の作曲家になりたい。そんな夢を抱いているからこそ職人的なカラオケ仕事も続けていられるわけで、その意味で『劇団ゆうまぐれ』が消滅してしまったのは残念でならない。

そもそもこの小劇団は、大学時代の演劇サークルからはじまった。亮太の二つ上の角谷が、プロになろう、とサークル仲間だったカジと女子大から客演していた楓子を誘い、大学をさぼってバンド活動に明け暮れてプロを目指していた亮太にも、劇伴を頼む、と声をかけてきた。正直、最初は乗り気でなかったのだが、断りきれずに手伝ったところ、これが意外に面白かった。こういうプロもありかも、といつしか本気でのめり込むようになっていただけに、今回の劇団消滅は、突如、梯子を外された気分だった。

だが、くよくよしていても仕方ない。ここで挫けては何のために音楽に打ち込んできたのかわからない。ピンチはチャンスと気持ちを切り替え、再び亮太は精力的に動きはじめている。

旧知の伝手を辿ってレコード会社のプロデューサーや音楽事務所の制作担当、音効さんと呼ばれるテレビの音響効果担当に声をかけ、自作曲のデモ音源を配りまくる。こうした地道な努力を積み重ねていれば、きっと新たな道が拓けるはずだ。そう信じて前向きに頑張りはじめたのだが、そんなある日の深夜、カジから電話があった。

早いもので劇団消滅の日から一か月半ほどが過ぎ、季節は移ろい初夏を迎えている。その間、カジとはすっかり疎遠になっていたが、急にどうしたのか。訝りながら応答すると、

「いよいよ、はじめっぞ」

開口一番、告げられた。

「は？」

「姫花のリアル売りだし作戦、〝フェイクプロジェクト〟を決行するって言ってんだよ」

亮太は失笑した。劇団消滅の日にぶち上げた突拍子もない話。あのときは亮太も楓子も慶一郎も呆れ返り、カジを無視してさっさと別れたのだが、当の本人はいまだその気でいたらしい。

「おまえ、まだそんな馬鹿なこと言ってんのか」

「馬鹿なことって言い草はねえだろう。これでも着々と準備を進めてきたんだぞ」

「マジかよ」

「ああ、マジもマジ、大マジだ。やると言ったらやる。それがおれのポリシーだ」

「けど玲奈はオッケーしたのか？」

「いや、玲奈には断られた。慶一郎が説得するって言ってたから頼んだら、あっさり振られちまった。しょうがねえから、おれも電話して口説いたんだが、やっぱアウト」

舞台の役ならまだしもリアル姫花って、頭、大丈夫？　と笑われたそうで、

「だったら、どうしようもないじゃん」

思わず亮太も笑った。

「だが、それで諦めるおれじゃねえ。実はここんとこ、バイトの合間にいろんな街に出掛けて姫花向きの女を探してたんだよな。そしたら、たまたま船橋の駅前で、小型のシンセ

を弾きながら歌ってる打ってつけの女を見つけてよ」

「船橋って、千葉方面まで足延ばしたのか」

「そりゃ大事な主役を見つけるためだ、都心から一時間圏内は、ほぼほぼ網羅(もうら)した。ただ、いまいちピンとくる女がいなくて時間がかかっちまったが、ついに船橋で運命の出会いを果たしたってわけよ。そんときはアニソンばっか歌ってたから通行人は素通りしてたけど、この女を姫花に仕立て上げれば、玲奈よりも嵌(は)まる。そう直感したもんだから、その場で声かけて、改めて会いたい、って名刺を渡してきたわけよ」

「おまえ、名刺なんて持ってたっけ？」

「作ったんだよ、音楽事務所『カジ企画』のやつを」

「カジ企画って、そこまでして世間を欺(あざむ)くつもりかよ」

「欺くなんて人聞きの悪いこと言うな。いまどき音楽業界じゃ、キャラづけして売りだすなんて当たり前だろうが。悪魔キャラのメタルバンドもいれば、宇宙から舞い降りたロック王子、なんてキャラづけしたシンガーもいる。天才歌姫キャラでデビューさせてどこが悪い」

　物は言いようというやつだが、それにしても安直すぎる。芝居の世界も厳しいが、音楽業界だってそんなに甘くはない。

「なあカジ、この際、はっきり言うけど、頑張る方向を間違えてないか？　芝居で食っていきたいなら、そっちで頑張るのが本筋だろう」

「それは違えって。おれたちは本筋で頑張ってたら足元をすくわれちまったんだぜ。そのリベンジのためにも、まずは芝居に打ち込めるだけの資金作りからはじめなきゃ頑張ろうにも頑張りようがねえだろうが」

「それにしたって」

「あと二年だ」

「は？」

「おれたち、三年後には三十路に突入だよな。てことは、残された時間は、たった二年しかねえ」

　意味がわからなかった。

「わかんねえかなあ、二十代と三十代とじゃ世間の見る目がまるで違うんだよ。もし失敗して、どこかに就職してやり直すにしても、ぎりぎり二十代ならなんとかなるけど、三十路になったらお先真っ暗だ。おれたちはもう、そこまで崖っぷちに追い詰められてんだよ。だからこそ、あと二年と期限を切ってやろうって言ってんだ。せっかく好きなことをやりたくて頑張ってきたのに、資金がねえばかりにぐずぐず燻ってたら、あっというまに三十超えだ。それで亮太は納得できんのか？　いつまでもカラオケの耳コピ屋なんかやってるよか、二年間と期限を決めてフェイクプロジェクトに賭けたほうが、よっぽど前向きだと思わねえか？」

「けど、たった二年でそんなにうまくいくかな」

「楓子の脚本を信じろよ。おまえだって、せっかくの脚本がもったいねえって言ってたろう。おまえの曲にしたってそうだ、このままお蔵入りじゃ、それこそもったいねえだろが」

「ただ、芝居と現実とじゃ、まるで違うし、ラストの問題だってある」

「だから、現実に合わねえところは随時修整しながら進めてけばいいって言ったろうが。失敗を恐れてたら何にもできねえし、要は、やるかやらねえかの二者択一だ。二年間、ガチで突っ走ってドカーンと一発当てて、つぎのステップに踏みだそうじゃねえか。楓子と慶一郎も船橋の彼女に会うって言ってくれたんだから、おまえも来てくれよ」

「え、楓子と慶一郎も会いにいくのか？」

「もちろんだ」

信じられなかった。慶一郎もそうだが、まさか楓子までもがそんな話に乗るとは。

「そう驚くなって。とにかく話は着々と進んでんだから、亮太も彼女に会ってやってくれよ。会ってみれば、おれが見初(みそ)めた理由がきっとわかるはずだし、な、頼む！」

深夜の高円寺駅は雨に濡れていた。

　ここ数日、東京は五月晴れが続いていたのだが、梅雨の予兆なのか、今日は夕方から急に降りだし、やがて本降りになってしまった。

　すでに終電間近の時間とあって、駅南口のロータリーには、傘を差して帰宅を急ぐサラリーマンや若者がパラパラと行きかっている。

　カジに指定されたカラオケ屋はロータリーの目の前にある。亮太と楓子は高円寺在住、カジは東中野、慶一郎は野方、と全員が周辺の街に住んでいるため、みんなに便利なこの店を選んだらしい。

　派手なネオン看板を灯した七階建てビルの一階を覗いてみると、早くも帰宅を諦めた人たちが受付に並んでいる。もちろん亮太もオール覚悟だ。本当はもっと早い時間にしてほしかったのだが、楓子の女王様バイトの関係上、深夜しかダメだそうで、結局、こんな時間に姫花役の女に会うはめになった。

　やっぱ、きっぱり断るべきだったかもしれない。いまさらながら後悔した。楓子たちも会いにくると言われて、とりあえず会うだけなら、とつい約束してしまったが、いざ会ってしまったら引くに引けなくなる気がしてきた。

　かといって、ここでドタキャンしても角が立つ。どうしたものか、と急に憂鬱な気分になってカラオケ屋の入口で躊躇していると、携帯電話が震えた。カジからだった。

「おい亮太、また遅刻かよ。こっちはとっくに部屋に入ってんだから、頼むぜ」

そう言われてしまうと、行かないわけにもいかなくなる。

おれって、相変わらず断り切れないやつだ、と自分に苦笑した。そもそも小学生時代にピアノを習いはじめたのは、隣家の娘さんに誘われて断り切れなかったからだ。学生時代にバンドをはじめたのも、キーボード奏者がいなくて困ってる、と泣きつかれたからだし、カラオケ仕事をはじめたのも、劇伴の世界に引っぱられたのも、断り切れない性格ゆえだった。

いつまでも、こんなおれでいいんだろうか。そう思うと自分に嫌気が差すが、それでも、抗いきれずにエレベーターに乗り込み、指定されたカラオケルームに入ると、カジがスキンヘッドを左右に揺らして乃木坂46を歌っていた。

奇しくも以前、亮太がアレンジして納品した楽曲だった。録音するときは、いつもシンセの音色に工夫を凝らしているから一発で自分の仕事だとわかるのだが、そのサウンドに合わせてカジ流にダンスの振りまでつけている。

傍らのソファには楓子と慶一郎が座っている。能天気に歌っているカジに呆れてか、しらけた面持ちだったが、亮太の顔を見るなり楓子が席を立ち、いきなりカラオケマシンのスイッチを切った。

「なんだよ、これからサビなんだぜ」

カジが文句を言った。

「サビどころじゃないよ。その女、ほんとに来るの？」

十分ほど遅刻した亮太よりも遅れていることに苛ついているらしく、ビールでも飲まないとやってらんない、とメニューを見はじめる。

「まあ待てって。船橋の娘だから都内は不案内なんだよ」

楓子を制してマイクを置いた途端、ドアが開いた。

「おお、よく来たな」

カジが猫なで声を発し、ようやく現れた女を迎え入れた。

後頭部をわかめちゃんのごとく刈り上げた、きのこヘアの女だった。化粧っけのない色白の下膨れ顔に、きょとんとした丸い目と太い眉。こんな服、どこで売ってんだ、と聞きたくなるような水玉模様のワンピースを着ている。

年の頃は、よくわからない。身長百五十センチにも満たないと思われる小太りの体形からして、高校生、いや中学生だろうか。その背中には身の丈ほどもある長方形のソフトケースを背負っている。どうやらシンセを入れているらしく、部屋に入ってくるなり、よいしょと床に置く。

「おれが発掘した姫花だ」

カジに紹介された。本名は田嶋節子という昭和っぽい名前だそうだが、この娘を姫花と呼ぶには見た目と姫花という名前にギャップがありすぎる。

いささか呆気にとられたが、当の節子は挨拶するでもなく、ぼんやりと突っ立っている。その目の焦点は定まっていない。どこを見ているのか、何を考えているのか、ぽわんとした面持ちで口を閉ざしている。カジのほかに三人もいたことに驚いているのか、あるいは何か気に食わないことでもあるのか、愛想のアの字もない。

これにはカジも慌てたらしく、

「あ、と、とにかく座ってくれるか」

ソファに促すと、節子は無言のままどすんと腰を下ろした。

「どうだ、なかなか可愛い娘だろ？」

取り繕うようにカジが言い添えたが、亮太たちはまだ呆気にとられていた。

こんな娘を天才シンガーソングライターに仕立てるなど、まずもって無理だ。内心嘆息しながら慶一郎に目を向けると、彼も同じ思いなのだろう、ひょいと肩をすくめてみせる。

その微妙な空気を察したカジが、フォローするように節子に笑いかけた。

「今日はオーディションだって言っといたから、緊張してんだよな」

それでも節子は口を閉ざしている。すると楓子が尋ねた。

「ねえ、いくつなの？」

幼子に問いかける口調だったが、それが奏功したのかもしれない。

「はたち」

　初めて節子が言葉を発した。やけにざらついた声色だった。ハスキーというよりは、酒焼けしたスナックのママのごとくざらついた声で、見た目と名前に加えて、さらなるギャップを覚える。なのに楓子ときたら、

「あなた、二十歳なの？」

　そっちに驚いている。そのリアクションにカジが相好(そうごう)を崩(くず)した。

「おれも最初はびっくりしたんだけど、この見た目なら十六って言われても通用するだろ？　そこも彼女に目をつけたポイントなんだよな」

　やけに得意げな物言いだったが、実際、脚本中の姫花は十六歳。そこで舞台では童顔の玲奈をキャスティングしたものの、いくら童顔とはいえ二十三歳の玲奈が十六歳を演じるのは思いのほか難しく、役作りにはかなり苦労していた。その点、節子は役作りなどしなくてもその歳に見える。まさに打ってつけだろ？　とカジは言っているのだった。

「けど歌は？」

　楓子がたたみかけた。

「おお、そうだった。節子、好きな曲でいいから、一曲歌ってみてくれるか」

　カジの振りに、節子がこくりとうなずいた。

　ぽわんとしていても一応、言うことは聞く娘らしい。ソフトケースからシンセを取りだ

して専用スタンドにセットし、ピアノの音を選んでから鍵盤に向かった。

亮太は身を乗りだした。芝居のときは、亮太が録音したピアノ演奏に合わせて玲奈が弾く真似をする演出だったが、リアル世界でやるとなればそうもいかない。それもあってカジはピアノが弾ける節子に声をかけたのだろうが、果たしてどれほどの腕前か。

亮太たちが注目する中、節子は相変わらずぼんやりした面持ちのまま、きょとんとした丸い目を宙の一点に向けていたかと思うと、唐突にシンセを弾きはじめた。

素朴な演奏だった。ジャーン、ジャーン、ジャーンと両手で和音を押さえるだけの、とりあえず弾けなくはない、といったレベルで、シンプルなイントロに続いて節子は歌いだした。

〽こんなこといいな　できたらいいな
　あんなゆめ　こんなゆめ　いっぱいあるけど

噴きだしそうになった。船橋駅前ではアニソンを歌っていたと聞いていたから、てっきり『残酷な天使のテーゼ』とか『前前前世』とかの定番ものかと思っていたのだが、よりによって懐かしき『ドラえもん』の主題歌。しかもその歌声は、スナックママの酒焼け声を一オクターブ高くしたような喉の奥から絞りだすようなハイトーンで、途轍もなく脱力感に満ちたドラえもんになる。

「うーん」

亮太は唸った。もちろん悪い意味でだ。

たとえフェイクの天才歌姫だろうとも、それなりの歌唱力がなければ役として成立しない。だから舞台では、ピアノは弾けなくても歌唱力が突出している玲奈を配役した。ましてリアル世界で演じるとなれば、人並み以上の歌唱力なしに世間など欺けるわけがない。

なのにカジときたら、節子が脱力系のドラえもんを歌い終えるなり真っ先に拍手を送り、

「意外といけてるだろ？　声にちょっとハスキーが入ってて、いい味だしてるしよ」

得意げに鼻を膨らませている。

やっぱ今夜は来るんじゃなかった。改めて亮太は後悔した。慶一郎と楓子も憮然とした顔でいる。こんな娘によく声をかけたものだと、二人もカジの眼力のなさに呆れているのだろう。

一方で、何も知らずにやってきた彼女も可哀想になる。デビューしたい一心とはいえ、得体の知れないスキンヘッド男の名刺につられて、のこのこ深夜のカラオケ屋にやってくる無防備さに危うさを感じた。断り切れずに足を運んだ亮太も人のことは言えないが、自分の実力を自覚しろ、と説教のひとつも垂れたくなる。

いずれにしても、これ以上、彼女に関わり合っては彼女のためにもならない。終電はなくなったが、ここはタクシー代を握らせて帰らせるべきだ。船橋までだとすると、けっこうかかるだろうが、声をかけたカジに負担させればいいし、それでカジとは縁を切ろう。

そう思い至った亮太は、ロン毛に手櫛を入れながら、どう切りだしたものか考えていると、楓子がふと顔を上げて言った。

「ねえ節子ちゃん、ビール飲もっか」

飲みが終わったのは、うっすらと夜が明けはじめた朝四時半過ぎだった。

始発電車が動きはじめるタイミングを見計らってカラオケ屋を後にして、高円寺駅前ロータリーで散会。楓子とカジと節子の三人は、肩を並べて高円寺駅に向かって歩きだした。

だが亮太は、三人に続こうとした慶一郎の筋肉質な肩を摑んで耳打ちした。

「飲み直そう」

断られる覚悟で誘ったのだが、慶一郎はあっさりうなずき、そのまま二人で逃げるようにして駅から離れ、赤提灯を灯した二十四時間営業の居酒屋に入った。

この時間、店内には、すでに出来上がった客しかいなかった。早朝らしからぬテンションで管を巻いているサラリーマンやテーブルに突っ伏して寝入っている若者などが数人。

店の売上げには貢献しそうにない客たちを尻目に、ワンオペ勤務の男性店員は暇そうにテレビを眺めている。

その店員にレモンサワーと煮込みを注文して久々の仕事を与えると、亮太は奥のテーブル席で慶一郎と向かい合った。カラオケ屋でもピザをつまみにビールやハイボールを飲んだものの、あまり酔えないでいた。

「しかし驚いたなあ」

改めてレモンサワーで乾杯して亮太は切りだした。

「姫のことっすか？」

慶一郎が首をかしげた。カラオケ屋で飲むうちに節子のことは、姫花を略して姫と呼ぶようになっていた。

「いや姫もそうだけど、楓子にはもっと驚いてさ」

「ああ、そっちっすか」

「正直、おれとしては今夜でカジとは縁を切って、フェイクプロジェクトから逃げようと思ってたんだよな。なのに、楓子までその気になっちまったとはなあ」

実際、ビール飲もっか、と楓子が言いだしたときは、とりあえず姫に一杯奢(おご)って丁重にお引き取り願うつもりだろうと亮太は思った。ところが、いざ飲みはじめると楓子は率先して、これからどうやって姫を売りだしていくか、真顔で語りだした。

これには困惑して、姫がトイレに立った隙に楓子を問い詰めた。

「なあ、楓子もマジでやるつもりなのか？」

「もちろん」

即答された。

「けど、あの歌唱力だぜ」

あのスナックのママ声は耳障りなだけで、ちっとも心に響かないし、玲奈の歌声には到底及ばない、と言い添えると、

「てかあたし、歌唱力はそこそこでいいと思うんだよね。上手いというよりは、聴く人に味わいがあると思わせられる程度の歌声で十分」

玲奈の歌は、むしろ上手すぎた、とまで言う。

「それにしたって、あんなぽわんとした娘に天才は演じきれないだろう。天才っていうより天然だし」

「けどそこは演出の腕次第だと思うの。今回、演出もあたしにまかせるってカジが言ってくれたから、だったらどうにかなると思ったわけ」

だよね、とカジに微笑みかけている。それでも亮太は納得できなかった。

「いや、どうにかなるかなあ。あの天然っぷりからして勘も悪そうだし」

「んもう、いちいち難癖つけないでよ。あたしの脚本がもったいないって亮太も言ってた

じゃん」

「だからそれは、あくまでも舞台の話で」

「舞台だろうとリアルだろうと、あたしの脚本でカジに勝手なことされても困るじゃない。脚本を書いた人間として、ここはちゃんと責任を取りたいの」

「だけど」

言いかけたところに姫がトイレから戻ってきて議論は断ち切られたが、そこまで楓子がやる気になっていたことに驚いた。

「あの楓子が、なんで引きずり込まれたんだろうなあ」

亮太はレモンサワーを喉に流し込み、はあ、と嘆息した。カジの馬鹿げた思いつきに、賢い彼女がなぜ乗ってしまったのか。わけわかんないよな、と愚痴っぽく言い添えると、慶一郎が怪訝そうに聞く。

「もしかして亮太さん、知らないんすか？」

「何を？」

「楓子さん、いまカジさんと同棲してんすよ」

声をひそめる。カジが東中野のアパートを引き払い、楓子のところに転がり込んだのだという。

「マジか」

「やっぱ知らなかったんすね」

「ていうか、なんで慶一郎は知ってんだ」

「玲奈に聞いたんすよ」

「玲奈に？」

「おれ、カジさんに頼まれて、リアル姫花を演じてくれないかって説得に行ったじゃないすか。そんときにぶっちゃけ話を聞いたんすよ。女子の噂話ネットワークって、すごいっすからね。ちなみに、もともと楓子さんが角谷代表と同棲してたことは知ってますよね」

「それも知らない」

「亮太さん、意外と疎いんすねえ」

苦笑いされた。ＳＭ嬢のバイトでけっこう稼いでいる楓子のもとに角谷代表が転がり込み、いわばヒモ状態で暮らしていたそうで、楓子と代表は内緒のつもりでいたようだが、劇団員の間では公然の秘密になっていたという。

「だから今回、代表が逃げたって聞いたとき、楓子さんとひと悶着あったに違いないって全員が思ったんすよ。要は、痴話喧嘩の挙げ句に春公演がパーになったわけで、だから玲奈たちは呆れて、とっとと逃げちゃったわけで」

「ああ、そういうことだったんだ」

本当に知らなかった。同じ劇団員でも劇伴担当の場合、稽古が終わったらすぐ自宅に戻って曲作りに没頭しなければならない。稽古後に誘い合って飲みに行く機会もめったになかったから、そうした内輪の噂話にはからっきし弱い。

「なのに楓子は、今度はカジと同棲してるわけだ」

「だからそこなんすよ。玲奈の話だと、実はカジさんが楓子さんをつまみ食いしたらしいんすよね。それに気づいた代表が怒り狂って劇団の金をパクって逃げちゃった。それがきっかけで、最初は火遊びだった楓子さんとカジさんが急接近して、いまやカジさんがヒモ状態になってるらしいんすね。もうどろどろっすよ」

「そうか、それで楓子もカジのプロジェクトに乗っかったわけか」

「まあ突き詰めたら、そういうことでしょうね」

「ったく冗談じゃないぜ。結局、全部が全部、やつらの色恋沙汰のせいってことだろ？だったらわかった。そういうことなら、おれたちもとっとと逃げちまおう」

亮太がいきり立つと、いや、そうもいかないんすよ、と慶一郎が頭を掻く。

「今回の件は、おれが脚本を無駄にしたくないって言いだしたのがきっかけだし」

「それは関係ないだろう」

「玲奈のことだって、おれが説得するってカジさんに大見得（おおみえ）切ったのに、あっさり断られちゃったし」

「それも関係ない」

「けど、そこまでやったのに、いまさら逃げちゃうのもあれじゃないすか。だったらこの際、カジさんたちと一緒にガチでフェイクプロジェクトに取り組んで、がっつり稼いだほうがいいと思うんすね」

「なに言ってんだよ、慶一郎まで取り込まれちまったのか？　あんな天然娘を主役にして、がっつり稼げるわけないだろう」

「でも逆に楓子さんは、彼女が天然だから扱いやすいって判断して、やる気になったと思うんすよね。馬鹿と天才は紙一重とか言うじゃないすか。楓子さんの脚本があれだけしっかりしてるんすから、おれと亮太さんが気合いを入れてバックアップすれば天然娘でもどうにかなると思うし、とにかくマジでがっつり稼ぎたいんすよ。玲奈との約束もあるし」

「約束？」

　思わず問い返すと、はっとしたように慶一郎が口をつぐんだ。つい口が滑ってしまったらしく、戸惑い顔でレモンサワーの残りを飲み干し、しばらく考えてから亮太の目を覗き込んできた。

「内緒の話なんすけど、おれ、玲奈と新しい劇団をつくることにしたんすよね。この前会ったとき、ちゃんとした芝居をやりたいから一緒にやろうって誘われて。だから、そのためにも金がほしいんすよ。がっつり稼いで、金の心配のない新劇団を立ち上げて、今度こそ玲奈が主役のミュージカル仕立ての芝居をでっかい劇場で上演したいんすよ」

　亮太は鼻白んだ。それが本当の目的だったか。新劇団を立ち上げること自体は悪くないが、そのためにフェイクプロジェクトに加担するなんて本末転倒もいいところだ。

　なのに慶一郎はたたみかける。

「おれ、今回の亮太さんの楽曲、すごいと思うんすよ。姫花用に作ったあの曲なら、天才が創造した楽曲として世の注目を浴びることは間違いないし、楓子さんの脚本とコラボすれば、リアル姫花はきっと売れるっすよ」

「いや、でも」

「ここは流れに乗るところっすよ。亮太さんだって、このままじゃ終われないじゃないすか。がっつり稼いだ暁には新劇団を立ち上げて、亮太さんにはぜひ劇伴をお願いして、玲奈と三人で一気に世に出たいんすよ。そのためにも多少のことには目を瞑って、気合いを入れてプロジェクトに参加して思いきり稼ごうじゃないすか！」

第二幕　フェイク発動

午後八時過ぎ、姫はカラオケルームに入ってくるなり無言でシンセのスタンドを立てはじめた。

今夜もまた小太りの体に水玉模様のワンピースをまとい、きのこヘアを揺らしながら、のそのそと作業している。

亮太は舌打ちした。挨拶だけはちゃんとしろ、とカジからも何度か叱られているのに、いまだにまともな挨拶ができない。もはや文句を垂れるのも面倒臭かったが、

「挨拶は？」

ぴしりと声をかけると、姫は悪びれることなく、おはようございます、とざらついた声を返してきた。

ったくもう。相変わらず、ぽわんとした態度でいる姫には苛つかされるばかりで、この調子で今夜もレッスンしなければならないかと思うと、うんざりしてくる。

それでなくても楓子からは、きっちり期限を切られている。

「まずは早々に、あたしの脚本通りフェイク動画を撮らなきゃならないから、五日間で楽曲指導を終わらせてくれるかな。その後の五日間で立ち稽古をやったら、すぐ本番のロケ撮影に入るから、よろしく！」

本番ロケを終えたら即座に動画を編集し、一日でも早く動画サイトにアップする段取りだから、ぐずぐずしていられないという。

以来、亮太と姫は、高円寺のカラオケ屋で連日のように歌唱レッスンに励み、これで四回目になるのだが、姫はいまだに楽曲をマスターしていない。メロディは意外に早く覚えてくれて、ピアノの伴奏もそこそこ弾けるようになったのに、なぜか歌詞だけ覚えられない。

ロケ現場で歌詞は見られないことになっている。カンペも出せないだけに、暗記して完璧に歌えなければならないのだが、何度練習しても途中で詰まったり間違えたりする。これではとても明日からの立ち稽古に間に合わない。そんな切羽詰まった状況とあって、今夜は徹夜してでも歌詞を叩き込むつもりでやってきた。

ただそうなると、カラオケ料金も馬鹿にならない。これまで四回レッスンしたぶんに加えて今夜はオールとなると、それなりの金額になる。しかも、こうした経費は当面、メンバー四人がそれぞれ仮払いして、いずれ儲けが生まれたらカジ企画が清算する約束になっている。おまけに、動画撮影後もレッスンは続くから、亮太の仮払いはまだまだ続く。

それは姫も同様だ。スカウトされたのに給料なしの出世払いだとカジから言い渡され、船橋からの電車代は自腹を切っている。なのにカジときたら、

「これでも良心的なほうなんだぞ。無給の新人から高えレッスン代まで搾り取る芸能事務所が当たり前にあるんだから、とにかくおれが言う通りやれば絶対に売れるから頑張れ！」

と発破をかけ、姫もそれで納得したのか何も言わずに高円寺までやってくる。

天才キャラで売りだす、という方針も、姫はあっさり受け入れたそうで、ぽわんとした印象通り何も考えていないのだろうが、いずれにしても、ここは乗り切らざるを得ない。成りゆきとはいえ、カジたちの同調圧力に負けて引き受けてしまったからには、いまさら投げだすわけにはいかない。

いつになく憂鬱な思いに駆られていると、姫がシンセの準備を終えた。

「じゃ、早速はじめようか。今夜こそ『うわばみ』をきっちり仕上げるからね」

亮太は講師面して告げた。

『うわばみ』とは、姫花が初めての動画撮影で披露する楽曲で、彼女のデビュー曲になる。楓子の脚本の中でも、姫花の運命を左右する重要な劇中歌だから、しくじるわけにはいかない。

〜叩きつけろ拳　焚きつけろ白目
犠牲の彼方に転がる　放浪にけじめをつけ
怠惰な仮面の裏側に　喰らいつくなり
死んだ私を舐めて　舐めて　舐めて

これが楓子が書いた歌詞だ。はい、これ、と渡されたときは、あまりの難解さに途方に暮れたものだった。なにしろ、何度読み返しても意味が理解できない。

まず第一に、女の気持ちを歌っているのか、男の気持ちを歌っているのか、そこがわからない。姫花は女だから〝死んだ私を舐めて〟という表現からすると女の気持ちっぽいが、だとすると冒頭の〝叩きつけろ拳〟がそぐわないし、〝焚きつけろ白目〟も意味不明だ。男女を超越した感覚を歌っていると解釈できなくもないが、それも不自然だ。

となると、性別は関係なく、人生の壁にぶち当たった若者に向けたメッセージソングなんだろうか。〝犠牲の彼方に転がる　放浪〟というフレーズに、病める若者の心象風景が投影されている気もしなくはないが、じゃあ〝死んだ私を舐めて〟は何を主張しているのか。何かの隠喩だろうか。悩める現代の若者に直截なエロスを突きつけ、本能に根ざした覚醒を促しているのか。

とまあ、一番の歌詞を読んだだけでも謎だらけなのに、続く二番に目を移すと、また違う様相を呈してくる。

〽飼い慣らした砂漠　糞まみれの餌
怒濤のソバージュよ　たおやかに断罪し
失墜した嘲笑に　背くふりして
怯む私を叩け　叩け　叩け

これまた難解なフレーズのオンパレードだが、だれかを弾劾しているのだろうか。堕落した個人、愚かしい権力者、あるいは先鋭化したイデオロギーや汚れた宗教に向けて警告を発している、とも読めなくはないから、メッセージソングというよりはプロテストソングだとも考えられる。と思ったら続く三番も、また別の切り口で綴られていて、これほど整合性のない歌ってありなのか、読めば読むほど頭は混乱するばかりで、ますますわからなくなる。

歌詞の意味がわからなければ曲想だって浮かぶわけがない。といって、作者の楓子に聞くのもためらわれた。やだもう、こんな歌詞も理解できないの？　と小馬鹿にされるのも悔しいし、じゃあどうすればいいのか。

さすがに頭を抱えたが、結局は、おれの感性では太刀打ちできないと悟り、

「これって、どういう意味なんだ？」

恥を忍んで楓子に聞いてみた。

「どういう意味だと思う？」

上目遣（づか）いに問い返された。

「いやその、メッセージソングでありながらプロテストソングでもある奥深さは感じるんだけど、なんかこう、よくわからない」

恐る恐る答えると、

「あたしもわかんない」

くすくす笑っている。

「は？」

「ていうか、もともと意味なんて考えないで適当に作ったやつだし」

「適当って、それはないだろう。歌詞の意図がわからなきゃ曲なんかつけらんないし」

意地悪すんな、と言い返したものの、意地悪なんかじゃない、と楓子は続ける。

「あの歌詞を作るときは、いろんな本から意味ありげな言葉を拾ってカードに書きだしたのね。それをシャッフルして歌詞っぽく組み合わせただけだから、そもそも意味なんかないの」

「けど、そんなんでいいのか？」

「もちろん、いろんな意味に読めるように、言葉の組み合わせには注意を払ったし、その点は苦労したけど、マジで意味なんかどうでもいいの。なんとなく天才が作った歌詞っぽくなってれば、それで十分だし、実際、亮太も謎めいた印象を受けたわけでしょ？　だから曲のほうも、いかにも天才が作りそうな難解っぽい曲になってれば十分だし、あとは玲奈が思わせぶりに歌い上げてくれれば、聴いた人がいいように解釈してくれるはず」

「いや、だけど」

「とにかく、それでいいんだって。だって、これってそもそもフェイクの〝即興パフォーマンス〟に使う楽曲じゃん」

あんま思い詰めないでよ、と肩をすくめられた。

即興パフォーマンスとは、劇中で路上ライブに立った姫花が、通りすがりの人たちから自由にテーマを投げかけてもらい、たった三分でテーマに即した楽曲を完成させ、即座に歌ってみせる、という一幕だ。ただし、テーマを与える通りすがりの人はサクラだ。投げかけるテーマはあらかじめ決まっていて、楽曲も事前に用意されている。それを姫花が、あたかもアドリブで創作したごとく三分後には滔々と歌い上げる。その天才っぷりに仕込みの通行人が目を瞠り、拍手喝采が湧き起こる、という自作自演シーンなのだが、その一部始終を撮影して動画サイトに公開したところ世界に拡散しはじめた、というストーリー展開になっている。

「だから何度も言うけど、このシーンの楽曲には、歌詞にも曲にも天才っぽい匂いさえあれば十分なの。肩の力を抜いてチャチャッと作っちゃってよ」

そう指示されたものだから、最後は開き直って現代音楽を意識したアグレッシブな楽曲に仕上げたのだったが、ただ、ひとつ忘れてならないのは、その時点ではあくまでも舞台用の即興パフォーマンスだったことだ。ところが今回、それをリアル世界で実行することになったわけだから厄介(やっかい)この上ない。

早い話が、何の意味もない歌詞にわざと難解なメロディをつけた楽曲に、姫は感情移入しなければならないのだ。これでは歌詞がなかなか入らなくて当然な気もする。玲奈は手練(てだ)れの役者だから芝居の流れで思わせぶりに歌いこなしたが、素人の天然娘には、どう気持ちを込めていいかわからないのではないか。

それでも、もはや船は出航してしまった。多少の無理は承知で、今夜こそ根性を決めて歌いこなしてもらわなければ、カジも楓子も納得しないだろうし亮太としても困る。

「じゃ、まずは通しで歌ってみてくれるかな」

シンセに向かった姫に指示すると、そのとき、姫の背後のドアが開いた。

「おう、頑張ってっか？」

スキンヘッドのカジだった。続いて楓子も入ってくる。

姫がぽかんとしている。突然の二人の登場にどう対応していいかわからないのか、目を丸くしたまま固まっている。

「あら、びっくりさせちゃった？　ちょっと差し入れを持ってきただけだから大丈夫よ」

楓子がケーキ屋の箱を姫に手渡し、レッスンが終わったら食べてね、と言い添える。

途端に姫がふにゃりと頬(ほお)を緩めた。おそらくは姫の仕上がりを心配して二人で見学にきたのだろうが、当の姫はケーキに釣られて相好を崩している。

いつも何を考えているかわからない姫だが、こういうところはわかりやすい。やっぱ二十歳の女子だな、と亮太も微笑ましい気持ちでいると、姫がふと色白の下膨れ顔を引き締めてシンセを弾きはじめた。

『うわばみ』のイントロだった。早速、歌を披露しようと思ったらしく、亮太が腐心(ふしん)して紡(つむ)いだミディアムテンポの不可思議な和音が、ぽろろんぽろろんと奏でられる。

亮太たちは無言でソファに腰を下ろした。それを待っていたかのように、姫がざらついたハイトーンボイスを喉の奥から絞りだした。

〽抱きついて拳　巻きつけて白く
既成の体に軽々　抱擁(ほうよう)にけじめをつけ
大河の川辺の対岸に

「ちょ、ちょっと待て！」

慌てて亮太は歌を止めさせ、

「なあ、わざと間違えてんだろう」

ソファから立って姫に詰め寄った。

「違う」

姫がぽつりと答えた。

「いいや、わざとだ。あんだけ練習したのに、そんな間違え方をするわけないだろう」

作詞した楓子の手前もあって語気を強めてみせると、

「けど、おれはいいと思ったけどなあ」

カジが割って入ってきた。

「どこがだ？」

「そんな怖い顔すんなよ。この歌のポイントは、姫の歌が天才っぽく響くかどうか、そこだよな。その意味からすれば、かなり天才っぽかったと思うんだ。おれが見込んだ通り、姫の声には得体の知れない存在感がある。亮太が作った小難しいメロディを、ざわざわした高音で歌い上げられると、わけわかんねえ言葉にも途轍もなく深い意味があるように聴こえてくる。ここまで出来上がってれば言葉なんてどうでもいいんだ。どうせ楓子が適当に作った歌詞なんだし、姫が歌いやすいように変えて歌っても全然かまわない」

その調子で頑張れ、と姫を励ましている。

「けど、楓子の歌詞は尊重しなきゃダメだろう。仕込みの通行人がテーマを投げかける段取りなんだから、それとズレちゃったらヤバいし」

亮太の反論に、そんな細けえこと気にすんな、とカジは笑った。

「テーマなんてもんは、そもそも漠然としたもんだし、どうにでも解釈できる。なんとなく合ってるような気がすりゃ、それでいいんだって」

「いや、楓子はあえて適当に作ったって言ってるけど、実際は、いろんな意味に解釈してもらえるように苦労して言葉を組み合わせてるんだよ。勝手に変えたら、その意図が台無しだろう」

そうだよな、と楓子を見た。すると、しばらく黙っていた楓子が口を開いた。

「亮太は考えすぎだよ。あたしもカジと同じで、これでいいと思う。姫の声って亮太のややこしいメロディにピタッと合うから、歌声から天才感が滲みだしてくるんだよね。歌詞がちょっとぐらい違ってたって感性に響いてくるっていうか、一度耳にした人は病みつきになるはずだから、姫、歌詞なんか好きに変えちゃっていいからね」

当の作詞者にそう言われてしまうと、亮太も言葉に詰まる。どう切り返したものか考えていると、いつまでガタガタ言ってんだ、とばかりにカジがパンッと手を打ち、

「よし！　歌がここまで仕上がってれば、明日からの立ち稽古もバッチシだ！」

頼んだぞ、と姫を煽り立てる。

それでも亮太は釈然としなかった。芝居の脚本と現実を摺り合わせて修整する必要性はわからなくないが、本当に姫の歌はこのままでいいのか。あっけなくカジに同調してしまった楓子に納得がいかなかった。

これもカジと懇ろになったせいだろうか。楓子の自宅にカジが転がり込んでヒモ状態だと慶一郎は言っていたが、いつもピリピリして感性の塊みたいだった楓子が、そんな男に飼いならされてしまったのか。ちょっとばかりがっかりしていると、

「ねえカジ、明日の立ち稽古は延期する」

唐突に楓子が言いだした。

「おいおい、いつそんなこと決めたんだ」

カジが戸惑っている。

「いま決めた。その前にやらなきゃならないことがあるって気づいたの」

「前日になってそれはないだろう」

「とにかく延期するから段取りし直して。演出についてはあたしが決めるって約束したじゃん」

一転して、きっぱり言い放ち、

「それと亮太、明日にでもやってほしいことがあるの」

今度は亮太に指示する。

「明日？」

「そう。今回の演出をいろいろ考えたんだけど、やっぱ路上ライブの通行人役が足りないから、玲奈たちを連れ戻してほしい」

「けど玲奈たちには断られたんだよな？」

カジに確認した。こくりとうなずいている。玲奈が承諾しないのであれば、ほかの元劇団員だって戻ってくれるわけがない。

「それでも彼女たちが必要なの」

「そんなこと言ったって、慶一郎とカジが頼んでも断られたんだから無理だろう」

「亮太だったら説得できると思うの。あたしたち役者とは立ち位置が違うし、玲奈とはけっこう仲良く歌唱レッスンやってたじゃん。新しいキャストを探すとなったら半年ぐらいすぐ過ぎちゃうけど、玲奈たちがいれば、いますぐ立ち稽古に入れる。だからお願い。このプロジェクトの成否は亮太にかかってるの。明日にでも会って説得してきて！」

「でもそれは」

亮太は天を仰いだ。

そのとき、亮太たちのやりとりをぼんやり眺めていた姫が、手土産のケーキの箱をがさごそ開けはじめた。歌を止められたまま放置されて待ちくたびれたのだろう。何も言わずに箱の中の苺ショートをぐいと手づかみすると、もしゃもしゃ食べはじめた。

翌日の午後、亮太は一人渋谷へ向かった。

玲奈に会うためだ。

昨夜遅くにメッセージアプリで、話したいことがある、とメッセージを送って感触を探ったところ、夕方から居酒屋のバイトだから、午後だったら、と思ったより簡単に承諾してくれた。

会ったところで、正直、説得できる自信はない。それでも、新劇団のことも考慮して会ってくれるだろう、と良いほうに解釈して電車に乗ったのだが、どう説得したらいいのか。いまだに口説き文句が浮かばない。車窓を流れる東京の街を眺めながら、あれこれ考えたものの、結局、渋谷に着くまで何も思いつかなかった。

こうなったら当たって砕けろだ。もし説得できない場合はフェイクプロジェクトが立ち行かなくなるだけだし、それはそれで亮太には好都合だ。かといって、亮太が説得に失敗したせいで頓挫した、と楓子たちに恨まれても厄介だ。ではどうしたらいいのか。最悪、玲奈に断られたら、じゃあ新劇団の劇伴はやらない、と開き直ろうか。

最後はそう腹を括って、約束のカフェで待っていると、玲奈が姿を現した。

「久しぶりですね、亮太さん」

ポニーテールのほつれ髪を整えながらテーブルに着き、にっこり微笑む。服装は白シャツにジーンズのバイト仕様だが、劇団の主演女優を張っていただけに笑顔が眩しい。華奢なようでいて、めりはりのついた女性らしいボディラインは、そこにいるだけで周囲の目を惹き、カフェの中がパッと明るくなる。

「で、話って？」

店員に紅茶を注文するなり問われた。

「フェイクプロジェクトのことはカジと慶一郎から聞いたと思うけど、実は今回、楓子が正式に演出担当になったんだ。で、楓子の意向を受けて改めて頼みにきた。フェイク動画を撮るときに、玲奈も含めた元劇団員に通行人役を頼みたいんだ」

ここはきちんと事情を話すべきだろう、と判断して言葉を選びながら伝えると、玲奈の返事は思いがけなく早かった。

「いいですよ」

「え、いいんだ」

思わず目を剝いてしまった。そのリアクションが可笑しかったのか、玲奈はくすくす笑った。

「そんなに驚かれると困っちゃいますけど、引き受ける理由は三つあります。一つめは、今回は姫花役じゃなかったから。姫花役は舞台でしかやりたくなかったけど、通行人なら別です。二つめは、楓子さんが演出担当になって楓子さんからオファーされたと、いま聞いたから。はっきり言って、カジさんは大嫌いだから彼発信のオファーは断ったけど、楓子さんがリアルな現場でどんな演出をするか興味があるし、あたし、これからも楓子さんと繋がってたいんです。そして」

言葉を切って玲奈は紅茶を啜り、

「そして三つめの理由は、実は、これが一番大きいんですけど、亮太さんを失いたくないから」

亮太の目を覗き込んでくる。くっきりとした黒目に見つめられてドギマギしていると、玲奈は続ける。

「あたしと慶一郎が新劇団を立ち上げる件は、慶一郎から聞きましたよね。あたしたち、今後もミュージカル仕立ての芝居を続けたいからそう決めたんですけど、そのためには亮太さんの助けが必要なんです。ぜひ一緒にやってもらおうね、って慶一郎と話してたんです」

「いや、そう言われるのは嬉しいけど」

「まあ聞いてください。あたし、亮太さんと歌唱レッスンをしてたとき、ものすごく楽しかったんですね。役と音楽がピタッと融合して芝居に大きな広がりが生まれる。そんな音の魔術を自在に操れる才能と組める幸せっていうか、あたしの役者人生にとって亮太さんは欠くことのできない人だと思ったんです。なのに、ここでオファーを断ったばかりに、新劇団の劇伴はできない、って突き放されたら困っちゃうじゃないですか」

思いがけない言葉だった。そこまで玲奈が見込んでくれていたのかと面映ゆい気持ちでいると、たたみかけられた。

「だからとにかく、亮太さんと組みたいんです。それを大前提に、楓子さんも脚本家兼演出家として新劇団に招くつもりなんですけど、そのきっかけになるのがフェイクプロジェクトの失敗だと思うんですね」

「あ、玲奈は失敗すると思ってるんだ」

「もちろんですよ。慶一郎は、成功して儲かったら新劇団の資金になる、なんていう甘い考えでいるけど、フェイクプロジェクトは間違いなく失敗します。舞台の芝居ならともかく、現実の世界でフェイク動画を流したぐらいで、そう簡単にブレイクできるわけないじゃないですか。けど、その失敗のおかげで楓子さんは、カジさんの呪縛から解き放たれると思うんですね」

「カジの呪縛？」

「そう。だって楓子さんはいま、カジさんの呪縛に嵌まって隷従してるじゃないですか」

「けど慶一郎からは、カジが楓子女王様のヒモになってるって聞いたけど」

それからすると、カジが楓子に隷従していることになる。

「それは違います。亮太さん、ＳＭの本質を理解してないでしょう」

「は？」

「ふつうの人は、ＳＭってＳのほうが強い立場だと思ってるけど、ほんとはＭのほうが強いんですよね」

主導権はあくまでもＭが握っていて、Ｍが喜んでくれることは何なのか、Ｓがとことん忖度して尽くしまくっている。そんな倒錯した力関係が成立した結果、ＳとＭの不可思議な関係が生まれるのだという。

「だからいま、楓子さんはカジさんに抗えないんです。もともとは角谷代表とそういう関係だったけど、何かの理由で楓子さんは代表を見限ってＭ男が取って代わったんですね。だから楓子さんがカジさんの呪縛から解き放たれない限り、あたしたちは新劇団に招けないし、その絶好の時期がフェイクプロジェクトに失敗したときだとあたしは考えてるんです」

亮太を諭すように言うと、玲奈はまた紅茶を啜った。

目から鱗もいいところだった。女王様キャラのはずの楓子が、調子こいて突っ走るカジになぜ同調したのか、亮太には謎だった。それでいて一転、女王様に戻って亮太を仕切りはじめたりもする切り替えの早さにも戸惑っていたのだが、そんな力関係が働いていようとは思わなかった。

それでも、玲奈がオファーを受け入れてくれたことには、ほっとした。玲奈以外の元劇団の若手役者、女二人と男一人にも声をかけて、フェイク動画の立ち稽古に参加すると玲奈は約束してくれた。三人の若手役者もいずれ新劇団に入る予定だから、まず大丈夫、と請け合ってくれたのだが、そうと聞いてようやく亮太は気づいた。

早い話が玲奈と慶一郎は、元劇団から角谷代表とカジを外したメンバーで新劇団を立ち上げようとしている。そういうことなのだった。

日暮里駅で山手線を降り、常磐線の快速電車に乗り換えた。この電車に乗るのは二度目になるが、三十分ほどで千葉県の柏駅に着くから、午後六時の待ち合わせにはどうにか間に合いそうだ。

玲奈の承諾を得てから十日。高円寺駅から程近い高円寺中央公園で立ち稽古を繰り返し、一昨日には柏駅前を現地視察して、いよいよ今日、ぶっつけ本番のロケ当日となった。

もともと姫は船橋駅前で路上ライブをやっていたから、船橋でやるのかと思っていた。ところが、姫の地元だけに友人知人と出くわす可能性がある。彗星のごとく現れた天才歌姫、という設定を成立させるには、ほかの場所がいいと判断したカジは、姫と出会った晩にネット検索して、同じ千葉県の柏駅東口、通称〝ダブルデッキ〟と呼ばれるペデストリアンデッキに目をつけた。

　決め手は許可が下りやすいことだった。都内の新宿や渋谷ではまず許可が下りないし、オーディションがあったり抽選だったりする場合もある。それが面倒で無許可ライブを敢行(かんこう)する連中も多いらしいが、警察の目に留まれば引っ張られるから、今回、そんなリスクは負いたくない。

　その点、柏駅前はネット申請して登録証をもらえば、だれでも演奏できる場所とあって、素人ミュージシャンが日々腕を競(きそ)い合い、通りがかりの人たちも路上ライブ慣れしている。これぞ天才歌姫のデビューにふさわしい場所だと直感したカジは、速攻で登録申請書を送っておいた。すると、つい先週、あっさり登録証が郵送されてきたそうで、

「おれもなかなか手回しがいいだろ？」

　カジが得意げに見せてくれたものだった。

　実際、一昨日の現地視察でも、カジの言葉通り、柏駅東口は天才歌姫のデビューに打ってつけの場所だった。夕暮れどきのダブルデッキはストリートミュージシャンと観客たちで賑(にぎ)わい、その熱気に後押しされてプロの世界に巣立っていったミュージシャンも多いらしい。

　ただ逆に言えば、ここで受け入れられなければフェイクプロジェクトの成功はない。そ

んなプレッシャーもあって、ここにきてカジと楓子はピリついているが、いまや亮太は、なるようにしかならない、と開き直っている。当初は音楽だけのはずだったのに、いざ立ち稽古になったら、

「ただ立ってるだけでいいから、あなたも手伝って」

と楓子に指示されて通行人役に駆りだされるはめになったことも含めて、もはやどうにでもなれ、という心境だった。

午後六時。薄暮の柏駅東口のダブルデッキ前にそびえ立つ、家電量販店ビルのエントランスに入ると、玲奈はひと足先に着いていた。

「お待たせ」

ロン毛を掻き上げながら亮太が声をかけると、ポニーテールにミニスカート姿の玲奈が、

「会いたかった！」

笑顔で飛びついてきた。

仰天(ぎょうてん)した。玲奈とは現地視察でも会ったのだが、こんな馴れ馴れしい態度ではなかった。でも、よくよく考えてみれば、午後七時スタートのロケ撮影では玲奈と二人で、通りがかりの恋人役を演じることになっている。それを見越して周囲の人たちに不自然な印象を与えないよう早くも役作りに入っているのだろう。めずらしく香水を薫らせた玲奈はラ

ブラブな恋人のようにべたついてくる。

それならば、と亮太も恋人さながらに玲奈と腕を組み、

「みんなは？」

いちゃつくように耳元に囁きかけた。

「もう来てる」

玲奈もまた小声で囁き返し、ダブルデッキの左右に目線をやる。

姫の路上ライブは家電量販店ビルの正面でやる予定だが、その右手の階段際にはカジと慶一郎が人待ち顔で佇んでいる。左手のファッションビル前には玲奈が声をかけてくれた元劇団の若手役者、萌絵と亜希子がOLっぽいファッションでスタンバイし、さらに東口改札付近には建設現場帰りの若者に扮した若手役者の尚人も待機。そして主役を演じる姫は、MC役の楓子とともに駅ビルのカフェに入り、午後七時開始の本番に向けて最後の打ち合わせをしているはずだ。

そんなみんなをよそに、亮太は一人、鼻の下を伸ばしていた。高円寺中央公園での立ち稽古のときも玲奈と恋人役を演じてはいたのだが、いざ本番当日となると玲奈の役者魂がそうさせるのだろう、待機している間も愛しげに身をすり寄せてくる。演技とわかっていても、甘い香水に鼻先をくすぐられるほどに男の本能が疼き、つい胸が高鳴ってしまう。

そうこうするうちに午後六時半になった。今日もきのこヘアに水玉模様のワンピース姿

で小型シンセを背負った姫と、大きなキャリーケースを引いた赤毛の楓子が駅ビルから出てきて、家電量販店ビルの真正面で立ち止まった。そこが一昨日、みんなで決めた演奏場所だった。

いよいよだ。亮太は玲奈の体温を左腕に感じつつ、路上ライブの段取りに意識を戻す。姫がシンセのスタンドを立てはじめた。もうじき路上ライブの本番だというのに、相変わらずぽわんとした面持ちでセッティングしている。

何を考えているんだろう。ふと思った。姫の物腰からは不安も野望も懸念も疑念も、感情というものが微塵も伝わってこない。

「あなたは芝居なんてしなくていいの。素のままで振る舞って好きなように歌っていれば、それで十分だから」

立ち稽古のとき、楓子は何度も姫に言い聞かせていたが、それで本当に大丈夫だろうか。いまさらながら心配になる。

「大丈夫だって。姫は、いい具合に頭のネジが緩んでるっていうか、一本抜け落ちてっから、妙に芝居なんかしねえほうが天才っぽいんだよな」

カジはスキンヘッドを撫でつけながら笑い、やっぱおれの勘に狂いはなかったなあ、と悦に入っていたものだった。それでも亮太は、姫がどんな思いでこの場に向き合っているのか気になった。シンセと録音用マイクのセットも淡々と終えて、楓子のキューを待っているその姿を見やるほどに不安が募る。

一方、楓子はカメラのセッティングに励んでいる。本番の撮影は、デジタルカメラ一台と携帯二台。それぞれに三脚を立てて回しっぱなしにしてライブの一部始終を録画する。いまどきは、ほかのストリートミュージシャンもセルフの動画撮りが当たり前だから、通行人たちも見慣れた光景として楓子の作業を眺めている。

やがて三台の動画カメラを回しはじめた楓子は、キャリーケースから自作の垂れ幕を取りだし、手製のスタンドにたらりと吊り下げた。

『三分間で即興ソングを歌います！

テーマください！　姫花　十六歳』

傍らの譜面台には小ぶりなホワイトボードが置かれ、

『天才歌姫に歌わせたいテーマをどうぞ！』

とマーカーで書かれている。

セッティングが終わったところで、楓子は姫に目配せし、暮れなずむダブルデッキを行きかう人たちにMC口調で呼びかけた。

「初めまして！　十六歳の天才歌姫〝姫花〟が、柏駅東口のダブルデッキに初登場します！」

ここでの路上ライブは、拡声機材が使用禁止だから精一杯の生声で伝えたのだが、そこは芝居の舞台で鍛(きた)えてきた楓子だ。渾身の第一声は、思わぬ迫力で響き渡った。

亮太と玲奈は、恋人よろしく腕を組んで家電量販店ビルを後にした。二人とも興味深そうな顔つきで姫がいる場所へ向かう。

実年齢二十歳にして十六歳と紹介された姫だが、化粧っけのない下膨れ顔のためか、不思議と違和感がない。その姫から五メートルほど離れた場所まで近づくと、楓子がタイミングを見計らい、第二声を発した。

「即興ソングのテーマは、ここにいるみなさんに決めてもらいます！　どんなテーマでもけっこうです、若き天才歌姫のために、どんどんテーマを投げかけてください！」

これまた脚本通りの台詞を口にしたところで亮太と玲奈が、面白そうじゃん、とばかりに姫の前で足を止める。

それを合図にファッションビル前で待機していたOLコンビ、萌絵と亜希子もキャッキャと笑い合いながら、こっちに歩いてくる。東口改札付近にいる尚人も、歩きはじめているはずだ。亮太は玲奈といちゃいちゃしながら姫に注目する。そのとき、人待ち顔で階段際に立っていたカジがカメラを意識しながら姫に歩み寄ったかと思うと、

「不条理！」

声高にテーマを投げかけた。のっけからハードルが高すぎるテーマだが、いきなり姫に難問を突きつけてみせる脚本の通りの台詞で、

「はい、それでは第一のテーマは〝不条理〟！」

すかさず楓子が復唱し、ホワイトボードに記入する。

これに触発されたかのように、亮太といちゃついていた玲奈が、ふと頬に手を当てて考え込む素振りを見せてから、元気よく声を発した。

「情動！」

「情動？　なんか哲学っぽい言葉が出てきましたねえ」

楓子は苦笑すると、

「では、第二のテーマは〝情動〟！」

声を張ってボードに記す。その直後に、慶一郎が階段際を離れ、ニヤニヤ笑いながら姫に歩み寄り、

「お持ち帰り！」

大喜利のお題さながらの軽い言葉を投げかける。これもまた楓子は平然とボードに書き記し、

「はい、〝お持ち帰り〟もいただきました！　となるとテーマは三つなので、この際、三つのテーマを織り込んだ即興ソングを作ってもらいます。それでは姫、シンキングタイム三分！」

と姫に無茶振りする。

しかし姫は動じることなく、ぼんやりと宙を見やりながら考えている。そのとき、萌絵と亜希子が姫のそばに辿り着いてはしゃぎ声を上げた。

「これ即興って、ヤバくない？」

物めずらしげに立ち止まった二人につられたのだろう、通りがかりのＯＬたちも、まんまと足を止める。

それが契機となって若者や会社員風の男たちも集まりはじめた。ボードに記された〝不条理〟〝情動〟〝お持ち帰り〟という十六歳の少女にそぐわない珍妙なテーマを眺めながら、

「ちょっと可哀想だよなあ」

「マジ無理じゃね？」

口々に言い合っている。

思いがけなく順調な滑りだしだった。高円寺中央公園の立ち稽古のときは、こんな簡単に人を集められるかな、と心配したものだった。かといってダブルデッキでリハーサルをやるわけにもいかない。やっぱぶっつけ本番でやるしかない、と腹を括って臨んだのに、想像以上の集客力に気をよくしていると、

「さあ、シンキングタイム終了！　それでは、三つのテーマを盛り込んだ即興ソング、十六歳の姫花が歌います！」

　楓子が宣言した。

　姫を囲んでいる観衆が静まり返った。ＭＣを終えた楓子が一台のカメラを三脚から外し、集まった人たちを手撮りで撮影しはじめる。つぎの瞬間、姫がゆっくりと鍵盤に手をかざしたかと思うと、ぽろろん、ぽろろん、と穏やかにイントロを奏ではじめた。

〽突き放し罵倒（ばとう）　巻きつけてしばき
不条理の彼方に宿る　刹那（せつな）に噎（むせ）び泣き
まやかしの仮面引き剝がし　唾吐きつけ
汚れし愛に喚（わめ）け　喚け　喚け

　亮太は耳を疑った。その歌声たるや、いつものざらついたハイトーンボイスに、伸びやかな艶（つや）と突き抜けた凄みが加わっている。そこに生声ならではの力強さも相まって、転調につぐ転調の複雑なメロディと溶け合い、不可思議な情感が胸に刺さってくる。

　歌詞からもまた不可思議な凄みが伝わってくる。そもそも三つのテーマは、楓子が書いた元の歌詞を〝男女の情愛の不条理〟と無理やりこじつけてカジたち三人が投げかけたものだが、元の歌詞と違ってもかまわない、好きなように歌え、と亮太は指示した。その指示を姫がどう解釈したのか、楓子のＳＭ気質を見抜いたかのごとく、倒錯した境地を歌詞に盛り込んでまとめ上げた。それでいて三つのテーマもさらりと織り込まれているから、耳を鷲摑みにする歌声と相まって不可解な後味が残る。

なのに歌っている当人は、どうにも摑みどころのない、ぽわんとした童顔だ。そのアンバランスさが、なおさら不可解さを増幅し、足を止めた人たちは、だれもが食い入るように姫を見つめている。

まさか姫が、ここまでのパフォーマンスを繰り広げてくれるとは思わなかった。役者にもミュージシャンにも、いざ本番となると、ふだんの実力以上に輝く人がいるものだが、いまの姫はまさにそれだった。

これは面白くなってきた。亮太がほくそ笑んでいるうちにも姫の歌は二番に入り、さらなる凄みをアピールしたところでシンセの間奏に移る。

待ちかねたようにカジが叫んだ。

「天才だぜ!」

三台のカメラを意識した、わざとらしい第一声に続いて、玲奈と亮太のカップル、人待ち顔の慶一郎、そしてOLコンビの萌絵と亜希子も、

「天才!」

「マジ天才!」

「天才!　天才!」

つぎつぎに歓声を上げ、拍手を送る。

あまりの盛り上がりに煽（あお）られて、ほかの観衆からも拍手が沸き起こる。願ってもないリアクションに後押しされて、間奏を弾き終えた姫が三番を歌いはじめる。その瞬間、突如（とつじょ）、甲高（かんだか）いしゃがれ声が響き渡った。

「ダメだダメだ！　天才天才って、安っぽいこと抜かしてんじゃねえ！」

脚本にはない台詞だった。

え、と亮太が振り返ると、白髪（しらが）の爺さんがいた。まだ宵（よい）の口（くち）だというのに、その手にはワンカップ酒が握り締められ、すっかり出来上がっている。

第三幕　町屋(まちや)の翁(おきな)

朝寝をしていると電話が鳴った。

枕元で鳴り続ける携帯を摑んで時間を見る。午前十一時過ぎだった。

「もしもし」

寝ぼけ声で応答するなり、

「亮太！　頼んだカラオケ、どうなってんだ！」

怒鳴りつけられた。岡本(おかもと)氏の声だった。いつもカラオケ仕事を請け負っているカラオケ制作会社の担当者なのだが、どうしたんだろう。

今回、岡本氏から請け負ったのは四曲。締め切りギリギリの昨日、夜半に録音しはじめ、朝方にようやく完成して送信したのだが、

「あの、届いてないんですか？」

通信障害でも起きたんだろうか。

「馬鹿野郎！　いま出社して聴いたら、何だこれは！　安っぽいアレンジしてんじゃねえ

よ！」

「いや、いつも通りちゃんとやったつもりですけど」

「はあ？　たった六パート重ねただけで、いつも通りってか？」

「ていうか、今回は音の厚みよりも、シンプルな音作りで印象づけようと思ったんですよね」

諫めるように釈明した途端、

「シンプルな音作りだと？　こんなのは、やっつけ仕事ってんだよ！　いまどきカラオケだってクオリティを重視しないと客が納得しないいってのに、舐めてんじゃねえ！」

十二時半までに修整して送れ！　と吐き捨てられた。

やれやれだった。このところは姫のレッスンからはじまって立ち稽古、現地視察、本番路上ライブと、ほぼ毎日プロジェクトの件でバタバタしていた。おかげでカラオケ仕事が後回しになってしまったこともあり、より効率よく仕上げるために装飾的なブラスやストリングスは思い切ってカットした。ベーシックな伴奏のみでサクッと小気味よくまとめたつもりだったのだが、お気に召さなかったようだ。

ただ、十二時半までにと言われたが、今日は正午に約束がある。いつもの高円寺のカラオケ屋に出向いて、楓子とカジとともに動画を仕上げなければならない。

柏駅前の路上ライブは、突然の乱入者のせいで不本意な幕切れになった。だからといって、せっかくカメラ三台で撮影した素材を無駄にしたくない。

「やっぱ編集でどうにかするっきゃないね。あたしんちだと狭いから、カラオケ屋にパソコンを持ち込んでやろ」

　楓子がそう言いだしたのだった。

　わざわざカラオケ屋に行かなくても、多少狭かろうと彼女の家でやれば安上がりだと思うのだが、おそらくはカジとの同棲現場を見られたくないのだろう。ちゃんと予約も入れといたから時間厳守ね、と念押しまでされていたから、仕方なく楓子に電話を入れた。

「ごめん、ちょっと遅れる」

「んもう、いつもそうなんだから」

　案の定、ぶつくさ言われたが、岡本氏のダメだしは無視できない。楓子をなだめつけ、すぐさま入力用の鍵盤に向かい、ブラスやストリングスのパートを重ねはじめた。

　ただ、時間がないだけに凝ったことはできない。とりあえず定石通りの和声で八つのパートを追加して音を分厚くしてみたが、急ごしらえのアレンジだけに全体のバランスがうまくとれない。四苦八苦した末に、これなら納得してもらえるだろう、という仕上がりになったのは午後一時半過ぎ。一時間遅れで岡本氏に再送信し、押っ取り刀でノートパソコンを抱えてカラオケ屋へ駆けつけたときには、午後二時を回っていた。

「申し訳ない、仕事が立て込んじゃってて」

謝りながらカラオケルームに入るなり、

「それはそれは、お忙しいことで」

楓子から嫌味を投げつけられた。カジと一緒にノートパソコンの画面を覗き込み、編集作業を進めている真っ最中だった。

本当に申し訳ない、と頭を下げて亮太もソファに腰を下ろすと、

「いまざっくり粗編集したとこなんだけど、ちょっと見て」

楓子がパソコン画面を向けてくる。それでふと思い出した。

「そういえば、爺さんの乱入シーンはどうしたんだ？」

あの爺さんのせいで路上ライブは台無しになった。とっさに玲奈が爺さんに駆け寄って追い払ってくれたおかげで姫は最後まで歌いきれたが、乱入シーンを切ると歌の一部も切れてしまう。

「まあ、とにかく見て」

それぐらいとっくに考えた、とばかりに楓子は動画を再生させた。

画面は夕暮れどきの柏駅東口からはじまった。帰宅途中の人たちが行きかうダブルデッキの光景を、メインの動画カメラがぐるり一周して映しだし、最後に家電量販店ビルを捉えたところで、ゆさゆさと画面が揺れてカメラが三脚にセットされ、シンセの前の姫がアップになる。

タイトルが立ち上がった。

『即興で作詞作曲する天才歌姫〝姫花〟十六歳！

千葉県柏駅前に参上！』

続いてＭＣ役の楓子が姫の前に立って前口上を述べ、即興歌のテーマ集めにかかる。そのやりとりを別のカメラが押さえ、三つのテーマが決まって姫が考え込むシーンを経て、いよいよ姫が歌いはじめる。

粗編集とはいえ、それなりに工夫された映像だった。その後もカメラ三台の映像を適宜チョイス。インサートしたりオーバーラップさせたりしながら姫の歌唱シーンを盛り上げていく。やがて二番を歌い終えてシンセの間奏に入ったところで、いよいよカジが叫ぶ。

「天才だぜ！」

そのやらせ声にかぶせるように玲奈と亮太、萌絵と亜希子、慶一郎も天才！　天才！と煽り立てる。

正直、噴きだしそうになった。立ち稽古のときには、極力自然な立ち居振る舞いで、と楓子から何度も念押しされたものだが、この状況はやはり不自然極まりない。どこか茶番のコントっぽく見えてしまう。

それでも、通りがかりの人たちは素直に共感したらしく、感心した面持ちで拍手している。その嬉しそうな表情からして、姫の歌に関しては思った以上によかったのかもしれない。ビギナーズラック的な部分があるにしても、シンセの伴奏も上達しているし、初っ端のライブでこの出来ならなかなかのものだ。

　ただ、問題はこの先だ。姫が三番を歌いはじめた瞬間、あの爺さんが乱入してきたから、それをどう処理したのか。息を呑んで注目していると、なんと動画は乱入シーンをそのまま映しだし、爺さんの叫び声が響き渡った。

「天才天才！」

　え、と亮太は目を見開いた。途端に画面は姫のアップに切り替わり、何事もなかったかのように歌い続ける。

　どういうことだろう。亮太がぽかんとしていると、

「うまく加工したでしょ」

　楓子が口角を上げた。あのとき爺さんは『ダメだダメだ！　天才天才って、安っぽいこと抜かしてんじゃねえ！』と叫んだのだが、『天才天才』だけ残して、前後の言葉は消したという。

　なのに歌とシンセがちゃんと聴こえているのは、どちらも〝ライン録り〟したからだ。歌声は、周りの音を拾わない単一指向性マイクで直接録り、シンセの音もケーブルをじかに繋いで収録した。この手法なら周囲の歓声や騒音とは関係なく歌と楽器の音だけ録れて、後々、サウンドの調整もできるため、プロのライブ収録では広く使われている。おか

げで姫の歌もシンセも、乱入騒ぎなどなかったかのようにきれいに録音されている。

加えて、玲奈が爺さんを追い払っている映像も、別カメラに切り替えたら隠せたそうで、

「じっくり聴くと爺さんの声の繋ぎ目が不自然なんだけど、もっと歓声と拍手を重ねればごまかせるはず。乱入に仰天してる通行人の顔も、天才っぷりに驚いてる顔に見えるように編集しちゃうから、まず大丈夫」

と楓子は自信を覗かせる。時間をかければ爺さんが手にしていたワンカップ酒も消せるそうで、仕上げのクオリティを上げればまず心配ないという。

やがて画面の中の姫が歌い終えた。と同時に、再びサクラたちが口々に天才コールを繰りだし、集まった観衆もまんまと巻き込まれて拍手喝采。爺さんの乱入などまるでなかったかのごとく動画は終わった。

「いやさすがに楓子の演出はすげえなあ」

カジが称賛した。これならいける！　と舞い上がっている。その気持ちもわからなくはなかったが、ただ亮太的には、やはり茶番感が拭いきれない。そこまで称賛する気になれないでいると、

「ていうか、一番の功労者は玲奈だよ」

楓子は、この場にいない玲奈を褒めた。

これには亮太も異論がない。実際、玲奈が爺さんをなだめすかして排除しなかったら、路上ライブは滅茶苦茶になっていた。

「まあ確かに、あの酔っ払いあしらいはプロの技だった。居酒屋バイトもやっとくもんだよなあ」

カジが妙な感心の仕方をしている。すると楓子が亮太に聞く。

「結局、あの爺さんって何者だったの？　上から目線で玲奈に食ってかかってたけど」

「彼女の話じゃ、本人はプロモーターだって言い張ってたらしい」

「プロモーター？」

「アーティストをメディアとかに売り込む営業担当みたいな人」

「へえ、すごいじゃん」

「けどワンカップ片手の爺さんだし、酔ってカマしただけだと思うよ」

亮太が苦笑いすると、

「どっちにしても、どうにか形になりそうだから、姫の歌とシンセの音を調整してくれる？」

楓子からＵＳＢを手渡された。歌とシンセをライン録りした音源だけ入れてあるそうで、亮太が音質とバランスを整えたところで歓声入りの映像と合体させ、あとは女子大の英文科を中退した楓子が英語字幕を入れれば動画が完成する。

「まあ頑張って仕上げれば、明日の夜には動画サイトに上げられると思うから、あとは運を天にまかせるだけだね」

楓子が祈るポーズをしてみせる。

「なあに大丈夫だって。この傑作動画が公開された日には、ネット騒然ってやつだ。速攻でブレイクして、おれたち、マジで香港（ホンコン）に行けるぜ」

カジが楓子の肩をぽんと叩き、だよな、と亮太にも同意を求める。

楓子の脚本によると、フェイク動画を公開した二週間後、メンバーは香港に飛ぶことになる。公開当初は日本国内の反応が薄くてがっかりしたものの、一週間ほどして突如、香港の人たちからコメントが寄せられはじめ、動画再生回数がみるみる伸びはじめた。動画には世界進出も意識した英語字幕をつけていたから、英語を話せる人が多く、日本にも増して路上ライブが盛んな香港で俄（にわ）かに注目された。結果、香港でもパフォーマンスをやってほしい、と現地のプロデューサーからオファーが舞い込み、いざ香港へ、というストーリー展開になっていた。

「そんな脚本通りにいかないって」

亮太は笑った。リアル世界で、そうそう都合よく事が運ぶわけがない。

「そんなネガティブ思考だから、亮太はいつまでたっても芽が出ねえんだよ。ちなみにパスポートは持ってんだろ？」

学生時代、韓国を旅行したときに取得した。

「だったら大丈夫だ。ここまできたら脚本通り、みんなで香港に飛ぼうじゃねえか。現実は脚本より奇なりだ。この動画を公開したら、香港どころかアジア、ヨーロッパ、アメリカと世界各国で反響があるはずだから、いずれは世界ツアーだ！」

この根拠のない自信は、どこから生まれるのだろう。勇ましく吠え立てるカジに呆れながらも亮太は持参のノートパソコンを開き、とりあえずサウンド調整に取りかかった。

翌日の朝十時過ぎ、亮太は改めてカラオケ制作会社の岡本氏に電話を入れた。

ゆうべは結局、夜中まで姫の歌とシンセの調整に追われて電話どころでなかったが、修整して送ったアレンジで問題なかったか確認したかった。

「いま外出しております」

応答した女子社員から告げられた。携帯にも電話したが留守電になっている。修整版、いかがだったでしょうか、と念のため伝言を吹き込んでおいたが、それっきり夜になっても折り返しがない。

これまでなら、その日のうちに折り返してくれたのだが、今日は忙しかったんだろうか。一応、翌朝まで待って、改めて会社と携帯の両方に電話を入れたものの、またしても会社は外出中で携帯は繋がらない。

まだ怒ってるんだろうか。

三年前に初めて仕事をもらって以来、岡本氏とはずっと良好な関係を保ってきた。当初は彼の会社まで出向いて打ち合わせをしてから仕事をはじめていたのに、途中からは電話一本のやりとりだけで納品まで至る流れが当たり前になるほど信頼を得ていた。なのに、たった一度、ごたついたぐらいで、こんなにわかりやすく無視されるものだろうか。

さすがに不安になって、午後一番、亮太は岡本氏の会社へ向かった。今後のこともある、この際、会ってきちんと話そうと思った。

地下鉄乃木坂駅から歩いて十分。狭い路地沿いの雑居ビルに岡本氏の会社『ＫＡＲＡＫＡＲＡミュージック』は入っている。

エレベーターで三階に上がると、受付に来客用の内線電話が置かれている。アポなしでやってきたから在否はわからないが、外出中なら帰るまで待つつもりで岡本氏の内線番号をコールした。

「はい」

いきなり本人が応答した。

「おはようございます、亮太です」

努めて明るく名乗ると、一瞬の間があってから、

「なんだ急に」

ぶすっとした声が返ってきた。

「例のアレンジの直し、どうだったかと思いまして」

さらりと切りだした。

「ああ、あれは別のやつに再発注した」

「は？」

「うちにも信用ってもんがあんだよ。やっつけ仕事を発注元に渡せねえだろが」

「でも、ちゃんと修整したつもりですけど」

「馬鹿野郎！　どこがちゃんとだ。一時間半も遅れて送ってきやがったくせに」

「すみません、今回、ちょっと立て込んでたもので」

「おまえがどう立て込もうが、こっちは知ったこっちゃねえんだよ。発注通り仕上げられねえやつに用はねえ。それがプロの世界ってもんだ」

「ですけど」

言い返そうとした途端、

「おれもいま立て込んでんだよ！　おまえの代わりなんざ、いくらでもいるんだから、とっとと失せろ！」

受話口がビリビリ震えるほどの罵声を浴びせられ、顔を合わせることもかなわないまま追い返された。三年も懇意に仕事をしてきたというのに、いざとなると冷たいものだった。

　ただ、改めて冷静になって考えてみれば、そもそも悪いのは亮太のほうだ。こっちも忙しいんだから大目に見てほしい。そんな甘えた態度でいたほうが馬鹿だったのだ、とようやく気づいたものの、それこそ後の祭りというやつで、あっけないほど簡単に唯一の収入源を失ってしまった。

　まいったなあ。

　悄然（しょうぜん）とした気持ちを抱えて高円寺に戻った亮太は、駅沿いのガード下にある飲み屋に入った。このあたりには午後から朝方まで飲める安居酒屋が多い。とりあえずチューハイを注文して一気飲みして、はあ、とため息をついた。

　将来の劇伴仕事に繋がるはずの小劇団は、いきなり消滅した。それならばとレコード会社や音楽事務所に営業して歩いたものの、いまだ梨の礫（つぶて）。おまけに、フェイクプロジェクトにかまけているうちに頼みのカラオケ仕事も雲散霧消して、結局、残ったものはフェイクプロジェクトだけとは、いったいどういう皮肉だろう。当面は、ささやかな貯金を切り崩せばやっていけなくはないが、早いところ新しいバイトを見つけないと、いずれ立ちゆかなくなる。

　まいったなあ。

　ヤケになって二杯目を注文し、すぐまた半分飲んだところで、そういえば、と亮太は携帯を取りだした。

ゆうべ楓子から、明け方までに動画を上げとくね、とメッセージが届いていた。なのに今日は朝からカラオケの一件でバタついていて、すっかり忘れていた。

こうなったら、とりあえず当てにできるものはフェイクプロジェクトしかない。カジじゃあるまいし、まさか自分がこんな心境になろうとは思わなかったが、今日一日で再生回数は、どれくらいいったろう。期待を抱きつつ亮太は動画サイトを開き、え、と目を疑った。それほど驚異的な回数を叩きだしたのかといえば、逆だった。画面に表示された再生回数は、たった二十六回。フェイクプロジェクトの関係者が確認のために再生した程度の数でしかない。

どういうことだろう。公開してまだ一日しか経ってないせいだろうか。

同じく今朝方に公開されたほかの動画をチェックしてみた。ネットの有名人が上げたものは早くも何十万回も再生されている。無名の素人が料理を作っているだけの動画ですら八百回。

カジの言葉を思い出した。高円寺のカラオケ屋で、世界各国で反響があるだろうから、いずれは世界ツアーだ！　と吠え立てた直後に、

『いいか亮太、いまどき動画で人気のピカギンは再生回数五十億回で、年収十億円は下らねえってんだ。控えめに見てその十分の一、五億回再生だとしても年収一億円だ。すげえ

だろう。そんだけありゃ、下北沢の芝居小屋どころか、東京ドームの貸し切り公演だって夢じゃねえぞ！』

と興奮していたものだったが、冗談じゃない。どこが控えめに見て五億回再生だ。改めて携帯で路上ライブの動画を再生しながら亮太は毒づき、ふと再生回数を見ると、一回増えて二十七回になっていた。

だらりと伸ばしたロン毛をばっさり切るか、切らないか。ここにきて急に亮太は迷いはじめた。

学生時代にロックバンドを組んだ頃から伸ばしはじめ、ろくに手入れもしないまま惰性でロン毛にしていたのだが、あれから一週間。新たな食い扶持を探しているうちに、このままでは食っていけなくなる、と初めて危機感を抱いたからだ。

音楽業界であれば、ロン毛だろうとモヒカンだろうと何の問題もない。今日もまたデモ音源を片手に心当たりのレコード会社や音楽事務所、テレビの音響効果会社、ＣＭ音楽制作会社などに営業して歩いたのだが、先方もまたロン毛だったりモヒカンだったりするから、仕事にありつけないのは髪のせいではない。いまどきミュージシャン志望者は掃いて捨てるほどいるから、カラオケ仕事の実績ぐらいしかない亮太など、あっさり門前払いされる。

仕方なく、飲食店のバイト面接にも行きはじめた。ハンバーガー屋、ビストロ、カフェ、回転鮨屋、焼き肉屋と、あれこれアポを取って足を運んでみたものの、ロン毛の亮太をひと目見るなり担当者は顔をしかめる。履歴書を見せても、

「カラオケの仕事って何されてました？」

怪訝そうに問い返され、仕事内容を説明すると、面倒臭そうなやつが応募してきたとばかりに、

「結果は後日お知らせします」

不合格感たっぷりに告げられて終了。

やっぱ、ばっさり切るしかないか。長年馴染んできたロン毛に未練もなくはないが、背に腹はかえられない。明日、千円カットの店に行こう。ようやく腹を括ったその晩、楓子から携帯にメッセージが届いた。

『今夜、ミーティングやるよ』

『ミーティング？』

『つぎの戦略行動に向けてドリンクミーティングだよ』

『なんだ、飲み会かよ。こっちはそれどころじゃないんだって。カラオケ仕事がパーになって、売り込みとバイト探しで必死なわけ』

劇団の連中は、何かというとつるんで飲む習性がある。勘弁してくれ、と返信したつも

りだったが、

『けどプロジェクトはやるって言ったじゃん、いまさら逃げないでよ！』

カジもあたしも必死なんだよ、と怒られた。そういえば、動画を公開した初日、再生回数を見てがっかりしてカジに電話したら笑い飛ばされたものだった。

「亮太、心配すんなって。いまみんなが拡散してくれてるとこだから、とりあえず一週間待てよ」

ところが、その後、一週間待っても状況は変わらない。これにはカジもバツが悪くなって楓子にミーティング開催のメッセージを送らせたに違いなく、そうと悟った亮太は、

『とにかく、おれはもうプロジェクトどころじゃないんだよ！』

と楓子にやり返した。途端に、今度は電話がかかってきた。

「あのさあ、亮太の音楽に懸ける情熱って、その程度のもんだったの？　うちらの劇伴で名を上げて本格派の作曲家になるって言ってたじゃん。あの志はどこいったわけ？　あたしたちは、もうこれに懸けるしかないの！　フェイクプロジェクトは、あたしたちみんなの最後の砦なの！」

何かに取り憑かれたような口調で迫られた。

どこまでカジの呪縛にはまってやがるんだ。さすがにうんざりしたが、そこまで言われると、一度は乗りかかった船から下りるのも申し訳ない気がしてきて、結局は午後十時過

ぎ、高円寺駅北口から程近いチェーン居酒屋へ出掛けることにした。

会社帰りのおやじや学生風の若者で溢れ返っている店内を見回すと、楓子は奥のテーブル席にいた。カジも肩を並べて座り、二人とも生ビールを飲んでいる。

さっき楓子と電話で話したときも一緒にいたに違いない。居心地の悪さを覚えながらテーブルに近づくと、二人の正面にもう一人座っていた。

「なんだ、姫も来てたのか」

座高が低くて気づかなかったが、いつものぽわんとした顔で同じ生ビールを手にして、隣にはいつものシンセが立てかけられている。

「どれ、メンツがそろったことだしミーティングをはじめっか」

亮太のハイボールが運ばれてきたところでカジが口火を切った。

「けど、もう話すことなんてないだろう」

いまさら何のミーティングだ、と亮太は混ぜっ返した。ところがカジときたら、

「馬鹿言うな、話すこと大ありだ。いよいよ香港に行くんだからよ」

と言い放つ。冗談じゃない。楓子の脚本では、香港人の再生回数が飛躍的に伸びた結果、香港からオファーがあって渡香したのだが、ろくに再生されない現状でオファーなどあるはずがない。

「いやそこが違うんだって」

カジは続ける。

「いまこそ姫は香港に行くべきなんだよ。耳の肥えた香港人が行きかうストリートで、姫が即興パフォーマンスを繰り広げてみろ。あまりの天才っぷりを目の当たりにして、香港人たちが沸き立つこと請け合いだろうが。その評判がネットを通じて日本に逆輸入されてみろ、あとはもう一気に大ブレイクだ！」

毎度のごとく勇ましいことを吠え立てる。

「けど、英語はどうするんだ。姫は英語、しゃべれるかい？」

亮太が問うと、姫が嫌々をするように首を左右に振る。これでは話にならない。香港の公用語は広東語だが、かつてイギリス統治だったため英語人口が多い。広東語は無理としても英語ぐらいしゃべれないとコミュニケーションがとれないだろう、とカジに言い返した。

「なあに大丈夫だ、楓子に通訳してもらえばどうにでもなる。現地では姫花を紹介する英語と広東語の垂れ幕を作ってアピールすればいいし、動画にはまた英語字幕つけりゃいいわけで」

「じゃあ歌詞も英語でやるのか？」

「いや、歌詞は日本語のままで大丈夫だ。香港には日本人ストリートミュージシャンも多いらしいから、あえて日本語で歌ったほうが注目を集められると思うんだよな。歌詞よりも姫の歌唱力で勝負して、あとはジーニアス！　ジーニアス！　っておれたちが騒ぎ立てれば、それで一丁上がりってやつだ」

相変わらず調子のいいことを言う。たまらず亮太は諭した。

「なあカジ、どうしても姫花を売りだしたいんなら、そんな遠回りするよりも、日本でオーディションとか受けさせたほうが早いと思うんだ」

「それはダメだ。天才はオーディションなんてもんは受けないんだ。凡人と競い合わせた時点で天才じゃなくなっちまうだろうが。姫花は、このちっぽけな島国にはびこるザ・芸能界とは距離を置いて、徹底したインディーズを貫いてこそ、本物の天才として世に認知されるんだ」

そうだろ？　と楓子に問いかけると、楓子はこくりとうなずいて亮太に向き直る。

「まあそういうことだから、この際、香港用に新曲を作ってちょうだい。できれば歌詞もつけてほしいけど、無理ならあたしが適当につけるから、曲調を変えて天才っぽいやつをお願い」

「ちょ、ちょっと待てよ。新曲って簡単に言うけど、おれはまだ香港行きには賛成していない。だいいち渡航費はどうするんだ。そんな金、どこにあるんだよ」

「ＬＣＣの格安チケットで飛べばいいじゃん。ネットで調べたら往復一万五千円とかもあったし、カラオケで稼いでる亮太だったら楽勝じゃん」

「カラオケ仕事はパーになったんだよ」

「けど姫だって、旅費は工面するって言ってくれたんだよ。姫よりよっぽど稼いでたくせに、あっさり見捨てるわけ？」

「いや、そういうわけじゃないけど」

言葉に詰まった。

なぜいつも、こうなってしまうのか。ここに至ってもカジと楓子に振り回されている自分に内心舌打ちして、亮太は無言のままハイボールを呷った。


いつになく気分の悪い飲み会がお開きになり、やれやれとチェーン居酒屋を後にすると、背後から二の腕を引っ張られた。

振り返るとシンセを背負った姫だった。さっさと家路を急いでいるカジと楓子の耳を憚るように、

「亮太と曲作りたい」

消え入りそうな声で言う。

「姫も曲、作れるのかい？」

こっちも声をひそめて問い返すと、

「うん、一緒なら」

いまからカラオケ屋でぜひお願いしたいという。

時計を見ると終電が間近に迫っている。迷ったものの、黙ってうなずいた。結局のところ香港行きを押し切られてしまった亮太としては、早急に新曲を作らなければならない。ハイボールは飲んだが大して酔ってないし、どうせ明日は営業回りも面接もない。カジに拾われたばかりに翻弄されている姫が哀れに思えてきたこともあり、始発まで二人で試行錯誤して曲を仕上げてみよう、と腹を決め、カジたちの目を盗んで歌唱レッスンをやったカラオケ屋へ向かった。

カラオケルームに入ると、早速、シンセをセットしはじめた姫を横目に、さて、どうやって曲作りをしたものか、と亮太は思いをめぐらせ、

「姫はどうしてカジと組もうと思ったんだい？」

ふと尋ねた。考えてみれば、これまで姫とはまともに話したことがなかった。歌唱レッスンのときも本番に間に合わせることに必死で、余計な話は一切しなかっただけに、この娘が何を考えているのか知りたくなった。

するとと姫はちょこんと首をかしげて、ぽつりと答えた。

「好きだから」

「カジをか？」

「音楽」

「ああ」

つい勘違いしてしまったが、意外にも真っ当な答えだった。ただ、音楽が好きだからカジと組む、という意味がわからない。

「あのさあ、この際、ちゃんと言っとくけど、カジは音楽にはど素人だからね」

それは心しておいてくれないと困る、と釘をさすと、

「けどカジは、亮太と会わせてくれた」

ぼそっと呟かれて、はっとした。そんな言葉が姫の口から発せられようとは、嬉しいような面映ゆいような気持ちでいると、シンセをセットし終えた姫が、ぽろろんぽろろんと指馴らしをはじめた。

この娘は、ただぽわんとしているだけじゃない。本当に音楽をやりたくて、おれについてきてくれている。初めてそう気づいて、ますます姫が哀れに思えてきた。

「そう言ってもらえると嬉しいけど、ここだけの話、今回の件はあんまり期待しすぎないほうがいいと思うんだ。カジってやつは、いつも勇ましいこと言ってるだろ？　けど、勇ましいことばっかり言ってるやつを信用しちゃダメだ。勇ましい言葉の裏には必ず嘘がある。話半分に聞いとかないと、あとあと傷つくだけだからね」

亮太としては思いきったことを言ったつもりだった。ところが姫は、

「大丈夫、亮太がいれば」

下膨れ顔を綻ばせる。めったに見せない笑い顔だったが、その楽観ぶりが引っかかった。

「いや、大丈夫じゃないんだ。いつも断り切れなくて惰性で流されてばかりいるおれみたいな男は、頼りにならない。惰性は理性を殺すって、だれかが言ってたけど、恥ずかしい話、最近はそれを実感しててさ」

自虐全開で牽制したものの、

「大丈夫、大丈夫」

呪文のごとく姫は繰り返し、またシンセを弾きはじめる。

事ここに至ってもどこか掴みどころのない姫だったが、これ以上踏み込んでも埒が明かない。

「そろそろ曲を作ろうか」

亮太が話を切り替えると、姫はシンセを弾く手を止め、曲作りをリードしてほしい、といった顔でこっちを見る。

「姫はどんな曲を歌いたいんだい？」

とりあえず、とっかかりがほしい。好きな曲調とかあるようなら織り込んでやろうと思って聞いたのだが、途端に姫は太い眉をへの字に寄せて考え込んでいる。

「いや、難しく考えることはないんだ。こんな雰囲気の歌がいい、とか言ってもらえれば、おれも曲想が浮かびやすいし。思いつきのメロディを口ずさむとか、歌詞の断片を並べるとかでいいから、とにかく希望を言ってみてよ。リラックスして共作したほうが、いい歌ができると思うし」

そう言い含めると、姫がふっと表情をゆるめた。そして、何かを吹っ切ったかのように大きく息を吸うと、おもむろにアカペラで歌いだした。

〽勇ましい言葉には嘘がある
　勇ましい言葉には耳を塞げ

心地よいざらつき感が滲(にじ)むハイトーンボイスでさくっと歌ったところで歌を止め、こんな感じ？　と亮太を見る。

鳥肌が立った。その短いフレーズの中に、さっき亮太が発した言葉をさらりと取り込み、柏駅前で歌った『うわばみ』にインスパイアされたごとき現代音楽的なメロディに乗せている。しかも、メロディは難解なのに、曲全体の響きには心に刺さる美しさがある。

「ちょ、ちょっと貸してくれるかな」

亮太は慌ててシンセの前に座った。いま姫が歌ったメロディラインを鍵盤でなぞり、簡単な伴奏をつけて、

「もう一回、歌ってくれるかな」

と促すと、今度は亮太のシンセに合わせて歌いはじめる。

〽勇ましい言葉には嘘がある
勇ましい言葉には耳を塞げ

そこまで歌い終えた姫は、目顔で亮太に合図を送ってアカペラで続ける。

〽惰性に流されたら終わり
惰性は理性を殺すから

今度はぞくりとした。とっさの思いつきで、ここまで完成度の高い歌が飛びだそうとは思わなかった。亮太の言葉から紡いだ歌詞にも、即興とは思えない深みが感じられる。

「姫、いいよ！　すげえいいよ！」

我知らず亮太は声を上げていた。

翌日の夕刻、自宅のベッドで眠りこけていると、意識の奥から携帯の振動音が聞こえてきた。

だれだろう。ひょっとしてバイトの面接結果だろうか。手探りで携帯を摑んで画面をタップすると、メッセージが届いていた。

『近くにいるんですけど、おじゃましてもいいですか？』

玲奈からだった。

『うちに？』

『うん、折り入って話があって』

面倒臭そうな気がした。

『いま寝起きなんだ』

『え、いま起きたんですか？』

『ゆうべオールで曲作りしててさ』

『カラオケの仕事、忙しいんですね』

『まあいろいろとね』

そう答えたものの、実は姫と二人、朝方まで曲作りに熱中していたのだった。

姫が繰りだすメロディと歌詞には、亮太の音楽魂を触発するインパクトがあった。その原型を尊重しながら亮太が培ってきた音楽理論や経験値で肉づけしていくと、思いがけない楽曲が立ち上がってくる。それが楽しかった。姫との初めてのコラボ作業は時間を忘れるほど楽しくて、夢中でやりとりしているうちに夜が明け、カラオケ屋を後にしたときには三曲もの共作曲が出来上がっていた。

それにしても、つい数か月前、能天気にドラえもんを歌っていた天然娘のどこに、こんな才能が眠っていたのか。柏駅前でのパフォーマンスは、本番に強いタイプゆえのまぐれだと思っていたが、そうではなかった。なにしろ、亮太が曲想に繋がるヒントやアイディアを投げかけただけで、予想を超えるメロディと歌詞が返ってくるのだ。

ただ、よくよく考えてみれば、以前、歌唱レッスンをやったとき、姫は歌うたびに楓子が作った歌詞を微妙に間違えていた。あのときは歌詞が覚えられないからだと亮太は勘違いしていたが、姫は無意識のうちに自分流に歌おうと試行錯誤を繰り返していたのではないか。それで毎回、歌詞を変えていたのではないか。いまにして急に、そう思えてきた。

いずれにしても、この娘はいける。この調子でコラボを組んで磨きをかけていけば、姫はフェイクでもなんでもない本物の天才娘としてやっていける。夜明けの高円寺駅前で姫と別れた亮太は、いつになく昂揚（こうよう）した気分で姫との共作曲を昼近くまで何度となく聴き返し、ようやく寝入ったところに玲奈からメッセージが届いたのだった。

『ごめん、まだ頭がぼんやりしてるんだ』

いまややこしい話はしたくない、と伝えたつもりだったが、

『大丈夫。あたしが目を覚まさせてあげますから、じゃ、おじゃましますね』

気遣いめいた言葉で押し切られてしまった。

五分としないうちにドアチャイムが鳴った。近くにいると言っていたが、本当に近くにいたらしく、ドアを開けるなり、

「はい、寝覚めの気つけ薬」

コンビニのレジ袋を差しだされた。ビールのロング缶とおにぎりが入っている。

「せっかくだから一緒に飲もうと思って」

ふふっと笑いながら部屋に上がってきた玲奈は、生足が眩しいミニスカート姿だった。髪も、いつものポニーテールをほどいて、つやつやのロングヘアをなびかせている。

その髪の香りに鼻先をくすぐられた瞬間、柏駅前でカップルを演じた記憶がよみがえった。あのときは演技とはいえ、玲奈に抱きつかれて男の本能が疼いたものだったが、考えてみれば今日は自室で二人きり。寝起きとはいえ、あのときにも増して際どいシチュエーションだ。

ドギマギする内心を抑えて、こたつ兼用の座卓を勧め、亮太はちょっと離れたベッドに腰かけた。そして玲奈が持参した缶ビールで寝起きの喉を潤し、おにぎりを食べはじめたところで、

「例の動画、やっぱダメでしたね」

玲奈が切りだした。動画自体が妙に茶番っぽかったし、酔っ払い爺さんの処理もどこか不自然だった。あれじゃ再生回数なんか伸びるわけないですよ、と腐してみせると、

「これでもう楓子さんも気がすんだと思うんで、あたし、そろそろカジさんと別れさせて新劇団に参加してもらおうと思ってるんですよね」

上目遣いに亮太を見る。

「いや、それは無理だろう。香港に行くことになっちゃったし」

「香港に？」

玲奈はまだ聞いていないらしい。

「動画は失敗したけど、こうなったら香港でパフォーマンスをやって海外人気を煽るってカジが言いだして、成りゆき上、ぼくと楓子も同行するはめになったわけ」

「そんなの断ってくださいよ。亮太さんは新劇団の大事なメンバーなんだから、フェイクパフォーマンスなんかもうやめてほしいです」

甘えるような目で見つめられた。

こういう女性の目に亮太は弱い。一瞬、抱き寄せる妄想がよぎってまたドギマギしたが、邪心を悟られないよう穏やかに諭した。

「実は、ここだけの話なんだけど、おれも本気で姫を売りだしたくなってさ。カジたちが本気で香港に行くつもりなら、おれも便乗して姫をアピールしてこようと思って」

姫との曲作りに成功したことで、いつしかそんな気持ちになっていた。

「やだ、亮太さんまで、あの娘に入れ込んじゃったんですか？」

「ていうか、最初は乗り気じゃなかったんだけど、姫の歌を聴いてるうちに気づいたんだ。彼女はフェイクじゃない、本物だ。安っぽく天才天才とか騒ぎ立てて売りだす娘じゃないって」

「どこかの爺さんみたい」

「爺さん？」

「路上ライブに乱入した酔っ払い爺さんですよ。天才天才って、安っぽいこと抜かしてんじゃねえ！　って喚いてたじゃないですか」

「ああ」

思わぬ符合に笑ってしまったが、念のため付け加えた。

「もちろん、いまも玲奈の新劇団に参加したい気持ちは変わらない。なのに、なぜ姫を本気で売りだしたくなったかというと、ひとつは、姫は世に出さなきゃいけない才能だと純粋に思ったから。もうひとつは、カラオケの仕事を失って貯金を切り崩して暮らすはめになったから。早い話が、おれも姫を売りだして稼がなきゃならなくなったわけ。だから新劇団の件は、もうちょっと待ってほしいんだ」

申し訳ない、と頭を下げた。すると玲奈は座卓から立ち上がり、そのまま亮太が座っているベッドまできて隣に腰を下ろし、

「わかった。だったら、あたしも応援する」

急にタメ口になって亮太の二の腕にしなだれかかってきた。その大胆さに思わず身を硬くした。妄想が現実に変わるのか、と生唾を呑んだ瞬間、

「そうだ」

玲奈がすっと体を離してまた立ち上がる。亮太が拍子抜けしていると、玲奈は座卓に置いていたハンドバッグの中を探ってから戻ってきて、

「さっきの亮太さんの言葉で思い出したんですけど」

また敬語に戻って一枚の名刺を差しだす。〝猪俣興業代表　猪俣作蔵〟と書いてある。

「だれ？」

「乱入した爺さん」

柏駅前で玲奈が追い払ったとき、だれだおまえは、と問い詰められ、姫花の仲間だと答えたら、だったらこれ渡しとけ、と名刺を押しつけられたという。

「へえ、ちゃんと事務所まで持っている爺さんだったんだ」

プロモーターと言い張っていたことは聞いていたが、まんざら嘘でもないらしい。

「その道四十年のプロモーターだそうで、わしにまかせれば、どーんと売りだしてやるって言ってました」

そんなに姫を世に出したいんだったら、相談してみたら？　と亮太の手に名刺を握らせる。

「けど、どんな危ないプロモーターかわかったもんじゃないしなあ」

「それを言ったらカジさんだって危ないじゃないですか。あのときは酔っ払い爺さんだったけど、素面(しらふ)だったら何かの役に立つかもしれないし」

こういうときは藁(わら)をも摑まなきゃ、と微笑みかけ、

「何かあればあたしも手伝いますから、新劇団創立のために一緒に頑張りましょ」

またしても甘えた声で囁き、二の腕にしなだれかかってきた。

エスカレーターで地上に上がると、目の前を都電が走り抜けていった。

都心から北東に抜ける地下鉄千代田(ちよだ)線の町屋(まちや)駅。そのちょうど上に都電の駅があり、周囲には下町の商店街が広がっている。

初めて訪れる街だったが、地図アプリによれば目指すマンションは商店街沿いにあるようだ。食品スーパー、惣菜屋、和菓子屋といった店が並ぶ昭和の色が濃い通りには、遅い午後とあって夕餉(ゆうげ)の買い物にやってきた奥さんや年寄りが行き来している。

まずは和菓子屋に立ち寄って手土産を買い、五分ほど歩くと四階建てマンション〝八百(やお)徳(とく)ハイツ〟が見えてきた。その名の通り一階に入っている八百屋が建てたらしく、雨染みだらけの外装からして築年数はかなり古そうだ。エレベーターはなく、階段で三階に上がった。踊り場の先に三部屋並ぶ一番奥に、『猪俣興業』と書かれたプラスチック板を貼ったドアがあった。

呼びだしボタンを押すと、ブーッと昔っぽい音が鳴った。しばし待ったが、だれも出ない。亮太にしてはめずらしく約束の午後三時より十分ほど早く着いたせいだろうか。もう一度、ブーッと押した途端、

「おう、すまんな」

背後から呼びかけられた。振り返るとあの白髪の爺さん、猪俣作蔵がいた。先日とは一転、同じ白髪の眉毛を下げ、爺さんというよりは猪俣翁とでも呼べそうな柔和な笑みを浮かべて、

「せっかくなんで一献傾けようと思ってな」

一升瓶が入っている買い物袋を掲げて見せる。

玲奈から名刺を渡されたときは会うつもりなどさらさらなかった。なのに、しなだれかかった女を抱き寄せも押し倒しもしない亮太に落胆したのか、玲奈が不満げに部屋から出ていった直後に不安に駆られ、猪俣作蔵に会ってみたくなった。姫を本気で売りだす、と宣言して玲奈を突き放したにもかかわらず、ではどう売りだしたらいいのか、皆目見当がつかなかったからだ。

とりあえずはカジが主導する香港行きに付き合わざるを得ないにしても、それだけで姫がブレイクできるとは思えない。最近、亮太が営業をかけた音楽関係者を再訪して売り込む方法もなくはないが、亮太自身が相手にされていないのだから姫にも目が向くわけがな

い。となれば、どうしたらいいのか。さすがに頭を抱えたそのとき、『こういうときは藁をも摑まなきゃ』という玲奈の言葉が脳裏をかすめ、思いきって猪俣翁に電話してしまったのだった。

八畳ほどの小さな事務所に入り、姫花を支援している作曲家です、と改めて亮太が自己紹介すると、

「まあ座りなさい」

応接セットに促された。周囲には事務机とタンスとベッドが所狭しと置かれ、奥には台所と風呂場もある。どうやら事務所兼自宅らしい。

壁には古びたポスターがベタベタ貼られているが、どれもが亮太には馴染みのない歌手の宣伝ポスターだった。着物姿で温泉街を歩く渚千鶴(なぎさちづる)の『夕凪(ゆうなぎ)旅情』。真っ赤なスーツ姿で夜のネオン街に佇(たたず)む並木敏夫(なみきとしお)の『博多(はかた)の男路』。漁師姿で大海原を見つめる伊達新太郎(だてしんたろう)の『涙に霞(かす)む大漁船』。とまあ、音楽プロモーターといっても演歌専門らしく、いささか場違いなところに来てしまったようだ。

不安に駆られたからとはいえ、うっかり電話してしまったのが失敗だった。すぐ退散したほうがよさそうだ、と来訪早々、そわそわしていると、

「まあ一杯いこう」

猪俣翁が買い物袋から一升瓶を取りだし、ソファテーブルにコップを二つ置いてトクト

クトクと注ぎはじめる。

「あ、あの、ぼくはちょっと」

「まあ遠慮するな」

「ですけど、今日は先日のお礼に立ち寄っただけですので」

とっさに腰を浮かせて、その節は姫花にアドバイスをいただき、ありがとうございました、と手土産を差しだした。

あとは適当に世間話でもして、とっとと引き上げようと思ったからだが、

「いやいや、お礼なんかいい。そんなことより、せっかくだから、もうちょいアドバイスしてやろうと思ってな。太刀魚は好きか？」

唐突に聞く。

「は？」

「けっこういい太刀魚があったんで、塩焼きにしようと思ってな」

すっかり飲み会のつもりでいるらしく、台所のグリルに太刀魚を入れてくると、コップ酒をぐいと飲んでみせる。亮太は慌てて壁のポスターを見ながら言った。

「ただ、猪俣さんのご専門は演歌ですよね」

「おう、あれは、わしが手塩にかけた演歌歌手たちだ」

「でしたら、ジャンルが違ってました」

そうとも知らずおじゃましてすみません、と頭を下げて引き下がろうとすると、

「プロモーターにジャンルなど関係ない！」

一喝(いっかつ)された。

「いえ、でも」

言葉を返そうとすると、まあ聞きなさい、と遮(さえぎ)られた。

「あの不思議な歌声を、どう表現したらいいんだろうな。世界的な歌姫、ビョークにも似た彼女の奥深い声の響きを耳にしたとき、久々にプロモーター魂に火がついてしまってな」

へえ、と思った。ビョークといえばアイスランド出身の天才歌姫として九〇年代、世界を席巻(せっけん)し、いまも独自のスタンスを貫いているシンガーソングライターだ。まさか演歌専門の猪俣翁の口から発せられようとは思わなかったが、言われてみれば姫の歌声はビョークを彷彿(ほうふつ)とさせる。

そんな内心を読まれたのかもしれない。

「なんだ、そんなに驚いたか。演歌を売るのに演歌だけ聞いていたら話にならんだろうが。ロックのニルヴァーナだろうが、ラップのエミネムだろうが、ＫポップのＫＡＲＡだろうが、人の心を摑んだものは何でも知っておかんと、この仕事は務まらんからな」

はっはっはと笑う。そう言うわりには、いずれもひと昔前のアーティストだったが、そ

れでも猪俣翁はふと真顔に戻って続ける。

「そんなわしだけに、あんたらがビョーク並みの早熟娘に魅せられて熱を入れる気持ちもわからんではない。ただ、どんなジャンルの、どんな原石も、育て方と売り方を間違えたらおしまいだ。たとえば、この前も言ったが、天才天才と褒めそやしてばかりいたら、せっかくの才能を潰してしまうんだな。近頃の若いもんは、褒めて育てるとかやわなことを言っとるが、冗談じゃない。褒め叱って育ててこそ本物に開花するし、そんな本物にこそ大衆は感動するわけでな」

わかるかね？　とまたコップ酒を口にする。

褒め叱るとは、どういうことか。わかるようでわからない言葉だったが、ちょっとばかり猪俣翁に対する見方が変わった。てっきり演歌専門のレトロ爺さんかと思っていたら、それだけではなさそうだ。すると、その内心も読まれたのか、猪俣翁は焼き上がった太刀魚の塩焼きを亮太に勧め、

「ちなみに、今後、どうやって彼女を売っていくつもりかな？」

と話を先に進める。

「それは、その、香港でまた即興パフォーマンスをやります」

「あの娘は香港出身なのか？」

「そうじゃないんですが」

「なのに、なんで香港なんだ？」

「それは」

「なぜわざわざ香港に行くのかと聞いておる」

矢継ぎ早にたたみかけられ、とぼけていられなくなった。

もういいか。面倒臭くなった亮太は、さっき注がれたコップ酒に手を伸ばし、ごくりと口にしてから答えた。

「彼女のことは、ぼくの友だちが寄り集まって売りだそうとしてるんです。香港行きも友だちが勝手に考えたことなんで、なぜ香港なのか、ぼくにもよくわからないんですね」

「要は、素人連中があの娘を売りだそうとしていると」

「そうです。だから正直、ぼくも呆れてまして。これでも音楽の道を志してきたからわかるんですけど、彼女は素晴らしい原石です。地道にオーディションを受けたりして頑張れば、きっと世に認められると思うんです。なのに彼らはネットを使って手っとり早く売ることばかり考えている。それがぼくには歯痒くてならなくて」

いったん本音をぶちまけたら止まらなくなった。カジたちがフェイク天才娘に仕立てようとしている核心こそ伏せたものの、亮太が抱えているジレンマをそっくり打ち明けてしまった。

すると猪俣翁は太刀魚を箸でほぐして口に運び、コップに残っている酒を飲み干して二杯目を注いでから、ふと亮太の目を見据えた。

「そういうことなら、わしにまかせろ」

「いえ、そういうつもりでは」

「いまさら繕うな。素人考えで弄ばれてるあの娘を、王道のやり方でどーんと売りだしたい。そういうことだろう？　だからわしを頼ってきたんだろう？」

　突如図星を突かれて口ごもっていると、猪俣翁は続ける。

「わしも彼女には大いに興味がある。わしにあの娘をまかせてもらえれば必ずや、どーんと売ってみせる自信がある」

「ただ、そうすると友だちを裏切ることになってしまいます」

「いいや、裏切るわけじゃない。あんたがそう考える気持ちもわからなくはないが、だったら、こうしないかね。まずは、あの娘のデーブイデーをくれんかな？」

「は？」

「丸くて銀色のビデオが映るやつだ」

「ああDVDですね」

「それと、あの娘の歌を全曲収めたシーデーもほしい」

　これはCDのことらしい。いまどきデモ音源は、メールやUSBで渡すことが多いからDVDやCDにはめったに焼かないが、焼けなくはない。ただ全曲といっても、ちゃんと録音したやつは柏駅前で歌った一曲しかない。

「たった一曲か。しかしまあ仕方ない、とりあえずそれを送ってくれるか」

亮太の友だちのやり方とは違うプロモーションを考えてくれるそうで、香港で即興曲を収録したら、それも送ってほしいという。

「ただ、ぼくにはお金がないんですね」

この際、はっきり伝えた。

「金の心配はするな、当面は、わしの持ちだしでやる。あの娘が売れれば金なんてもんは自然とついてくるから、その暁には、あんたの友だちを紹介してもらって話し合おう」

「それでいいんですか?」

出来すぎた話のような気がしてきた。この人は本当に信用できるのか。

「そんな不安そうな顔をするな。この世界に入って四十年、わしはもう金目当てでやる歳じゃない。たまたま柏駅前で見初めたあの娘を、わしのプロモーター人生の締め括りとして世に送りだしてやりたい。その一心なんだ」

わかってくれ、とばかりに亮太の目を覗き込み、再びコップ酒をぐいと呷り、

「ちなみにあの娘は、今後も即興曲だけでやっていくつもりかね?」

また問われた。猪俣翁は、柏駅前のパフォーマンスがフェイクだと気づいていないようだ。どう答えたものか迷ったが、やはりそこはまだ明かさないほうがいい気がする。

「ていうか、即興パフォーマンスは香港で終わりにしたいんですよ。最近、彼女と新曲を三曲ほど共作したんですけど、ぼくのオリジナル曲も含めてもっと彼女の曲を増やして、帰国後は直球勝負でいきたいと思ってます」

これは本心だった。姫の才能に気づいたからには、いつまでもフェイク路線は続けたくない。仮にカジたちから反対されようとも、姫と申し合わせて売り方を変えるつもりだが、そう考えると、ここは猪俣翁と連携したほうがいいのかもしれない。なにしろ本職のプロモーターが、持ちだしでやる、とまで言ってくれているのだ。

もちろん、まだまだ不安もなくはない。ジャンルは関係ないと言われたものの、演歌専門でやってきた猪俣翁がどこまでやれるかは未知数だ。また当面、カジたちと猪俣翁の二股をかけてやっていくことになるから、その後ろめたさもある。

でも、これはもう仕方ないいんじゃないか。それこそ、藁をも掴む気持ちで割り切るしかないのではないか。

ふと口をつぐんで考えていると、

「よし決まった！　だったら今後は二人三脚で、あの娘を売りだそうじゃないか！」

猪俣翁がコップ酒を乾杯するように掲げた。

一瞬、躊躇（ちゅうちょ）したものの、ここは踏ん切りをつけるしかない。ままよとばかりに乾杯に応じた。

第四幕　香港(ホンコン)夜襲

飛行機が高度を落とすにつれて、貨物船が行きかう海の彼方に高層ビルが林立する陸地が見えてきた。

あれが香港らしい。羽田(はねだ)空港を昼過ぎに発って五時間ちょっと。窓際の席は怖い、と尻込みする飛行機が苦手な姫に代わって亮太が座ったのだが、窮屈(きゅうくつ)なＬＣＣの座席に肩を並べ、何を話すでもなくぼんやり座っているうちに到着してしまった。

カジと楓子は背後の席に隣り合わせで座っている。いまも同棲のことは口にしない二人だが、もうバレてもいいと思っているのだろう。懇ろなカップル丸だしでいちゃいちゃしている。

「香港式の雲呑麵(ワンタンメン)って安くておいしいんだよ！」

楓子が声を弾ませれば、

「だったら今回は雲呑麵尽くしだ！」

カジもテンションを上げっぱなし。今日から二泊三日、異国の地で路上ライブをやらなければならないというのに、二人ではしゃぎ続けている。

　そういえば出発の前日、激励も兼ねて電話をくれた慶一郎に亮太は聞いた。

「けど楓子は、なんで姫花が香港でブレイクする展開にしたんだろうな」

　脚本を読んだときは何も感じなかったが、いざ実際に行くとなって初めて素朴な疑問が湧いた。

「亮太さん知らないんすか？　楓子さんがリアルに書ける海外は、唯一、香港だけだからっすよ」

　慶一郎は即答してくれた。芝居に熱中するあまり女子大英文科を中退してしまった楓子は、卒業旅行ならぬ中退旅行に行こうと思い立ち、近場で安かった香港を一人旅した。そのとき、街のそこかしこで日本人も含めた世界中のストリートミュージシャンが路上ライブを繰り広げ、多くの観客が群がっている光景に衝撃を受けたのだという。

「だからカジさんにも、香港は楽しい、って吹き込んでたみたいで、だったらマジで香港ライブやっちまおう！　って話になって、婚前旅行気分で盛り上がってるんだと思うんすよね」

　パスポートを所持していない慶一郎は、急な香港行きに取得が間に合わなかった。その悔しさもあるのだろう、ったくいい気なもんすよ、と電話を切るまで悪態をついていた。

　香港国際空港を出たときには夕暮れどきになっていた。日本から持参したシンセやアンプ、ノートパソコンなどの機材を手にした四人はエアポートバスに乗り、一時間余りかけて九龍(クーロン)半島の南端にある街、尖沙咀(チムサーチョイ)に降り立った。

「まずは地下鉄の通路を見にいこっか」

楓子が言った。二度目の余裕で目敏(めざと)く地下鉄尖沙咀駅を見つけ、観光ガイドよろしく率先して下りエスカレーターに乗り込む。

亜熱帯の香港だけにかなり蒸し暑い。なのにエスカレーターに乗る若い男女は、やたらベタベタ抱擁(ほうよう)したりキスしたりしている。欧米ならともかく同じアジア人でもこうなんだ。蒸し暑さに輪をかける熱さに当てられながら地下通路に入ると、いきなりギターで弾き語る若者に出くわした。

狭い地下通路にマイクとアンプのほか、〝投銭處(トウチエンチユウ)〟と書かれた小箱を置いて伸びやかな歌声を響かせる彼に魅せられた人たちが、楽しそうに聴き入っている。

その隣にはミニコンポから流れる曲に合わせて創作ダンスを踊る女性がいる。そのまた隣にはカラオケ音楽を鳴らして合唱する年配者グループもいる。土日はとりわけ路上ライブが盛り上がると聞いていた通り、若者が大半の日本と違って多様な年代の人たちが思い思いのパフォーマンスを繰り広げている。

「やっぱすごいね」

楓子が声を上げ、早速、動画を撮影しながら、

「ついでにプロムナードの様子も見に行こっか」

と言いだした。徒歩五分のプロムナードこと尖沙咀東部海濱公園でもやっているという。

すぐに移動してみると、ビクトリアハーバーと呼ばれる海峡沿いに延びる散策道を兼ねた細長い公園だった。一キロと離れていない向こう岸には香港島の中環という金融街が広がっている。奇抜なデザインの高層ビルがニョキニョキと何棟も密集してそびえ立ち、この時間、ぼちぼち灯りはじめた眩いネオンの光が、スターフェリーと呼ばれる渡航船が行きかう海面に映る光景は圧巻だ。

そして、ここにも数多のストリートミュージシャンが集まっていた。さっきの地下通路と同じく多様な年代がいるのはもちろん、香港人のほか欧米系や東南アジア系などバラエティに富んだ人たちが賑々しく歌や演奏に興じている。それに群がっている人たちも気さくに手拍子を打ち、陽気に踊り、気前よく小銭を投げ入れている。

「なんだか、わくわくしてきたな」

スキンヘッドをテカらせたカジが声を上げた。実際、日本と違って路上ライブがひとつの文化として定着している様子がひしひしと伝わってくる。

ただ、亮太は怖くなった。プロムナードでは明日の晩にやる予定だが、ここであの茶番を演じたところで路上ライブ慣れした現地の人たちに見抜かれるのではないか。その挙げ

句に笑いものにされるのではないか。想像するほどに逃げ帰りたくなるが、そんな亮太に気づいてか、

「さあ、さっさと宿にチェックインして、あたしたちも頑張るからね！」

Ｓ口調の楓子に気合いを入れられた。

九龍半島のメインストリート、彌敦道（ネイザンロード）に面した雑居ビルの中に、楓子が予約した〝ゲストハウス〟はあった。一人当たり一泊二千五百円と超格安の宿だが、そのぶん、男女混合ドミトリーと呼ばれる二段ベッドが二つ置かれた狭苦しい四人部屋で、シャワーは共同。えらく黴臭（かびくさ）いのも気になるが、二泊だったら辛抱できる。チェックインして荷物を置くなり再び街へ飛びだした。

尖沙咀から地下鉄で三駅の旺角（モンコック）。土日には〝西洋菜南街（サイヨンツオイナームガイ）〟という通りで歩行者天国が実施され、香港随一の路上ライブのメッカになるそうで、そこが今夜の姫の舞台になる。

柏駅前と違って拡声機材も持ち込めるため、かつて楓子が訪れたときは夜十時過ぎまで通り全体に多種多彩な音楽が鳴り響いていたそうで、

「あそこで注目を集められれば、まず香港中の話題になると思うんだよね」

と期待を膨らませている。

ただ、ひとつ困ったことに、今回は慶一郎も玲奈も萌絵も亜希子もいない。サクラが少ないだけに、どうやって姫を注目させるかが問題だが、

「なあに問題ねえ。日本人観光客も多いみてえだし、そいつらを巻き込んで騒ぎ立ててやりゃ、乗りのいい香港人が群がってくるって」

毎度のことながらカジは楽観視している。

一方、当の姫は相変わらず淡々(たんたん)としている。海外は高校の修学旅行で台湾に行ったきりだそうだが、それにしては、初めて香港を訪れた感激や興奮といった感情がまるで見られない。東西の文化が混在した異国で路上ライブをやるとなれば、ふつうなら緊張したり浮足立ったりするはずなのに、度胸があるのか無神経なのか、いつものぽわんとした面持ちでいる。

午後七時半過ぎ、機材を担いで地下鉄旺角駅に降り立ち、地上に上がると漢方薬のような香りが漂ってきた。尖沙咀の街角でも気づいてはいたが、こっちのほうがより強く感じられる。

「中国のブレンドスパイス、五香粉(ごこうふん)だね。とくに八角(はっかく)の香りが強く立つからより漢方薬っぽく感じるんだけど、あたしは好き」

楓子が得意げに説明し、ちょっと腹ごしらえしていこっか、と蝦(えび)雲呑麵の店に飛び込んだ。香港の蝦雲呑はぷりぷりの海老がみっしり詰まってて大好き、と飛行機の中でも騒いでいたが、なるほど、食べ応えのある蝦雲呑と細麵の取り合わせが絶品だった。

腹を満たしたところで、ブランドショップや宝飾店、飲食店、雑貨店などが軒(のき)を連ねる西洋菜南街に入った。いよいよだ、と亮太が身を引き締めていると、不意にカジが声を上げた。

「おい、歩行者天国なんてやってねえぞ」

天国のはずの車道に車が走っている。土曜日は午後から夜遅くまでやってる、と楓子は言っていたのに、どうしたことか。

とりあえず歩道の端から端まで歩いて、別の通りも覗いてみたが、歩行者天国などどこでもやっていないし、ストリートミュージシャンも見当たらない。

「おかしいなあ」

楓子が首をかしげ、通りがかりの香港人女性を呼び止めた。歩行者天国は英語でペデストリアンストリートと言うらしく、今夜はやらないの？　と尋ね、

「ヤバいよ、去年終わったんだって」

眉根を寄せている。沿道の店や住民から、騒音がひどすぎると苦情が殺到したため中止になったそうで、

「マジかよ」

カジが啞然としている。

「ごめんね、ちゃんと調べとけばよかった。さっきのプロムナードに戻ってやる？」

楓子がしゅんとして謝ったものの、

「冗談じゃねえよ、せっかくはるばる来たってのに」

カジは露骨に舌打ちして天を仰ぐと、

「こうなったら歩道でやっちまうか」

無茶を言いだした。

「それはヤバくない？」

「なあに、あんな狭い地下通路でもやってたんだ。どうせ一曲だけだし、天才天才って騒ぎ立てて、さっさと引き上げちまえば、どってことねえって。せっかく旺角まで来たのに爪痕(つめあと)を残さなきゃもったいねえだろが」

「けど」

「おまえのミスだってのに、いちいち反対すんなよ。香港は大らかな街だから、日本人のゲリラライブだ、ってんでみんな喜んでくれるって。そう思うよな？」

ぼんやりと佇(たたず)んでいる姫に問いかけたものの、彼女も戸惑いの色を見せている。それでもカジは引くことなく、

「よし、とっととやっつけちまうぞ！」

とみんなを煽り立て、持参した英語と広東語の垂れ幕を街路灯のポールに吊りはじめた。楓子はどうするのかと見ていると、ミスした負い目もあるのだろう、しぶしぶながらも歩道の一角にしゃがみ込み、カメラの三脚のセットに取りかかる。

こうなると姫も亮太も動かないわけにはいかない。シンセやライン録り用のマイクとアンプを急ぎセッティングして、音声テストもそこそこに亮太は現場から離れた。今回、サクラは亮太とカジしかいない。二人が姫の仲間だと気づいている通行人は少ないはずだと見切って、日本人観光客に成りすまして盛り上げることにした。

楓子がマイクを握った。

「你好(ネイホウ)！　ウェルカムトゥー、ヒメカズ、インプロビゼーション、ショー！」

こんばんは！　姫花の即興ショーにようこそ！　と声を張り、

「プリーズ、ソングス、スィーム！」

歌のテーマをよろしく！　と呼びかける。間髪(かんはつ)を容(い)れずカジと亮太が、あらかじめ決めてあったテーマを矢継ぎ早に投げかける。

「唔該(ンゴイ)！」

ありがとう！　と楓子が礼を言いながらホワイトボードに書きつける。

すかさず姫花が、いま思いついた、といった体(てい)でシンセでイントロを奏(かな)ではじめ、亮太と共作した曲を歌いだす。

〽勇ましい言葉には嘘がある
勇ましい言葉には耳を塞げ

のっけから凄まじいハイトーンが炸裂した。マイクの音量が思いきり上がっていたこともあり、癖の強いざらついたハスキーボイスが行きかう人たちを直撃する。その力強く伸びやかな歌声には、さっきまでぽわんとしていた姫とは別人のごとき圧倒的な存在感がある。

一人の香港人がふと足を止めて携帯を取りだし、動画を撮りはじめた。ほかの通行人も、ざわざわと集まってくる。それでも姫は憑かれたように歌い続けている。怒濤のハスキーボイスが宵闇の西洋菜南街に響き渡る。

柏駅前のときは、ビギナーズラック的な幸運が味方してくれたと思った。その後の歌唱レッスンでも才能の片鱗は感じたものの、まだまだ原石だから、もっと磨きをかけなければと思った。だが、今回は違った。その並外れた歌声に亮太は初めて身震いし、一番が終わると同時に本気で叫んでいた。

「ジーニアス！」

このひと声に触発されたごとくカジも、

「ジーニアス！　天才だ天才だ！」

日本語まじりの称賛の雄叫びを上げはじめ、楓子もまた姫の桁外れの歌いっぷりに仰天したのだろう、

「ジーニアス！　ジーニアス！」

ＭＣ役であることも忘れて騒ぎ立てている。

そのとき、一人の男が駆け寄ってきた。香港人っぽい顔つきの体格のいい男だったが、彼もまた姫の歌に魅せられたのか、と目で追っていると、不意に姫の前に立ちはだかり、

「ストップイット！」

いきなり怒鳴りつけた。

大汗をかきながら尖沙咀のゲストハウスに戻ったのは、小一時間後だった。

出掛けるときと違って、ずっしり重たく感じる機材をよいしょと床に置き、二段ベッドの下段に腰を下ろした亮太は、はあ、とため息をついた。

「飲む？」

楓子が冷たい缶ビールを突きだしてきた。帰りがけに寄ったコンビニで買ったものだ。酒税が安い香港では一本百円以下だったから、

「二カートンも買ってきちゃった」

とレジ袋を開いて見せる。

一本もらって飲んだ。香港のビールは日本のものより薄く感じるが、それが蒸し暑い気候に合っているのか、キリッとした飲み口で意外とおいしい。姫は、と見ると向かいの二

段ベッドの上段に寝転がり、何を考えているのか無言で天井を見つめている。

「おれ、ちょっと出てくるわ」

カジが気怠そうに言った。

「やだ、どこ行くの？」

楓子が訝しげに聞く。

「散歩だ」

不機嫌そうに言い捨てるなりドアを開け、さっさと部屋を出ていった。

「ちょ、ちょっと待ってよ」

楓子が慌ててカジを追っていく。

やれやれ、だった。ホテルに戻る道すがら、カジは楓子をなじりっぱなしだった。

「ちゃんと調べとけよ！　せっかくの香港ライブが台無しじゃねえか！」

あまりの剣幕に、すれ違う香港人が怪訝そうに見ていたが、その責任の一端はゲリライブを強行したカジにもある。姫の歌は、これまでにない最高の出来栄えだったものの、あそこで無茶さえしなければ、こんな事態にはならなかった。なのにカジときたら一方的に楓子を責め立てるのだから鼻白んでしまう。

ストップイット！　と姫の歌を中断させた男は、だれが通報したのか、旺角警署の私服警官だった。いますぐ撤収しろ！　と鬼の形相で命じられ、その場でこってり油を搾られた。

広東語なまりの英語で捲し立てられたから、その場では何を怒っているのかわからなかったが、あとで楓子が通訳してくれた。

『西洋菜南街は歩行者天国を中止して以来、路上ライブは一切禁止されている。二度とここで演奏するな。今度通報があったら口頭注意ではすまされない。即刻逮捕してビザを取り消し、強制送還だ！』

実は、歩行者天国が中止された二か月後にも、日本人のストリートミュージシャンがゲリラ的に路上ライブをやって厳重注意されたばかりだそうで、

『日本人ってやつは、どうしてこうなんだ！』

と吐き捨てられたという。

香港は大らかな街だから、と高を括っていたカジを呪った。大らかどころか、日本人の評判まで落としてしまった。そう思うとなんだか申し訳ない気持ちになるが、それにしても、初の路上ライブは猪俣翁に邪魔され、二度目は私服警官に咎められ、なぜ毎回、こうなってしまうのか。

亮太は二段ベッドの下段に、どすんと横になり、ヤケ酒のごとく缶ビールの残りを呷った。するとベッドサイドの携帯が震えた。猪俣翁からだった。日本からの着信の場合、料金はどうなるんだろう。下手すると高額になるかも、と思ったものの、なぜかほっとして

応答すると、

「どうだったかね、香港初日は」

のんびりした口調で問われた。三千キロ近く離れているとは思えないほど明瞭な声だったこともあり、急に日本に引き戻された気分になって、

「実はですね」

姫の耳も意識しながら旺角での顚末を話した。

「ほう、そりゃまた面白い落ちがついたもんだな」

はっはっはと笑っている。

「笑い事じゃないですよ」

わざと大げさに嘆息してみせると、それでも猪俣翁は他人事のように続ける。

「しかしまあ、それはそれでラッキーなハプニングだったと前向きに考えるとして、ひとつお願いがある。急いで追加の曲を作ってくれんかな」

町屋の事務所を訪ねたときに頼まれたＤＶＤはすでに送ってある。その際、姫と共作した三曲のラフ録音もＣＤに焼いて同封しておいたのに、まだ足りないのだろうか。

「もうちょい、ほしいんだなあ。あんたも曲を増やして勝負していくって言ってたろうが。異国で刺激を受けたんだから創作意欲も湧こうってもんだろうし、この際、帰国までに五曲はほしい」

「五曲も？」

「それぐらい、ささっと作れんようじゃプロとは言えんしな」

頼んだぞ、と言い置くなり電話は切れた。

またしても、やれやれだった。こっちの状況も知らずに勝手な話だったが、無償でプロモーションの手伝いを頼んでしまった手前、抗うわけにもいかない。ただまあ、カジも楓子も腐っていたし、こんな状況では一夜明けても路上ライブどころじゃないはずだと踏んで、

「姫、明日は二人で曲作りに集中するぞ」

向かいの二段ベッドに呼びかけると、しばしの間があってから、

「うん」

思いのほか素直な返事が戻ってきた。

考えてみれば、あんな事態に遭遇したというのに、当の姫は動揺を見せるわけでも、しょげ返るわけでもなかった。どれだけメンタルが強いのか、はたまた鈍感なのか、相変わらずの掴みどころのなさに不気味さすら覚えるが、彼女に倣って（なら）おれも気持ちを切り替えよう。そう踏ん切りをつけた亮太は缶ビールを飲み干し、まだ夜十時前だというのに黴臭いベッドに潜り込んだ。

翌朝、目覚めたのは朝の九時過ぎだった。旅疲れにトラブル疲れも重なったからだろ

う。夢ひとつ見ることなく十一時間以上も寝入っていたらしく、ふと顔を上げて向かいの二段ベッドを見ると、楓子と姫が下段に座って何か食べている。

楓子はいつ帰ってきたんだろう。寝起きのぼやけた頭で考えていると、

「朝ご飯、食べる？」

楓子に聞かれた。ゆうべは軽く飲んだだけで帰ってきたそうで、帰りがけに再度コンビニに立ち寄り、朝食用に〝蝦餃（ハーガウ）〟こと海老餃子（えびギョウザ）と〝腸仔包（チョンジャイバウ）〟ことソーセージパンを買っておいたという。

そういえば、昨日は旺角で蝦雲呑麵を食べたきり何も食べていない。よし、食うか、とベッドから起き上がった瞬間、カジが上段に寝ていることに気づいた。

「なんだ、結局、カジもおとなしく帰ってきたのか」

いつもならオールのパターンなのに、やっぱ堪（こた）えたんだろうな、と苦笑いしていると、

「違うの、カジは明け方に帰ってきたの。まったく一人で何してたんだか」

楓子がぼやいた。あれから二人で小一時間ほどパブで飲んだあと、二軒目に行こう、と歩きだした途端、カジとはぐれてしまった。仕方なく楓子一人で帰ってきたそうで、

「明日は二人で香港観光しよう、とか言ってたくせに」

まだ寝ているカジを横目にふて腐れている。

そういえばカジは羽田を発つ前、香港には売春を禁じる法律がねえんだよな、と亮太に

耳打ちしてほくそ笑んでいた。夜道で楓子をまいて、その手の店にでも行ってきたんじゃないか、と下種な想像をめぐらせていると、突如、カジがむっくりと起き上がった。

「楓子、観光に行くぞ」

寝ぼけ声で言って上段から降りてくる。どうやら楓子のぼやきが耳に届いたらしかったが、

「けど」

楓子が困惑した顔で亮太と姫を見る。とっさに亮太は二人に気遣ったように言った。

「いや、ぼくらは別行動にするから二人で行ってこいよ」

三日ぶりの羽田空港に帰り着いた翌日の晩、玲奈から携帯にメッセージが届いていた。

『香港のパフォーマンス、どうでした?』

彼女は彼女なりに気にかけてくれていたらしく、モノレールの中から返信した。

『大失敗。警察にストップかけられた』

『強制終了ってこと?』

『まあね』

『いったい何しに行ったのよ』

失笑マークが入っていた。

　実際、二泊三日の香港の旅は、初日の旺角で路上ライブを打ち切られたきり、二度と路上に立つことはなかった。二日目の日曜日も、午後は中環の高層ビルの谷間にある小さなテラス広場、夜はプロムナードでやる予定だったのに、ふて腐れてしまった楓子のご機嫌とりにカジが香港観光に連れだして夜まで帰らなかったため、これも叶わなかった。

　三日目も午後の帰国便まで半日あったが、月曜の午前中に路上ライブをやるわけにもいかない。余った時間は各人の自由時間にしようと話がまとまり、何のためにわざわざ香港まで来たのかわからないまま香港国際空港を飛び立ったのだった。

『だったら、そっちは諦めて新劇団を立ち上げません？　あたしも準備を進めてるところだし』

『いや、フェイクパフォーマンスはやめるけど、やっぱ姫は売りだしたいんだ。猪俣の爺さんも協力してくれるっていうし』

『まだやるつもりなんですか？』

『うん、やる！』

　途端に玲奈は沈黙してしまったが、実際、亮太は手応えを摑みはじめている。

　カジと楓子が夜まで出掛けていた二日目は、

「よし、いまのうちに曲を作ろう」

と姫と二人で曲作りに熱中した。

やり方は、先日、カラオケ屋で曲作りしたときとほぼ同じだ。ゲストハウスの部屋にシンセをセットして、まずは亮太が曲想のヒントを投げかけ、それに触発された姫が思いつきのメロディと歌詞で歌う。その歌を亮太が修整しつつ即興で編曲してノートパソコンに録音する。それを聴いた姫が再び歌い、亮太がまた音楽的に色づけする。

こうして二人でキャッチボールを繰り返しているうちに、思いつきの歌がどんどん磨かれていく。そんな作業を続けているうちになんだか楽しくなってきて、瞬く間に時間が過ぎた。途中、隣室の宿泊者に文句を言われて歌声とシンセの音量を思いきり下げたが、二人の熱量は下がることなく気がつけば午後になっていた。

さすがに腹が減ってコンビニに走り、〝柱侯蘿蔔牛筋腩飯〟こと大根牛肉煮込み弁当を買ってきたものの、食べている途中、また別の曲想が浮かんで弁当そっちのけで音の世界に舞い戻る。やがて煮詰まると気分転換に街の散策に出掛け、近所で見つけた九龍公園を歩いているときに新たなアイディアが閃き、慌てて宿に駆け戻って再度音のキャッチボールに時を忘れる。

そんなこんなで、カジたちが香港観光から戻ってくる夜半まで、二人ともほぼ宿にこもりきりで曲作りに没頭した。ふつう若い男女が宿にこもるとなれば、やることはまずひとつしかない。なのに邪な気持ちなど微塵もないまま、ただひたすら閃きと創造の世界に浸り続けた。

それでも二人には時間が足りなかった。各人の自由時間とした三日目の午前中も、姫と申し合わせてカジたちを先に送りだし、チェックアウトタイムぎりぎりまで曲作りに励んだ。香港国際空港に着いてからも、遠慮なく歌える空港見学デッキで曲を作り続け、出発時間の直前になって搭乗口に駆け込むと、

「亮太たちは、どこ観光してきたんだ？」

再会したカジに不思議そうに問われた。それで初めて亮太は、観光のことなど考えもしなかったと気づいたほど音楽に熱中していた。

それは姫も同じだったのだろう。帰国便の機中では、またいつものぽわんとした面持ちで座っていたものの、羽田空港での別れ際、

「楽しかった」

いつも寡黙（かもく）な口から、ぽろりと漏れたひと言に、亮太は口角を上げてうなずき返したものだった。

その晩、高円寺の自宅に帰宅した亮太は、改めて香港で作った曲を聴き返してみた。成果は十分だった。わずか一日半にして形になったのは四曲。作りかけが三曲。メロディや歌詞の断片に至っては二十以上も入っていた。こんなハイペースはまずありえない。さらに整理して仕上げていけば、猪俣翁から指示された五曲というノルマはどうにかクリアできそうだった。

カラオケ屋で姫と曲作りしたときは、亮太の言葉を即興で歌に昇華する力、つまり歌詞のアレンジ力に長けた娘だと思っていた。だが、過小評価もいいところだった。姫は傑出したメロディメーカーの資質と、身の丈に合わぬ作詞能力も持ち合わせている、と初めて気づかされた。亮太のフォローが奏功しているにしても、この天然娘のどこにそんな才能が眠っていたのか。曲作りの合間に香港のコンビニ弁当を食べながら、ふと亮太は聞いたものだった。

「姫は、いつも何を食べてるんだい?」

ふだん彼女は何を食べ、どんな暮らしをしているのか。よくよく考えてみれば、そんな基本的なことも知らないままだと気づいたからだ。

姫花のプロフィールは十六歳としている。それ以外のことは〝謎の天才歌姫〟なんだから非公開でいいだろう、とカジが勝手に決めてしまったから、彼女の本当の経歴はだれも知らない。一人暮らしなのか、だれかと同居しているのか、はたまた実家暮らしなのか。大学や専門学校には行っていないのか、バイトはやっているのか、友だちはいるのか。私生活については姫自身も語ろうとしないし、亮太たちもまた、閉ざされたオーラを放つ彼女に聞いてはいけない、と思い込んでいた。しかし、二人で創作の世界に浸っているうちに聞かずにいられなくなり、いつも何を食べているのか、というとっかかりから掘り下げてみたくなったのだった。

すると姫は弁当を食べる手を止め、

「おにぎり」

ぼそりと答えてくれた。いつも自分でご飯を炊いて握っているという。

「じゃあ一人暮らしなの？」

思いきって踏み込むと、小さくうなずく。

「バイトとかは？」

「介護」

老人介護施設で介護士補助の仕事をやっているという。要介護の高齢者に食事を食べさせたり、清掃、洗濯、買い物に行ったり、といった雑事をこなすバイトのようだ。

「だったら、二泊三日も旅に出たらまずいだろう」

急に心配になった。

「大丈夫」

介護の現場は一人でも多くの人手を必要としている。週に四日とか五日とか、働けるときだけ働く不規則バイトも受け入れてくれる施設なのだという。

「けど、それだと収入が安定しないよね」

さらに踏み込むと、

「貧乏」

めずらしく苦笑いする。下膨れの頬をてれんとゆるめて白い歯を覗かせる。その反応に調子づいて、たたみかけた。

「ちなみに故郷はどこなの？」

途端に姫が笑みを消した。ふと遠くを見る目になったかと思うと弁当の蓋を閉じ、押し黙ってしまった。

そのとき以降、姫のプライベートには踏み込まないようにしている。姫は姫で崖っぷちに立って、この道に懸けている。秘められた気概を窺い知れただけに、いまや姫にも負けない崖っぷちに立っている亮太としては、それ以上は問い質せなかった。

こうなったからには姫と二人三脚で踏ん張るしかない。

亮太は改めて自分に気合いを入れ直し、香港滞在中、一応は形になった四曲と、作りかけの曲の仕上げにかかった。とりあえずメロディをフィックスさせて、それぞれの曲に応じた緻密な編曲を施し、完成度の高いカラオケトラックを録音する。その上で姫の歌をダビングして、全体の音のバランスを調整してからＣＤに焼いて猪俣翁に渡す段取りだ。

ただ、そこまで辿り着くには、どれだけ頑張っても一週間から十日はかかる。そこで改めて猪俣翁に電話で伝えたところ、

「もうちょい早くならんかなあ」

と急かされたが、こればかりは譲れない。それでなくても香港のパフォーマンスが失敗

に終わったのだ。多少時間がかかろうとも、納得のいく楽曲に仕上げなければ亮太も姫も悔いが残る。

「しっかり時間をかけて完成させて、二人とも納得したものを猪俣さんに聴いてほしいんです」

最後はそう言って捻じ込み、ここが正念場と腹を括って寝食を忘れて仕上げに打ち込んだ。

三日目の晩には、どうにか二曲完成した。このペースなら歌入れも含めて一週間あれば五曲完成できるかもしれない。よし、頑張ろう！　と自分に発破をかけたそのとき、ドアチャイムが鳴った。こんな時間にだれだろう。

恐る恐るドアスコープを覗いてみると、魚眼の向こうに赤毛の楓子がいた。

電話の一本もくれればいいものを、こういうときに限って邪魔が入る。正直、迷惑な深夜の訪問だったが、楓子はかまうことなく部屋に上がってくると、

「はい、これ」

紙袋を突きだしてきた。シングルモルトのスコッチウイスキー十二年ものが入っていた。カラオケ仕事がなくなって以来、亮太は安物のハイボールしか飲んでいない。無収入の倹約生活に突入した身には、もったいないほどの高級品だ。

「どうしたんだよ、急に」

訝りながら問い返すと、

「香港の動画、粗編集したから飲みながら見てもらおうと思って」

にっこり笑う。

「けどいいのか？　こんな高い酒」

「大丈夫。お客のエロおやじからもらったやつだから、ガンガン飲んじゃって」

キッチンから勝手にグラスを持ってきて、どぼどぼとジュースのごとく注ぐ。

「おつまみはゴルゴンゾーラとライ麦パン。けっこうスコッチに合うんだよね」

また突きだしてくる。いつにも増してぐいぐい押してくる楓子に困惑したが、そんな亮太をよそに楓子は自分のグラスにもどぼどぼ注いで、がぶりと口をつけてから持参のノートパソコンを開く。あの大失敗パフォーマンスをどう編集したのか知らないが、すぐ見てくれという。

ただ、亮太にはそれよりも気になることがあった。

「そういえばカジはどうしたんだ？」

柏駅前ライブの粗編集を見たときは彼も一緒だった。

「さあね。もうあたし、あいつの面倒なんか見ない」

もはや同棲していた事実を隠す気はないらしく、せっかく同居させてやってたのにひどい男なんだから、と明け透けに吐き捨てる。

「何かあったのか？」

亮太もスコッチを口にして問い返した。

「何かどころじゃないよ。あいつったら香港で何やってたか知ってる？　旺角でしくじったあの晩、あたし、カジとはぐれて宿に帰ってきたよね。あのあとカジが朝まで何してたのかと思ったら、ピンポンマンションに行ってたんだよ」

「ピンポンマンション？」

「香港名物の風俗だよ」

街角のマンションの一室。ドアチャイムをピンポンと鳴らすと、部屋にいる女性がドアを開けてくれる。その女性が気に入ったら料金交渉して、お楽しみの時間を過ごす、というものらしい。

「そんなのがあるんだ」

「そんなのも何も、あいつったら、マンションのはしごまでしてたんだよ。おまけに、そんな金がどこにあったのかと思ったら、万一のためにあたしがスーツケースに隠しといた予備のお金を、こっそり持ちだしてたわけ」

それでも、悪いことはできない。帰国した翌朝、あそこがおかしい、とカジが騒ぎだし、慌てて医者に診(み)せたところ性感染症だと判明した。どういうことよ！　と楓子が詰め寄ったところ、くだんのピンポンマンション遊びを自白したのだという。

「ひどくない？　楓子が下調べしてなかったから旺角でしくじった、とか文句言ってたくせに、自分はピンポンマンションのことばっかり下調べしてたんだよ。おまけに淋しい病気をもらっちゃうなんて、エロおやじもいいとこじゃん。なのにあたしが怒ったら、おまえだってSM嬢やってんだから同類だ、って開き直るわけ。冗談じゃない。あたしは体なんか売ってないし、ピンポンマンションと一緒にしないで！　って言い返したら、ぷいっと飛びだしていっちゃって」

あんなクズ男いないよ！　と怒りをぶちまける。

SMプレイとピンポンマンション遊び。楓子の許容範囲の尺度がよくわからないが、怒る気持ちはもちろん理解できるし、カジがクズ男なのも間違いない。しかも、それっきりカジは帰らなくなったそうで、携帯にメッセージを送っても応答はなし。行方をくらましたばかりか、フェイクプロジェクトも投げだしてしまったという。

「それはひどい話だなあ」

亮太も憤慨した。二人の痴話喧嘩はどうでもいいが、あれだけプロジェクトを煽り立てていた張本人があっさり投げだそうとは思わなかった。勇ましいことばかり言ってたくせに、いざとなったらさっさと逃げてしまったわけで、いつか姫に話した通りの展開になってしまった。

「しょうがないから、動画はあたし一人で粗編集したんだけど、もうどうしようかと思って」

　楓子はまたスコッチをがぶりと飲み、ライ麦パンにゴルゴンゾーラをのせてヤケ食いのごとく口に押し込む。

　ただ、姫を本気で売りだそうと決めた亮太にとっては、カジがいなくなったのは逆に好都合に思えたが、念のために聞いた。

「じゃあ、楓子もプロジェクトをやめるつもりなのか？」

「正直言うと、あんな男でも、いなきゃいないで先に進まないから諦めようかと思ったの。けど、改めて香港で撮った動画を見たら、このまま終わらせちゃもったいない気がしてきて」

　姫を巻き込んでしまった手前もあるし、どうしたものか迷っているという。

「だったら、とりあえず動画を見せてもらおうかな」

　亮太が促すと、楓子はグラスを置いてノートパソコンを立ち上げた。

　香港島を望むビクトリアハーバーの絶景から動画はスタートした。中環に林立する高層ビル群からカメラが徐々に引かれ、海沿いのプロムナードで演奏する現地のストリートミュージシャンたちを流し撮りしているところに、ふっとタイトルが浮かび上がる。

『路上ライブのメッカ香港に

　天才歌姫〝姫花〟参上！』

すかさず画面は旺角の西洋菜南街に切り替わり、街路を行きかう人々の情景に続いて、シンセの前に立つ水玉ワンピースの姫にカメラが寄っていく。もはや姫にとって水玉はライブ衣装という認識のようだが、その姿からは異様な存在感が浮かび上がってくる。

それからの数分間は素晴らしかった。楓子のＭＣに続いてカメラのフレーム外から亮太とカジがテーマを投げかけるや、姫の歌声が異国の街角に響き渡った。ライン録りした歌とシンセはまだ合体させていないから、カメラのマイクが拾ったラフな音なのに、それでも圧巻の歌声だった。

やがて姫が一番を歌い終えた。その瞬間、ストップイット！　という叫び声とともに私服警官が駆け込んできたかと思うと、その直後にぷつりと動画が途切れた。

「どう思う？　姫の歌はすごくいいと思うんだけど、これじゃ動画サイトに上げてもしょうがない気がして」

楓子は唇を嚙みながらノートパソコンを閉じた。

「うーん」

亮太は唸った。路上ライブとして失敗だったのは間違いないが、姫の歌が素晴らしすぎるだけにもったいないと思った。

「とりあえず、こうしないか。ライン録りの音を合体させてから、もう一人のストップイット野郎にも見てもらおうと思うんだ」

う。

「もう一人のって？」

楓子に問い返された。一瞬、迷ったものの、カジが投げだしたんなら、もう大丈夫だろう。

「柏駅前で乱入してきた爺さんだ。猪俣さんっていうんだけど」

思いきって名前を口にした。動画サイトに上げられないにしても、せっかくだから姫の歌だけでも猪俣翁に聴かせたくなった。

成りゆきとは恐ろしいものだ。

けっして亮太は、自ら道を選びとってきたわけじゃない。断りきれずに引っ張り込まれ、なし崩し的に逃げ道を塞がれ、気がついたら、ここまで追い込まれていた。だからといって、いまさら引き下がれない。たとえ成りゆきだろうと、もはや自ら道を選びとらなければ亮太の人生が立ちゆかなくなる。

こんな心境になろうとは思ってもみなかった。だからといって、いま逃げだすわけにはいかない。しぶしぶながら、という気持ちは封印して、ここは突き進むしかない。

腹を括った亮太は、三日後の朝、香港パフォーマンスを粗編集した動画のＤＶＤと、姫と共作した楽曲を収録したＣＤを手に、都電が行きかう町屋へ向かった。

商店街沿いの八百屋の三階。猪俣興業の事務所の呼びだしボタンを押すと、赤ら顔の猪俣翁が姿を現した。見ると、応接セットのテーブルに飲みかけの缶ビールが置いてある。

「朝からビールですか」

　さすがに引いていると、

「モーニングビアと言いなさい、わしの健康法だ」

　得意げに言って猪俣翁は白髪に手櫛を入れ、一緒にどうかね？　と勧める。つまみがほしければ酢〆（すじめ）の鯵（あじ）があるという。

「いえ、ぼくは」

　首を横に振った。今日のところは、さっさと動画と楽曲を披露して退散したほうがよさそうだと思い、

「早速ですが」

　と使い込まれたプレーヤーを借りてＤＶＤを再生した。

　香港の映像が流れはじめた。猪俣翁はモーニングビアを手に眺めている。ほどなくして姫が歌いはじめても、じっと見つめたまま押し黙っている。

　演歌のプロモーターなんか使えないよ、と楓子は呆れ顔で笑っていたが、やはり、この爺さんに姫の歌は響かないのだろうか。その無反応ぶりにちょっと落胆していると、画面の中では私服警官が駆け込んできて、ストップイット！　と叫び、そこで動画は終わった。

亮太は無言でイジェクトボタンを押した。猪俣翁は相変わらず黙っている。やはり香港パフォーマンスのことは忘れたほうがよさそうだ。

この様子ではCDを聴かせても成果はないだろう。改めて出直そう、と帰り支度をはじめようとした途端、猪俣翁がモーニングビアをぐいと飲んでからぼそりと言った。

「凄いじゃないか、こいつはいける」

意外にも褒め言葉だった。

「でも、せっかくの歌がストップイットで台無しになっちゃいましたし」

「いいや、そんなものを差し引いても凄かったし、これなら自信をもって売りだせる」

きっぱり言い切る。

そこまで言われてしまうと、正直、困る。無反応だったわりには素晴らしいと褒められて嬉しい気持ちもあるが、よくよく考えてみれば、猪俣翁は香港パフォーマンスがフェイクだと知らない。これ以上、伏せておくと話がややこしくなる。

「ただ猪俣さん、いままで黙ってて申し訳なかったんですけど、これってぶっちゃけ、茶番なんですよね」

思いきって打ち明けた。柏駅前のほうも同様で、すべてが仕組まれたパフォーマンスでした、とぶちまけた。すると猪俣翁は片眉を吊り上げ、

「そんなことは最初からわかっておる」

ふんと鼻を鳴らした。

「は?」

戸惑っていると、たたみかけられた。

「天才娘を売りにしようと茶番を仕組んだ。そう言いたいんだろう? だが、そんなものはとうの昔から使い古されてきた手だし、改めて言われんでもとっくにわかっておる。〝百年に一人の天才美少女歌手〟やら〝美空ひばりの生まれ変わり〟やら〝百万ドルのボイス〟やら、過剰なキャッチフレーズを掲げて茶番イベントを繰り広げてきた歌手が、古今東西、どれだけいたことか。ちなみにプロフィールは?」

「謎の天才歌姫ということで非公開にしてます」

「なるほど。それもまあ、ありだからよしとしよう。しょせん芸能なんてものは茶番だ。基本となる能力を踏まえた上で、いかに茶番として盛り上げてカリスマ化していくか。そのやり方は星の数ほどあるが、知恵を絞りに絞った茶番の歴史が古今東西続いてきたわけだ。ただ、いつの時代も、そうそう簡単に売れるもんじゃない。だからこそあんたらも、そのパフォーマンスとやらを思いついたんだろうから、とやかく言うつもりはない。ただ、ひとつ大事なことは、そんなありきたりな茶番を見せられたにもかかわらず、わしは姫の歌に魅せられた。なぜだかわかるか?」

目を覗き込んでくる。なぜだろう。考えていると、猪俣翁は答えを口にした。

「柏駅前で初めて聴いたとき、わしは直感したんだ。姫の歌には茶番を超えた何かが秘められておる、と。それでなくても天才を演じきることほど難しいことはない。なのに姫は、ただ演じきるだけじゃなく、本物の天才かもしれないと思える域にまで迫っておるんだな。これがどういうことかというと、姫は歌声だけで泣かせられる歌い手なんだ。こう言っちゃなんだが、泣かせる歌詞を泣かせるテクニックで歌って泣かせられる手練(てだ)れの歌手はいくらでもいる。ところが、姫は違う。彼女は歌声そのもので泣かせられる。感動させられる。そんな稀有(けう)な存在なんだな。これはもう何を差し置いても得難いことだ。いかなる手練れといえども、そこまで高い次元の歌声は持ち合わせていない。いやもちろん、まだまだ伸びしろはたっぷりとあるから、このままでいいと言っとるわけじゃないし、もっともっと姫は化けるとわしは確信しておる。その意味で、あの茶番劇は香港を最後に打ち切っていいと思うが、ただ、柏駅前でやったやつと同じく香港のやつもインターネットに流すべきだ。姫の歴史として初期の茶番を残しておけば、これからどんどん増えていくであろうファンの語り草になるからな。横槍を入れた警察官のことも含めて、いずれ世間のみんなが姫の逸話として面白がってくれるに違いない」

　わかるか？　と亮太の目を見据えてモーニングビアを飲み干す。

　この爺さん、案外、すごい人なのかもしれない。呑気にモーニングビアなんてものを飲んではいるが、亮太が肌で感じていたことをきちんと言葉にしてくれた。そればかりか、姫という存在の本質を見抜いていた。演歌専門というフィルター越しに見ていたばかりに懐疑的になっていたが、プロモーター歴四十年の経験と蓄積はダテじゃない。そんな気がしてきた。

「まあそういうわけなんで、そろそろ香港で作った新曲を聴かせてくれるかな？」

「あ、はい」

我に返って亮太はうなずき、ＣＤをプレーヤーにかけた。楓子に邪魔された翌朝から、さらに四日間かけて仕上げた全五曲が入っている。

猪俣翁は二本目のモーニングビアを飲みながら聴いてくれた。朝からどんだけ飲むんだ、とそこにはちょっと呆れるが、猪俣翁には当たり前のことらしく、五曲聴き終えるまでに二本目も空(あ)けてしまった。

ちゃんと聴いてくれたんだろうか。またしても無反応のまま宙の一点を見つめている猪俣翁に不安を覚えていると、

「運転免許は持っとるか？」

唐突に問われた。

「大学時代に取りましたけど、ペーパーです」

照れ笑いしてロン毛を掻き上げた。

「だったら運転してくれ」

「は？」

「姫のツアーをやるから、ツアー車を運転してくれ」

「どこに行くんです？」

「日本全国津々浦々、くまなくめぐり歩く」

「そんなお金ないですよ」

香港パフォーマンスのために貯金を切り崩し、いまや、いつまで生活費が続くかカウントダウン状態だ。とてもじゃないが日本全国津々浦々どころじゃない。

「なあに、車中泊だから宿泊代はかからんし、ガソリン代と自炊代はわしが持つ。スナックやら高級クラブやらで歌わせてもらえば、おひねりぐらいはもらえるし、田舎の農家のお父さんが余った野菜を分けてくれたりもする。地方回りってやつは、それなりにどうにかなるもんでな」

「そんなツアーなんですか」

このネット時代に、昔みたいな地方回りをやるつもりらしいが、姫は演歌歌手じゃない。

「馬鹿言うな。プロモーションに演歌もポップスもジャズもクラシックも関係ない。いまどきの連中はインターネットにばかり目を向けとるが、全国各地の人たちとじかに触れ合い、小さいことからこつこつと、地道にファンを増やしていくことこそがプロモーションの王道だろうが」

「それにしても、スナックや高級クラブじゃ姫の歌は受けないでしょう」

「だから、そこがわかっとらんのだなあ。スナックや高級クラブで歌うのは日々の食い扶持を稼ぐ手段だけじゃなく、地方メディアの人脈を摑む目的もあるんだな」

日本全国、どこの地方都市にも、その土地に根づいているローカルメディアがある。地元のテレビ局やラジオ局のプロデューサー、地元新聞の解説委員や記者、地元タウン誌の編集者やライター、といったメディア関係者と縁を結ぶことの意味は、とても大きいという。

「いやもちろん、また誤解するといかんから念押ししとくが、これは演歌に限らん話で、地方から攻め上って中央を攻略した例は、いくらでもある。ちょい昔の話になるが、ロックのMONGOL800を知っとるか？　あれだって元を質せば、沖縄のインディーズバンドとして地元で火がついて、気がつけば全国に飛び火してトリプルミリオンに迫る売上げを達成したんだぞ。音楽以外でもそうだ。北海道ローカルで人気に火がついたTEAM NACSだって、いまや全国区の映画やドラマで売れっ子だろうが。東京の連中は、在京の大手メディアこそがメディアだと勘違いしておるが、冗談じゃない。プロモーターが渦巻く東京で大手メディアに売り込むより、小回りがきくローカルメディアに売り込んだほうが話が早いし、そこで火がついたら逆に在京メディアのほうからすり寄ってくるんだから、こんな効率のいい話はないだろうが」

　とにかく地方都市をめぐり歩いて、ローカルメディア関係者が出入りする飲み屋に当たりをつける。どんな小さな縁でもいいから、きっちりと繋いでいく。それが、すべての第一歩なのだと猪俣翁は強調する。

「ただ、プロモーター歴四十年の猪俣さんだったら、昔からの地方メディア人脈があるんじゃないですか？」

　いまさら飲み屋めぐりの必要があるのか、と質したものの、いいや、と首を横に振られた。

「既存の人脈に頼っているようでは、新しい仕事はできんのだ。たとえ小さな縁であろうと、新しい仕事には新しい人脈を見つけてこそ第一歩を踏みだせる。要は、火つけ役はだれだっていいってことだ。一軒一軒は小さなボヤだろうと、ボヤも百軒まとまれば一気に燃え広がる。それでこそ、本物の成功ってやつが摑みとれるんだよ」

　わかるか？　とまた目を覗き込まれた。

第五幕　もりおかストリート

迷い続けていたロン毛をばっさり切った。

何年かけて伸ばしたのか忘れたが、切るとなったら瞬く間だった。文房具のハサミでジャキジャキジャキッとカットするなり、四十センチ近くもあった長い髪がバサッと床に落ちた。

あれだけこだわっていたロン毛だったが、いざ切ってみると、思わずジャンプしたくなるほど頭が軽くなったことに驚いた。切った瞬間は、信念を曲げた気がしてふと虚しさがこみ上げたのに、人間なんて現金なものだ。ついでにシャワーで洗髪したときは、楽に洗えてシャンプー代も安上がりになったと逆に嬉しくなったものだった。

ただ、けっして バイト面接のために切ったわけではない。踏ん切りをつけたきっかけは、猪俣翁のひと言だった。

「その長髪、切ったほうがいいな」

アーティストだったらどんな風体(ふうてい)でもいいが、プロモーターとしてアーティストをプッシュする立場になったら信用第一。だらだらと伸ばした長髪男に、よろしく、と頭を下げられるより、キリッと切り揃えた短髪で、よろしくお願い申し上げます！ と最敬礼されたほうがよっぽど気持ちがいいだろう、違うか？ と諭されて腹が決まった。

翌日、亮太は猪俣興業の事務所へ向かった。今日から一か月、まずは東北地方をめぐり歩くとあって、スーツケースとリュックには着替えや洗面道具のほか、猪俣翁から指示されたＤＶＤとＣＤも大量に焼いて詰め込んできた。

姫とは町屋駅前で待ち合わせた。柏駅前でニアミスはしたものの、姫と猪俣翁は初対面同然だ。ちゃんと来てくれるか心配だったが、いつもの小型シンセを背負ってスーツケースを引いてくる姿が見えたときは、

「よく来てくれたねえ」

思わず駆け寄ってしまった。

もちろん、事前に了解は得ている。猪俣翁に説得された直後に、地元の船橋まで出向いて地方ツアーについて説明した。

「わかった」

姫は即座にうなずいてくれた。介護のバイトは一時的に休ませてもらうという。もしツアー後に復帰できないようなら、ほかの施設のバイトを探す、とまで言ってくれた。

正直、驚いた。こっちから誘っておきながら、こういう言い方はなんだけれど、いくら

プロモーションのためとはいえ、そこまで腹を括ってくれようとは思わなかった。しかも、若い娘が老若二人の男と一か月もの間、車中泊で寝食をともにしなければならないのだ。まずもって二の足を踏むだろうと予想していただけに、約束通り来てくれたことが本当に嬉しくて、

「さあ、いよいよ姫の成功物語のはじまりだ！」

自分でも気恥ずかしくなるような台詞を口にして、猪俣興業の事務所がある八百徳ハイツまで案内した。

「おう、よく来たな」

猪俣翁も準備万端、すぐに八百徳ハイツの裏手にある雑草だらけの空き地に連れていかれた。

錆の浮いたワゴン車が駐めてあった。横っ腹には『八百徳』と屋号が書かれている。八百徳ハイツのオーナー、徳永さんの所有車だそうだ。以前は仕入れに使っていたが、新車に買い替えて以来、たまに乗っている程度らしく、一か月ぐらいなら貸しますよ、と言ってくれたという。

徳永さんは、かつて猪俣翁が売りだした演歌歌手、渚千鶴の大ファンだった。その縁もあって猪俣翁にはよくしてくれていて、猪俣興業の事務所兼自宅も格安で貸してくれている。

「ありがたいだろう、ファンってもんは。今回の第一の目的は、地方メディアの人脈づくりなんだが、もうひとつ、徳永さんのような無償の好意を寄せてくれるファンを一人でも多く見つけることも忘れちゃいかん」

猪俣翁はそう力説していたが、実際、ワゴン車に乗ってみると、その言葉を裏づけるように荷室には大量の野菜が積み込んであった。大根、人参、玉葱に椎茸など、すべて徳永さんの差し入れだそうで、ほかにも、趣味の釣りで使うキャンプ道具のコンロやタープテントも自炊用に貸してくれたというから、ふだんはあまり感情を見せない姫もめずらしく目を瞬かせていた。

「よし、横断幕を張るぞ」

猪俣翁が大きな布を取りだした。バッと広げると手書きの墨文字で『新世代の天才歌姫〝姫花〟参上！』と書かれている。

ビニール紐でワゴン車の横っ腹に、八百徳の屋号を隠すように張り終えたところで、亮太は改めて予定表を見た。これまた猪俣翁の手書きで、日付と行き先がこまごまと記されている。

まずは東北地方の北端、東京から七百キロ以上も離れた青森市からスタートするという。続いて弘前市、秋田市、盛岡市、一関市、仙台市、山形市と、東北地方の各都市に数日間ずつ滞在しながら南下。福島県の郡山市を最後に帰京する予定だが、八年もペーパードライバーだった亮太にはかなりの難関といっていい。

「そう心配するな、三日も走れば慣れる」

猪俣翁はそう言って笑い飛ばすが、高速道路に乗るのも高速教習以来だし、東北の険しい山道も走るのかと思うといささか緊張する。

しかも帰京後は、東北ツアーの成果を踏まえて二か月ほど東京近県で活動し、再びワゴン車を駆って北海道に旅立たなければならない。その後も、東京近県を挟みつつ中部地方、近畿地方、中国地方、四国地方、九州沖縄地方も含めた全国制覇が目標というから、

「気が長い話ですね」

思わずため息をついてしまう。

「なあに、姫の実力なら最低でも三年、長くても五、六年も頑張ればブレイクする」

「最低でも三年、ですか」

「そりゃそうだ。プロモーションは金じゃない。熱意と粘り強さと往生際の悪さで決まるんだ。金がないぶんしつこく数をこなして、もうダメだ、と思っても絶対に諦めない。昔なんか十年、十五年かけて日本全国を行脚して、ようやくブレイクした歌手だって当たり前にいたもんだ。たかだか三年ぐらい続けられんようじゃ話にならん」

そこまで言われると、一度は説得された亮太も引いてしまう。

そういえば、楓子も本気で心配していた。ツアー出発の直前、またしてもだしぬけに訪

ねてきたのだが、

「いまどきはネット配信がメインなんだから、そんな演歌まるだしのアナログプロモーションなんか、何年やったって無駄だよ。ネットのプロモーションに力を入れなきゃ」

と苦笑された。

「そんなこと言われても、ネットでアピールしたくても柏駅前と香港のしくじり動画しかないんだから、どうしようもないだろう。ここは猪俣さんを信じてついてくしかないと思うんだ」

いまさら引き下がれないこともあって、そう言い返すと、

「ていうか、あたし、その爺さんのこと、調べてみたんだよね」

楓子が身を乗りだした。ネット検索で掘り下げてみたところ、猪俣翁はかつて大手芸能事務所の幹部だったらしい。彼が発掘して紅白レベルにまで育て上げた歌手もいる、一世を風靡(ふうび)したプロモーターだったが、根っからの酒好きのために酒席での武勇伝も数知れないそうで、最終的には酒癖の悪さゆえに金銭トラブルを引き起こし、表舞台から姿を消したのだという。

「けど、それってネットの噂だろ？」

亮太は反発した。いまも猪俣翁を信じきれない気持ちは燻っているし、釈然としない思いもなくはない。それでも、たまたま柏駅前で出会った姫のために、持ちだしのツアーを

企画してワゴン車まで手配してくれたのだ。いまさら猪俣翁を裏切るわけにはいかない。

「だからそこなの。そういう気持ちにさせる手口が怪しいって言ってるの。ネットの噂が話半分だったとしても、お酒とお金にだらしない人は信用しないほうがいいと思う」

「ただ」

「いいから聞いて。あたしは身に染みてるの。いまだから話すけど、実は劇団時代、代表の角谷を同居させてたのね。あの人ったら演出家がバイトなんかしてたらアーティストの感性が損なわれる、とか言って、あたしに小遣いをたかってぶらぶら暮らしてたわけ」

ろくに演出プランも考えず、連日のパチンコ屋通い。やがてオートレースに入れ揚げはじめたからたまらない。楓子にもらった小遣いでは足りなくなって消費者金融や友人知人から借金しまくった。挙げ句の果てに首が回らなくなり、楓子からもっと金をむしり取ろうとして、カジと浮気したんだろう、と言いがかりをつけてきた。

「けどあたしはカジに、角谷が借金まみれになって困ってるって相談してただけなのね。だからもう腹が立って、出てって！　って怒鳴りつけたら、劇団のお金を持ち逃げしちゃった」

初めて聞く劇団消滅の真相だった。その顚末が楓子としてはあまりにも悔しくて、それまで相談していたカジに泣きついて飲み明かしたところ、翌日から今度はカジが楓子の部屋に住み着いてしまった。

「あたしってつくづく男運がないよね。いざ同居してみたら、なんとカジもギャンブル借金まみれだったんだからさ。仕方ないから一緒に姫を売りだして、きれいな身にしてやろうと思ったのに、結局、カジも出てっちゃったし」

なんだかもうダメ男に取りつかれてばっかり、と楓子は嘆息し、

「だからあたし、ここで生まれ変わりたいの。カジにほだされて姫を後押ししてきたけど、もうそんなことは諦めて、新劇団の立ち上げに参加しようと思うの」

カジが出ていった直後に、慶一郎から新劇団に誘われたそうで、誠実な彼となら一緒にやっていけそうだしね、と一転して微笑む。

カジに続いて早くも慶一郎に目をつけたらしい。なんて女だ、と内心毒づいた瞬間、ふと思った。玲奈が手を回したんじゃないのか。亮太のもとには玲奈がやってきて、思わせぶりにしなだれかかってきた。一方の慶一郎は楓子に接近して新劇団に勧誘した。つまり玲奈と慶一郎は結託して、男女の仲を匂わせつつ亮太と楓子の取り込みにかかったんじゃないのか。

想像をめぐらせるほどに腹立たしくなってきた。

「新劇団の話なら、おれも聞いてるし、いずれ参加してもいいと思ってた。けど、いまさら姫を投げだせないだろう」

彼女の立場にもなってみろ、と語気を強めた。

「だったらこの際、姫も新劇団に入れちゃえばいいじゃん」

「それは無責任だろう。ここまで引っ張ってきた姫に対しては責任がある。結果をだすまで石に齧りついてでも、おれは姫をバックアップする」

最後は意地になってそう宣言した。

そこまで言い切ったからには、もう投げだせない。最低でも三年、という猪俣翁の言葉には気が遠くなったが、うまくやれば半年でブレイクできる可能性だってなくはない。とりあえずは東北ツアーに全力を傾けよう。このワンチャンスに懸けて新しい道を切り拓いていくしかない。

よし、頑張ろう！

楓子が帰っていった直後に、思わず自分にカツを入れたものだったが、振り返っているうちにもツアーの準備が調った。亮太はワゴン車の運転席に乗り込み、

「出発します！」

猪俣翁と姫に声をかけ、恐る恐るアクセルを踏み込んだ。

夏の山間を貫く東北自動車道は、思いのほか快適だった。

青く晴れ上がった空に、どこまでも連なる山々の緑がくっきりと浮かび、窓を開ければ乾いた風が心地よく肌を撫でる。街中が蒸し風呂だった香港とは大違いで、これが観光旅

行だったらどんなに楽しいかと思うのだが、旅気分は束の間だった。

丸一日かけて青森市までの七百キロを走破し、車の運転にもどうにか慣れてきたまではよかったが、翌朝から早くもプロモーションがはじまったからだ。

その最初に何をやったかといえば、青森駅から程近い『青函連絡船メモリアルシップ八甲田丸』という歴史的な展示船の傍らに三人で佇み、

「やるぞー！」

と青森湾に向かって叫ぶことだった。ツアーは何より気合いだ、という猪俣翁の指示で仕方なくやったのだが、おれたち何やってんだろ、とのっけから情けなくなった。

それでも、こうなったら従わざるを得ない。猪俣翁主導のもと、盛り場の新町や柳町を闇雲にうろついたり、地元のメディア関係者が出入りしそうなスナックや高級クラブに飛び込んだりする営業に追われた。多少とも脈がありそうな店では、店主に頭を下げたり、常連客に愛嬌を振りまいたり、〝シーデー〟を無料プレゼントしたりもしたが、手応えはまったくない。

それは弘前でも秋田でも同じことだった。青森と同じく飛び込み営業に明け暮れ、夜は疲れ果てて自炊めしを食べ終えるなり車中で爆睡する日々が、これでもかと続いた。

ワゴン車の中にはベンチシートが二列あり、亮太は運転席がある前列席、姫は後列席。年配の猪俣翁は荷室にマットレスを敷いて寝ているのだが、ベンチシートはいまひとつ寝

心地がよくない。それでなくても数打ちゃ当たる方式の営業の繰り返しなのに、これで一か月続くんだろうか。真夜中にふと目が覚めるたびに亮太の不安は募った。

既存の人脈に頼っているようでは、新しい仕事はできんのだ。猪俣翁からそう説得されて一応は納得したつもりだったが、いざ三つの地方都市を訪れてみたら、猪俣翁が知っている店はそれぞれ二、三軒。プロモーター歴四十年を得意げに語るなら、地元のメディア関係者御用達の店ぐらい知っていて当たり前だろうし、直接売り込みにいける人だっていて当然だと思うのだが、これでは埒が明かない。

おまけに、数少ない旧知の店でも、

「おう、久しぶり！」

猪俣翁が親しげに声をかけても、店主やママはよそよそしい態度でいる。

「ぜひこの娘に歌わせてもらえんかなあ」

平身低頭してママに頼み込んでも、ぽわんとした姫を見るなり、

「いま忙しいのよ」

渋面を隠さないばかりか、傍らの酔客たちは、

「チェンジ！」

と悪い冗談を投げてくる。

そんな情景を目の当たりにするたびに、やっぱ楓子の話は本当だったのかもしれない、

と亮太は思う。猪俣翁は金銭トラブルで表舞台から姿を消した。事の真偽は確認しようがないが、猪俣翁は金銭トラブルで長らく業界で干され、その影響で往年の地方人脈も断たれてしまい、正攻法では食い込めないのではないか。

ただ、猪俣翁としては、きつい日々の埋め合わせのつもりなのか、三度の食事にはかなり気を遣ってくれている。とりわけ夕食は、ワゴン車の脇にタープテントを張ってキャンプ料理道具をセットし、移動途中に買い込んだ地元の名産食材で腕を振るってくれる。青森では帆立(ほたて)の貝焼き味噌、弘前では林檎(りんご)ビーフカレーと、金がないと言っていたわりには、そこそこ豪華な手料理が毎日並ぶ。晩酌もほぼ毎日させてくれるし、姫にはスイーツも奮発しているが、だからといって、場当たり営業のしんどさと相殺(そうさい)できるものではない。

実際、いまもって淡々として見える姫も、移動中や寝しなにふと見ると、じっと俯(うつむ)いている姿が目につくようになった。不平不満こそ漏らさないまでも、彼女は彼女で不本意な思いでいるに違いない。

一見、天然のようで姫ほど繊細な娘はいない。香港で曲作りをして以来、亮太はそう気づいている。二人きりの部屋でアイディアに詰まるたび、姫はこれまで見せたことのない憂(うれ)いや戸惑い、焦(あせ)りや憤(いきどお)りを垣間見(かいまみ)せた。それは曲作りに寄り添っている亮太にしか気づけない、かすかな感情の起伏だったが、ぽわんとしたあの表情は無意識の自己防衛ではないのか、とも思ったものだった。

このままではダメだ。いまに姫が耐えられなくなる。

「せめて路上ライブぐらいやりませんか」

たまらず亮太は猪俣翁に反発した。秋田市に着いて二日目の夜。市内随一の繁華街、川反のスナックに飛び込み、けんもほろろに追い払われた直後のことだった。

「まあそんなに焦るな。まだ半月も経ってないのに辛抱が足らんぞ」

いちいち落ち込んでたらきりがないしな、とたしなめられたが、

「だけど、姫の気持ちにもなってやってくださいよ」

亮太は言い返した。いま追い払われたスナックでは、めずらしく歌うチャンスが与えられたのに、姫がオリジナル曲を歌いはじめた途端、

「知らねえ曲歌うな！」

と野次が飛んできた。仕方なく姫が知っている『ドラえもんのうた』を歌いだすなり、子どもか！　と灰皿が飛んできた。

「こんなことを一か月も続けてたら、マジで姫がまいっちゃいます。ああ見えて根はナイーブな娘なんですから」

飛び込み営業はこのへんにして、現地の音楽好きに直接アピールできる場を与えてやりましょう、と迫ったものの、

「表舞台に立つものは図太くならんといかんのだ」

と叱りつけられた。これにはキレた。

「もういいです！」

亮太は初めて怒りを爆発させ、姫を連れてさっさとワゴン車に戻ってふて寝してしまった。

翌日はたまたま金曜日だったこともあり、猪俣翁のことは無視して、姫と二人、夕暮れどきの秋田駅前へ向かった。

こぢんまりした二階建ての秋田駅。その駅舎を背にした広い歩道には帰宅者が行きかっていた。東京と比べたら遥かに少ないものの、その帰宅者たちを目当てに何組かのストリートミュージシャンが路上ライブの準備をしていた。

亮太たちは許可を取っていなかったが、男三人組のアコースティックバンドに声をかけ、一曲でいいから客演させてもらえないか、と頼み込んだ。許可を取ったバンドのゲストとして歌うなら文句は言われないだろう、と望みを託したのだが、秋田の若者はやさしかった。わざわざ東京から歌いにきたんなら、と曲間に歌わせてくれるという。

絶好のチャンス、とばかりに、急遽、シンセとマイクをセットした。動画を録る携帯も構えて、気楽に歌ってこい、と姫を送りだした。

正直、観客は彼らの女性ファンばかりだったから、突然のゲストに引かれるかもしれないと覚悟していたのだが、いざ姫が歌ったら思いのほか受けた。久々の路上ライブだけに姫も頑張ったのだろう。その歌声の凄さに、だれもが固唾を呑んで聴き惚れ、最後は地元バンドも含めた観客全員が喝采を送ってくれて、アンコールまで歌わせてくれた。

「やっぱ、これだよな。最初から路上ライブの東北ツアーにすればよかったんだ」

動画を撮りながら見守っていた亮太が賛辞を贈ると、歌い終えた姫も上気した面持ちで、にんまりと笑った。姫らしくないストレートな感情表現だっただけに、ようやく元気を取り戻してくれたと嬉しくなった。

ふと周囲を見回すと、ちょっと離れた場所に猪俣翁がいた。いつ来たんだろう。街路灯に寄りかかって観ていたらしく、亮太の視線に気づくと、はにかんだ微笑みを浮かべ、歩み寄ってくるなり白髪に手櫛を入れながら言った。

「亮太、よくわかった。明日からは二本立てでやろう」

今後のツアーは、猪俣翁のやり方と亮太のやり方をうまく配分して進めていこう、と妥協してくれたのだった。

路上ライブを終えたその晩は、秋田市内に四軒ほどあるライブハウスのうち川反から程近い一軒の店主にCDを渡し、川反通り沿いにある高級クラブ二軒にも飛び込んで営業活動に励んだ。

亮太と猪俣翁が営業したい店を検討した結果、この三軒になったのだが、いずれの店も思いのほか食いつきがよかった。なぜ昨夜までと違うんだろう。不思議に思いながら姫を見ると、店主やママの前で、めずらしく頰をゆるめている。

彼女も今夜のやり方に納得してくれたに違いない。愛嬌を振りまくまではいかなかったものの、昨夜までと違って、かなりリラックスしている。そんな態度が店側にも伝わったのだろう。最後の高級クラブでは、駅前で路上ライブをやってきたばかりです、とママにCDを差しだすなり店でかけてくれて、

「あらいいわね」

と褒めてくれたばかりか、頑張ってね、とポチ袋までくれた。

やはり、このやり方でやればよかったのだ。姫が不安に駆られて表情を強張(こわば)らせていては、飛び込まれた相手先だって気持ちいいわけがない。この調子で頑張り続けていけば、どうにか成果が上げられそうだと希望が湧いた。

東北を訪れて以来、初めて自信をつけた亮太は、街外れの無料駐車場にとめたワゴン車に戻るなり、

「猪俣さん、飲みましょう」

さっきスーパーで買った缶ビールを取りだした。すると、猪俣翁も亮太のほうから言われて嬉しかったのだろう。ふだんは飲まない姫にも、

「飲むかい？」

と缶ビールを勧め、期せずして三人揃っての酒盛りになった。

猪俣翁が地元食材で手作りした岩牡蠣の酒蒸し、エイヒレを煮つけたかすべ煮、シロギスの天ぷらなどをつまみながら、缶ビールに続いて秋田の地酒も開けた。亮太も猪俣翁も、いつになく打ちとけて世代を超えた四方山話で盛り上がり、酔うほどに話はグダグダに散らかり、

「いやあ、酒ってやつは心を溶かしてくれる妙薬だなあ」

はっはっはと猪俣翁が声を上げて笑えば、

「酒は涙か溜息か、っすね」

亮太は祖父がよく歌っていた昭和歌謡の曲名を持ちだして応じる。これには猪俣翁も大喜びで、

「ほう、よく知っとるじゃないか。やっぱり音楽にジャンルは関係ないな。いつの時代も音楽は自由だ！」

と声を上げ、頬を紅に染めた姫もふにゃふにゃと微笑む。和やかな酒宴は、だらだらと夜更けまで続き、気がついたときには三人ともだらしなく酔い潰れていた。

翌日は気持ちも新たに秋田市を出発した。

夏空に緑の尾根を連ねた奥羽山脈を越える山道を辿って二時間半。北上盆地の中央に位

置する岩手県盛岡市に到着した。

「あれが岩手山だ」

猪俣翁が車窓を指さした。街中からも望める南部富士こと岩手山は、威風堂々たる美しい山だった。バックミラー越しに後部座席を見ると、姫も額を窓にくっつけて眺めている。秋田での心地よい余韻がまだ残っているのか、周囲の景色にも意識を向けられるようになったようだ。

事前の調べでは、盛岡市内には十軒近いライブハウスがあるらしく、音楽文化が盛り上がっているらしい。実際、午後の街中を散策してみると、今日は土曜日とあって盛岡駅前広場や駅の地下通路に、ギターを手に歌ったりサックスでジャズを奏でたりしている若者がいた。全員が許可を取っているかどうかはわからないが、うまく紛れ込めば、ゲスト出演でなくても姫が歌える余地があるかもしれない。

「猪俣さん、まずは路上ライブをやっちゃいませんか？　夜になったらライブハウスやスナックをめぐり歩くことにして」

せっかくの土曜日だから、姫が思いきり歌える場を見つけてやりましょう、と提案した。

「だったら大通商店街はどうだ。あそこなら、わしの昔の知り合いがおるから顔が利く。ガタガタ言うやつがおったらわしがびしっと抑え込んでやるから、好きなだけ歌わせてやれ」

秋田ではすったもんだしたものの、夜の酒盛りで結束を固めたのがよかったのだろう。猪俣翁も二つ返事で了承してくれ、早速、盛岡市内一の繁華街へ向かった。

駅前から五分とかからない大通商店街に入ると、小売店や飲食店が軒を並べるアーケードつきの歩道に買い物客が溢れていた。いまどきの地方都市には寂しいシャッター街がつきものだが、ここは思いのほか賑やかで、歩道の一角にしゃがんでギターの弾き語りをしている若者もいる。

「とりあえずはライブの場所探しだな」

通り沿いに見つけたコイン駐車場に入り、ワゴン車から降りて周囲を見回していると、水玉シャツの姫が真っ先に歩きだした。ここでも秋田の一件が奏功して積極性が生まれたのかもしれない。いつものシンセを背負って、いそいそと通りに出ていき、ワゴン車をとめた駐車場の真ん前で立ち止まって亮太を振り返る。

「ここで伴奏して」

「は?」

「亮太の伴奏で歌いたい」

にんまり微笑んでいる。びっくりした。こんな前向きな言葉が姫の口から発せられようとは思わなかった。香港で曲作りしたときは、メロディのブラッシュアップや編曲のために亮太が伴奏をつけていたが、二人で路上ライブをやるなんて考えたこともなかった。

「ただ、大丈夫かな」

面白い試みだとは思ったが、場所柄、車の出入りが多いし、歩行者は足を止めにくい。無許可で演るとなれば、すぐまた、だれか飛んでくるのではないか。

ところが、猪俣翁もあっけらかんとしたものだった。

「なあに、やりたいとこでやりゃあいい」

何かあったときはまかせとけ、と逆にけしかける。その言葉に力を得てか、姫が駐車場前の歩道によいしょとシンセを下ろし、セッティングをはじめた。

とにかく早く歌いたいらしく、まだ躊躇っている亮太を尻目にさっさと準備を終えてマイクを手にするなり、いきなりアカペラで歌いだした。

〽酒が心を溶かすのか
溶けた心が呼ぶ酒か
溶かし溶かされ刹那に笑い
やがて命が溶けていく

初めて聴く曲だった。やけに演歌めいた歌詞でありながら、演歌ではない。昨夜の酒盛りの四方山(よもやま)話から拾った歌詞のようだった。そのメロディには、これまで亮太が作ってきたポップでありながら現代音楽めいた曲想も息づいている。心地よくざらついた姫のハイトーンボイスも相まって、オーラを放つがごとき歌声が街角に広がっていく。

いつ作った歌なんだろう。盛岡までの移動中は、いつも通りぼんやりと座っていたのに、姫の頭の中では、この歌が鳴っていたんだろうか。

これまでにない姫の感情の噴出をどう受け止めたものか亮太が戸惑っていると、歩道を歩いてきた女子高生が足を止めた。買い物にやってきたようだが、その場に佇むなり携帯を取りだし、姫の動画を撮りはじめた。姫の背後にある駐車場でも、車に戻ろうとしていた禿(は)げおやじが立ち止まり、ふと耳を傾けている。

姫が歌いながら目配(めくば)せしてきた。周囲の反応に気づいたのだろう。早く伴奏して、と訴えている。亮太は弾かれるようにシンセに駆け寄った。姫の歌がどんなメロディで、どう展開していくのか、何もわからないままアドリブで伴奏をつけはじめた。

なのに違和感はなかった。曲作りのときに何度となく繰り返してきた音のキャッチボールが昇華された感覚で、即興で編曲しながら姫の歌についていく。姫がこうきたから、こう寄り添おう。亮太がそう弾くなら、こう歌おう。そんな二人のコミュニケーションが瞬時にして成立し、おたがいの感性に触発されながら曲が紡(つむ)ぎだされていく。

不思議なコラボレーションだった。ジャズミュージシャンたちは、何の打ち合わせもないまま、その場のアドリブで曲を展開させていく。あのスリリングなやりとりと同じだった。彼らの場合は最低限、コード進行が決まっていることが多いが、コード進行すら無視して異次元のプレイに突入していく瞬間がある。そんな自由奔放なジャムセッションのごとく、いまの二人には意思疎通を超えた魂の一体感が生まれている。

これがきっかけになった。二人を取り巻くようにして歩道の観客が増えはじめた。ＯＬ風の三人組。高校生風の男子。週末デートのカップル。買い物袋を提げたおばちゃん。通りすがりの人たちが吸い寄せられるように群がってきて、歩道の縁に横座りして耳をそばだてている女性までいる。

やがて一曲目が終わった。こんな構成で、こう終わろうと決めていたわけでもないのに、自然に歌が収束へ向かい、あたかも決まっていたかのように終焉を迎えた。

拍手が起きた。余韻を味わうかのように、しばしの間合いを置いてから一斉に巻き起こった。鍵盤から手を離した亮太は、ほっとして周囲に集まった人たちを眺め回し、背後の駐車場にも目をやった。そこにも観客が何人もいた。さっきの禿げおやじはもちろん、買い物帰りのお父さんや子どもたちも一緒になって拍手している。サクラもいなければ地元バンドのサポートもない中、姫と亮太の初コラボに、みんなが惜しみない拍手を送ってくれている。

姫がまた目配せしてきた。つぎの曲やろ、と促している。すかさず亮太は思いつきのキーで、ぽろろんと鍵盤を鳴らした。姫が大きく息を吸うなり問いかけるように歌いはじめる。

〽自由って売ってる?
自由って買うもの?
自由って価値なの?
自由って罰なの?

これまた酒盛りの四方山話に触発された歌詞なのかもしれない。そう思いながら、亮太は手探りで伴奏をつけはじめた。この先、どう飛躍していくかわからないままぴたりと伴走していく。そのスリリングな感覚が観客にも伝わったのか、だれもが食い入るような目つきになって聴き入っている。

これぞ本物の即興パフォーマンスだと思った。脚本があったり、曲を仕込んでおいたり、騒ぎ立てるサクラがいたりもしない中、姫と亮太はひたすら感性をぶつけ合うさまを公開している。これこそが何台もの動画カメラで撮影しておくべき情景だ。動画カメラを据えなかったことを後悔しつつ、姫が繰りだすメロディに食らいついていると、そのとき、怒声が飛んできた。

群がる観客の後方でだれかが揉めている。見ると、商店主らしき男が猪俣翁に噛みついている。この商店街には顔が利くと余裕綽々だったにもかかわらず、文句を言われているらしい。

観客がそわそわしはじめた。どうなることか、と後ろを振り返っている。つぎの瞬間、業を煮やした商店主が群がる観客を掻き分け、こっちへ向かってきた。

姫が歌を止めた。もはや歌っていられる状況ではなくなった。観客が一人、また一人と離れはじめた。携帯動画を録っていた女子高生も残念そうに立ち去っていく。

これまでだ。亮太もやむなくシンセを弾く手を止め、そそくさと撤収しはじめた。

楓子の脚本であれば、こういうときこそ奇跡が起きるのだが、世の中、そう都合よく運ぶものではない。

二度あることは三度あるとはよく言ったもので、またしても邪魔が入ってしまった。せっかく本物の即興パフォーマンスが成立しかけていたのに、不運な幕切れもいいところだった。

「まいったなあ」

ワゴン車を駆って近くで見つけた盛岡城跡公園に二人で逃げ込み、園内の芝生広場の木陰でごろんと横になった。

「いや面目(めんぼく)ない」

猪俣翁はそう呟いたきり、しゅんとしている。

かつて大通商店街にどんな知り合いがいたのか知らないが、有無を言わせず追い払われてしまった。それが当人もショックだったらしく、あれからずっと沈み込んでいる。それは姫も同様なのだろう。無言のまま仰向(あおむ)けになって夏空を見つめている。

もう東京に帰っちまうか。亮太は思った。盛岡に数日滞在したら一関、仙台、山形、郡山とめぐる予定になっていたが、さすがに心が折れそうになる。

といって、ここで逃げ帰ったのでは、あまりにも悔しすぎる。今日まで引っ張ってきた姫にも申し訳が立たない。

じゃあ、どうしたらいいのか。

途方に暮れているうちに、ゆうべの夜更(よふ)かしが、いま頃になって効いてきた。気がついたときには三人とも、夏の木陰で寝入ってしまった。

目覚めたときには陽が傾きはじめていた。亮太は額の汗を拭いながらのっそりと身を起こし、

「そろそろ行こうか」

まだ寝ている二人に声をかけた。いつまでも腐っていたところで仕方ない。今夜予定していたスケジュールだけでもこなして、今後のことはそれから考えよう。

気を取り直して二人を促し、再びワゴン車に乗り込んで繁華街へ向かった。

大通商店街とクロスしている映画館通りにあるライブハウスのほか高級クラブ、スナックと三軒の店に飛び込んで歩いた。覚悟はしていても、やはり心が折れそうになったが、それでも、と自分を励まして雑居ビル二階の小さなスナックに足を運んだ。ライブハウスと高級クラブでは、特段の収穫はなかった。猪俣翁の顔馴染みの男性が経営している店だと言われて訪れたのだが、出迎えてくれたのは女性店主だった。

またしても当てが外れた。これにはがっかりして、どうしようか、と店の入口に佇んでいると、そのとき幸運が舞い込んだ。カウンターで一人、ハイボールを飲んでいた男から声をかけられたのだ。

「大通商店街で歌ってた娘だよね」

「え、ええ」

どこかで見覚えがあると思いながら亮太が応じると、

「用事があったんで途中までしか聴けなかったんだけど、いや素晴らしかったなあ」

禿げ上がった額をさすりながら、顔をくしゃくしゃにして笑っている。

それで思い出した。

「ああ、あのときの」

駐車場で姫の歌に耳を傾けていた禿げおやじだった。胸を刺す歌声と不可思議なメロデイに魅せられて聴き惚れていたそうだが、そういえば、いつのまにか姿を消していた。

「盛岡の人？」

おやじが聞く。

「いえ、東京からです」

「へえ、わざわざ東京から。いつまでいるの？」

「それは」

言葉に詰まった。数日いる予定ではあったが、このまま滞在し続ける気力があるかどうか自信がない。するとおやじが身を乗りだした。

「もし明後日(あさって)までいるようなら、午後の番組に出演してもらえないかと思ってね」

「は？」

「地元のＦＭ局なんだけど、よかったらインタビューとスタジオライブみたいな感じで二曲ほどお願いできればと」

今日の昼間は用事があったため、改めて声をかけようといったん駐車場を離れ、用事を済ませて戻ってみたら姫がいなくて残念に思っていたという。

「マジですか」

思わず声が裏返ってしまった。亮太の舞い上がりぶりにおやじが慌てて言い添えた。

「あ、でも、コミュニティＦＭってわかるかな？　地域の人向けにこぢんまりと放送してるミニFM局なんだよね。スタッフも最小限しかいないんで、ぼくがディレクターとミキサーとパーソナリティの一人三役で、街角の面白い人を紹介してるんだけど、それでよかったら」

途端にテンションが下がった。どう答えたものか迷っていると、

「いやあ、ありがとうございます！　ぜひぜひ、お願いいたします！　うちの姫花はどこでも歌いますので！」

猪俣翁が声を張るなり深々と腰を折り、さっと名刺を差しだした。

「あ、あの、ひょっとしてプロの歌い手さんですか？」

今度はおやじが困惑している。

「いえいえ、プロというか、まだまだこれからの娘なんで、びしびし鍛えてやってください！」

「ただその、なんというか、うちは予算が」

申し訳なさそうに照れ笑いしている。

「大丈夫です！　駆けだしの分際でギャラなんて滅相もない！　ぜひともノーギャラで歌わせてやってください！」

往年のプロモーターここにあり、とばかりに最後は押しの一手で話を決めてしまった。

午前中のショッピングセンターは閑散としていた。

それでなくても月曜日だ。わざわざ買い物にやってくる客はちらほらとしか見られず、ファッション店、雑貨店、書店、スポーツ店といったテナントは、どこも品出しや陳列棚の手直しなどに追われている。

目指す『わんこＦＭ』は一階入口の近くにあった。わんこ、とは犬ではない。盛岡名物のわんこ蕎麦のように、つぎつぎに新しい地域情報を発信していく。それが局名の由来だそうで、日々生放送をやっている公開スタジオには、かわいいお椀のマークが貼りつけられている。

ただ、公開スタジオといっても、歩道に面したガラス張りの狭苦しい防音ブースで、四人掛けのテーブルとマイクと小さなミキシングマシンが置かれているだけだ。防音ドアを挟んだ向こうには六畳間ほどのオフィスがあり、二人のスタッフが詰めている。ほかにスタッフはバイトとボランティアも含めても十人足らずだそうで、そう聞いただけでわんこＦＭの規模が窺い知れる。

午前十一時二十分。約束の十分前にオフィスに入った。隣の公開スタジオでは若い女性パーソナリティが生放送中だ。

「おはようございます！」

声をかけると、一昨日奇跡の再会を果たした禿げおやじ、大橋さんがにこやかに出迎えてくれた。

一人三役を兼務しているだけに、本番の準備に忙しそうだったが、そんな表情は見せることなく、早速、打ち合わせをしてくれた。

大橋さんの担当番組は『大橋拓三（たくぞう）のもりおかストリート』。女性パーソナリティの番組終了後、五分間の交通情報を挟んで午後一時スタートの三時間生放送だ。姫の出番は午後一時十五分からの三十分間で、亮太の伴奏で生歌を一曲披露してから大橋さんが姫にインタビューして、最後にまた生歌を一曲披露して終わる段取りだ。

ところが、そうと聞いた猪俣翁が、

「大橋さん、申し訳ないんだが、伴奏の亮太とセットでインタビューしてもらえませんか」

と言いだした。姫一人に受け答えさせるのが不安だったのだろう、亮太にフォローさせようと思ったらしい。

「いやそれはちょっと」

亮太は慌てて拒んだ。伴奏者として出演するだけなのに、インタビューなんてとんでもない、と抗ったものの、

「いやいや、あくまでも姫のフォローなんだから」

猪俣翁は引かない。彼女一人を矢面（やおもて）に立たせて何かあってもまずいだろう、と亮太に迫

り、結局は二人でインタビューに答えるはめになってしまった。

交通情報が流れる中、狭いブースの一角に急いでシンセをセッティングした。生演奏だというのにリハーサルも何もないらしく、簡単なサウンド調整を終えた直後の午後一時ジャストに、

「はーい皆さん、今日の午後も大橋拓三のもりおかストリート！　三時間の生放送よろしく！」

見た目に似合わぬ軽妙な大橋さんのトークで番組がはじまった。最初の十五分間は、地域の最新情報がさくさくと伝えられ、あれよという間に姫の出番となった。

「それでは本日のゲスト、東京から遊びにきてくれた若き歌姫、姫花さんです！」

いきなり紹介され、まずは挨拶がわりの一曲、香港パフォーマンスで歌った『勇ましい嘘』を披露した。

日曜日だった昨日、盛岡城跡公園でじっくり練習したこともあり、姫は惚れ惚れとするようなハイトーンボイスで歌い上げた。その並外れた歌声に改めて大橋さんは圧倒されたらしく、歌が終わるなり、

「いやあ、のっけからノックアウトされちゃったなあ」

興奮した面持ちで感嘆の声を上げ、即座にインタビューに突入したのだが、ここで初めて亮太は猪俣翁の配慮が正解だったと思い知らされた。なにしろ大橋さんが最初に投げか

けた質問は、

「この曲は伴奏者の亮太さんと共作したそうだけど、ひょっとして現代音楽とかも聴いてるのかな？」

　というものだった。失礼ながら見た目は冴(さ)えない禿げおやじだというのに、どうやら音楽には精通している人らしく、ずばり核心を突いてきた。

　ところが、姫は黙っている。何かを言いたげに口をぱくぱくさせてはいるものの、どう答えていいかわからないのだろう。答える意志はあるのに言葉を発せられない。ラジオは無音状態が十秒以上続いたら放送事故、という話を聞いたことがある。ヤバい、と焦った亮太は姫に代わって答えた。

「ジャンルは問わずに何でも聴いてるんですけど、現代音楽にもかなり影響は受けてますね」

　事実、亮太は劇伴を志した当初、音楽の振り幅をもっと広げたくて、ジョン・ケージ、クシシュトフ・ペンデレツキ、スティーヴ・ライヒ、武満徹(たけみつとおる)といった現代音楽の有名アーティストを聴きあさった時期がある。正直、こういう話が地域リスナーに伝わるかどうかわからなかったが、この際、具体名を挙げて説明した。

「ほう、それはすごいね」

　大橋さんが目を見開いた。若い時分にサブカルチャーの一端として現代音楽が注目され

た時期があったそうで、いまの若い人も興味を持ってるんだねえ、と感心してみせ、

「となると、歌詞にもそうした影響が？」

重ねて問いかけてくる。

「それは」

今度は亮太が言葉に詰まった。この曲の歌詞に関してはノータッチだった。どう答えたものか困惑していると、ようやく姫が口を開いた。

「即興」

「え、即興だったの？」

「あたしに刺さった言葉で即興」

「へえ、そうなんだ」

思いもかけない姫の答えに大橋さんはますます嬉しくなったのだろう。見込んだ通りだったとばかりに、さらに質問を飛ばす。

二人でどうやって共作しているのか。どんなやりとりをして曲をまとめ上げていくのか。今後は、どんな活動をしていくのか。メジャーデビューを目指しているのか。盛岡のつぎはどこへ行くのか。

そのひとつひとつに亮太と姫が必死に答えているうちに、瞬く間に三十分の予定時間を過ぎてしまった。これだと、もう一曲は無理そうだ。亮太がチラチラ時計を見ていると、

「それでは姫花ちゃん、最後の一曲を！」

大橋さんが平然と振ってきた。

すかさず姫が歌いだした。大通商店街で披露した『自由って何？』とタイトリングした曲だった。そうと気づいて亮太も伴奏をつけはじめる。ふつうのラジオ番組ではまずありえない展開だった。なのに一人三役の大橋さんは、多少のことには柔軟に対処するスタイルなのか、慌てることなく最後まで姫に歌わせてコーナーを終わらせた。

「いやあ、二人とも見事だった！」

ローカルＣＭが流れはじめたところでシンセを手にスタジオを出ると、満面に笑みを湛えた猪俣翁が飛んできた。

「猪俣さんのおかげです、ありがとうございました！」

亮太は頭を下げた。猪俣翁の判断で無事インタビューを切り抜けられたお礼のつもりだった。姫もまた、亮太のフォローで、ぽつりぽつりながらも自分の想いを口にできたことが嬉しかったのだろう、とろんと頰をゆるめて、ぺこりと猪俣翁に頭を下げている。

「いやいや、これは大橋さんの手柄だ。さすがは中央を経験してきたベテランだよなあ」

いまもスタジオで番組を進行している大橋さんを見やっている。

実は、もともと大橋さんは東京にある民放キー局のディレクターをやっていたという。

一昨日、スナックでハイボールをご馳走になりながら聞いたのだが、四十代半ばのある日、総務部門の管理職を命じられた。それまでは番組制作の現場一筋でやってきたのに、おれが総務？　と大橋さんにとっては青天の霹靂だったそうで、到底受け入れられない、と会社側に伝えて悶々としているところに故郷盛岡の友人から声がかかった。地元のわんこＦＭで一人三役の人材を募集している。やってみないか、と。

それをきっかけに大橋さんはＵターンしてきた。以来、わんこＦＭこそがライフワークだと心に決めて、週五日、一人三役で奮闘してきたそうで、そんな人柄が姫の心を開かせたのだと猪俣翁は言っているのだった。

鋭い質問が飛んできたのも、大橋さんのそんなバックグラウンドがあったからに違いない。冒頭からいきなり、現代音楽とかも聴いてるのかな？　なんていう問いかけは、そう簡単にできるものではない。

亮太は自分を恥じた。大橋さんからオファーをもらったとき、一瞬とはいえテンションが下がった自分が情けなくなった。

するとと猪俣翁が声を上げた。

「よし、今夜もプロモーションが終わったら酒盛りやるか！」

「あ、はい！」

我に返って亮太は大きくうなずいた。姫も気持ちを新たにしたのか、酒盛り歓迎、とばかりに、ふにゃりと微笑んでいる。

その足でスーパーへ繰りだし、盛岡の地酒と食材を買い込んだ。会計は今日もまた猪俣翁だった。見た目とは裏腹に、意外と貯め込んでいる人なのか、ツアー前に言ってくれた通り、飲食代もガソリン代も雑費もずっと支払ってくれている。

大橋さんとはまた違う志ながら、猪俣翁も姫のプロモーションをライフワークだと考えてくれているんだろうか。レジで財布を開いている猪俣翁を眺めながらぼんやり考えていると、携帯に着信があった。

楓子からだった。ここにきて何度か着信やメッセージが送られてきていたものの、なんだか煩（わずら）わしくて無視していたのだが、今日に限っては気持ちにゆとりがあった。

もしもし、と応答すると、

「香港のこと、知ってる？」

唐突に問われた。

「は？」

「ああ、やっぱ知らないんだ。香港がすごいことになってんだよ！」

第六幕　自分の言葉

正直、香港のことなどすっかり忘れていた。

東北ツアーへ出発する直前に、

「香港の動画、一応アップしといてくれるかな」

と楓子に言い残してはきたものの、あくまでも猪俣翁から言われて従っただけだ。あの動画で姫の人気が高まるなんて思いもしなかったし、何の期待もしていなかった。

それだけに、香港がすごいことになってる、と興奮ぎみに伝えられたところで俄かには信じられなかった。

「何があったんだよ」

亮太は携帯を握り直し、冷静に問い返した。楓子が勢い込んで続けた。

「事の発端は、旺角でストップイットされた翌日に流された、香港のネットニュースだったらしいのね」

「ニュースって、ヤバいじゃん」

「ていうか、記事自体はどうってことないわけ」

　ざっくりと内容を説明してくれる。

『日本人ストリートミュージシャンが、昨年に続いてまたしてもやらかした。彼らは香港のルールをどう考えているのか。旺角の西洋菜南街における路上ライブは、国籍人種を問わず今後も一切禁止、と旺角警署が警告を発している』

　早い話が、現地のルールを守らない外国人を批判する内容だったらしく、それに対してコメント欄には、アホな日本人がまた捕まりやがった、といった半笑いのコメントが寄せられていた。

　ところがその後、ニュースのことなど何も知らずにいた楓子が、亮太と約束した通り香港パフォーマンスの動画をアップしたことから様相が急変した。どうせアップするなら、と日本語と英語で〝#香港路上ライブ〟とハッシュタグをつけたところ、たまたま現地の路上ライブ好きの目に留まったのだ。

　これって例のアホ日本人じゃん、と気づいた路上ライブ好きは、面白半分、香港の同好の士に動画を拡散した。すると、それを見た人たちは面白がるより先に、姫の歌声に衝撃を受けた。

『この日本人娘、すげーじゃん！』

　これぞ姫の面目躍如（めんもくやくじょ）と言うべきか、その歌声への称賛コメントが続々と寄せられはじめた。

やがてコメント数の増加とともに、そもそも歩行者天国の中止に不満を抱いていた路上ライブ好きやストリートミュージシャンたちが、ネットニュースの論調とは一転、姫を擁護するコメントを書き込みはじめた。

『せっかく姫花が香港まで歌いにきてくれたんだから、ちゃんと歌わせてやれよ！　歩行者天国再開希望！』

この新たな動きがＳＮＳを通じてまたまた香港人たちに拡散された。結果、旺角に忽然と現れた姫花の人気が、怒濤の勢いで高まったのだという。

「世の中、何が幸いするかわかったもんじゃないなあ」

亮太が苦笑いすると、電話の向こうの楓子は続ける。

「しかも聞いて、この騒ぎのことをある香港人が、わざわざあたしに伝えてくれたんだよね」

九龍在住のアンソニー・リーという男だそうで、彼もまた姫花に魅せられた一人らしく、

『香港でファンサイトを立ち上げたから公認してほしい』

と動画配信元の楓子宛てにメッセージを送ってきた。

「マジかよ」

「って思うでしょ？　けど、とにかくそのファンサイトを見てみたら、ガチな姫花ファンがわんさか集まってるわけ」

信じられなかった。

「あたしだって信じられなかったよ」

初めて現地の騒ぎを知った楓子も仰天し、電話やメッセージを何度も亮太に送った。

「なのに亮太ったら、ずっとシカトしてるんだから」

むくれた声をだす。姫もまったく応答してくれなかったそうで、そりゃそうだ、と思いながらも、

「いやごめん、こっちもいろいろ大変だったんだ。だけど日本語の歌詞だってのに、そんなに受けるもんなんだなあ」

嫌な予感がして、ひょいと話を逸らした。

「けど日本だって、英語の歌がかっこよく聴こえて流行ったりするじゃん」

言われてみれば香港のコンビニに立ち寄ったとき、わざわざ日本語をパッケージに入れた食品や化粧品がけっこう売られていた。そのほうが品質が良くてかっこいいように感じられる、という理由からのようで、それと同じことだよ、と楓子は言っている。その証拠に、ファンサイトをきっかけに柏駅前パフォーマンスの動画も拡散され、アンソニーがインフルエンサーとなって、いまや、もっと姫の歌を聴きたい、という声が香港のネット界

に渦巻いているのだという。

「これって、凄くない？」

「まあ確かに」

警戒しながら相槌を打つと、

「で、思ったんだけど、とりあえずアンソニーの力を借りて香港の盛り上がりを日本に飛び火させたら、一気に状況が変わると思うんだよね。あたしの脚本とは違う展開になっちゃったけど、それはそれで結果オーライじゃん。だから亮太も東北ツアーなんかさっさと切り上げて、またあたしと一緒にやんない？」

やっぱりだった。

「けど楓子は、新劇団に参加するんじゃなかったのか？　玲奈たちだって、そのつもりでいるんだろ？」

「それはそれ、これはこれだよ。新劇団をやるにも、やっぱ先立つものが必要じゃん」

しれっと言う。

結局、いまだに楓子はブレ続けているのだろう。角谷代表に裏切られ、カジにも逃げられ、新劇団に色気を見せたものの、新展開の姫にまたちょっかいをだしてきた。そんなブレブレの楓子は、やはり信用しきれない。たとえ香港の話が本当だったとしても、姫のことを本気で考えているとは到底思えない。

亮太は穏やかに告げた。

「香港がどうなってるか、その盛り上がりがどこまで本物なのか、おれにはよくわからない。それでも楓子がネットの世界で頑張るって言うなら止めはしないけど、正直、おれはツアーのことで一杯一杯なんだ。もしネットで何か結果をだしたときには、猪俣さんも交えて対応策を話し合うことも考えるけど、やっぱ、いまはそれどころじゃないんだよな」

諭すように言った途端、楓子は黙ってしまった。

『わんこFM』に生出演した余韻も冷めやらぬその晩も、亮太たちは盛岡市内のライブハウスやスナックを訪ね歩いた。

香港のことも気にはなったから、念のため検索してみたが、正直言って、風変わりな動画に面白半分のコメントが寄せられているようにしか見えなかった。アンソニーのファンサイトも見つけたものの、英語表記だったこともあり、いまひとつ実感が湧かないし、楓子が買いかぶっているとしか思えない。

当面、姫と猪俣翁には香港のことは伏せておこう。こんなことで浮かれていられないし、二人の気持ちを惑わせても申し訳ない。そう判断して黙ってツアーを続けることにしたのだが、実際、いまや香港どころではない。盛岡で大橋さんと出会ったおかげで一気に風向きが変わったからだ。

最初に飛び込んだスナックでは、東京から来た歌姫、姫花です、とママに紹介した途端、

「あら、わんこで歌った娘？」

いきなり興味を示してくれて、CDとかあったら聴かせて、と向こうから言われた。

これに気をよくして、ほかのスナックやライブハウスにも精力的に飛び込んだ。すると、店長は知らなくても従業員の女の子が知っていたり、ラジオ聴いたよ、とお客から声がかかったり、最後に訪ねた高級クラブでは、ママが歌わせてくれたばかりか、常連客がおひねりまでくれた。しかも、最初の一人が裸の万札をくれたと思ったら、ほかのお客も競い合うように万札を差しだしてきたから驚いた。

「気前のいいお客さんたちですね」

帰り際、ママに漏らすと、

「最初の人は私がこっそりお願いしたの。一人が渡すと〝気前いい競争〟になるでしょ」

まさかのサクラ作戦で稼がせてくれたそうで、二度驚いた。

そんな手助けにも恵まれて、どうせ地域限定のミニFMだからと高を括っていたのに、CDを買ってくれる人も後を絶たず、思わぬ幸運が舞い降りた気分だった。

聞けば、夜仕事のママや店長にとって、午後一番は朝一番だ。起き抜けに『大橋拓三のもりおかストリート』で地元情報を仕入れて接客に生かしている人が多いそうで、そこに

姫の歌が流れた衝撃は亮太の想像以上だったようだ。

加えて、大橋さんは番組宣伝用のＳＮＳと個人でやっているＳＮＳの両方に、姫花って歌姫が凄い！　と熱く熱く書き込んでくれた。これがまた多くの人たちに拡散したらしく、番組は聞き逃したけどＳＮＳで知って気になっていた、という人もかなりいた。

これには嬉しくなって、翌日、大橋さんに直接お礼の電話を入れた。

「おお、それはよかったね。これでも地元じゃ人気番組だし、コミュニティＦＭは全国に二百八十局以上もあって他局で放送される場合もあるんだよ。ＡＭ局で流れたりウェブ配信されたりもするから、耳聡い人たちの口コミやＳＮＳで、姫花ちゃんの存在がもっともっと拡散されたら嬉しいよね」

大変だろうけど頑張って、と励ましてくれた。

そんな大橋さんの言葉を裏づけるように、つぎに訪れた一関市のライブハウスやスナックにも姫を知っている人がいた。店主の厚意で歌わせてくれた店も何軒かあり、ＣＤも予想外に売れたため、急遽、市内の家電量販店に駆け込んで焼き増ししたほどだ。

「これはいける！」

勢いづいた三人は、つぎの目的地、東北随一の大都市、仙台に意気揚々と乗り込んだ。

真っ先に向かったのは市内有数の繁華街、一番町にあるコミュニティＦＭ『エフエム一番』だ。もちろん、ここも飛び込みだったが、わんこＦＭの大橋さんの名前をだしたところ、運気はまだ途切れていなかった。たまたま応対してくれた若手局員の友部（ともべ）さんも、姫の噂を耳にしていたそうで、早速、ＣＤを聴いてもらうと、

「噂以上だね」

いきなり食いついてくれたばかりか、

「来週末の生情報番組、ぼくがパーソナリティなんだけど、出てみない？」

またしてもオファーをもらってしまった。

わんこＦＭと同じく、この臨機応変さが地域限定ＦＭの持ち味なのだろう。ぜひお願いします、と今回は亮太が即答した。来週末だと仙台の滞在予定が延びてしまうが、つぎの滞在地で調整すればいい話だ。おひねりやＣＤの売上金も入ったことだし、どうにかなる、と即断した。

「それにしても、いまどきはこういうメディアが効くんだねえ」

エフエム一番を後にしたとき、猪俣翁がぽろりと漏らしたものだった。まさかのとんとん拍子に、つい本音を口にしてしまったようだが、すかさず亮太は問い返した。

「こういうメディアって初めてなんですか？」

猪俣翁は一瞬、口ごもったものの、

「いや実はね」

うかつな自分に苦笑しながら、わしのプロモーター全盛期は平成初頭、バブル景気の頃

なんだよ、と打ち明けてくれた。当時はコミュニティＦＭはもちろん、ネットも勃興期。今回は追い詰められていたこともあって大橋さんにぐいぐい迫ったが、昔だったらアプローチすらしようと思わなかったという。

猪俣翁は長らく業界で干されていた。楓子の話は、どうやら本当だったようで、どうりで人脈が風化していたはずだ。亮太たちは今回、平成初頭の人脈を頼りに無謀にも東北ツアーに連れだされたわけで、秋田で猪俣翁に抗ったのは、やはり正解だったのだ。

ただ逆に、猪俣翁の無謀さがなければ、こんな認められ方もなかった。無謀がゆえに運気が呼び込まれたのも事実なだけに、今後も猪俣翁が培ってきた手法を軽んじてはならないと思った。言葉を換えれば、猪俣翁へのリスペクトを失ってはならない、と自戒した。

その後のプロモーションも順調に運んだ。オファーをくれたエフエム一番の友部さんが、よほど気に入ってくれたのだろう。帰り際にタウン誌の副編集長、中森女史を紹介してくれ、その足で会いに行ったところ、彼女もＣＤを聴いて大絶賛。

「めっちゃいいね、いっぺんで姫花ちゃんのファンになっちゃったよ」

すぐさま知り合いのライブハウス『ＷＡＣＡＮＡ』の店長、木下氏に電話してくれた。しめたとばかりにライブハウスも訪ねたところ、そこは三百名収容の仙台でも老舗の箱で、ここでも話は早かった。姫の歌を聴いた木下店長から、

「再来週の月曜日、対バンでよかったら、やってみない？」

と打診された。毎週月曜日は期待の新人を集めた〝アップカミングナイト〟だから、姫と亮太のコンビを割り込ませてもいいという。

「マジっすか」

またしても出演決定。仲介役のタウン誌の中森女史にお礼の電話を入れると、

「あらよかったわねえ。当日は取材に行くね」

彼女も自分のことのように喜んでくれた。

まったくもって嘘のような展開だった。ＦＭ出演とライブとタウン誌の取材。来仙初日に三つもチャンスが転がり込んできた。繋がるときは繋がるものだ。つい十日ほど前までは闇雲な飛び込み営業で門前払いが当たり前だったというのに、世の中わからない。

その晩は、市内を流れる広瀬(ひろせ)川の河川敷で、猪俣翁が奮発して買ってくれた牛舌の塩焼きを肴(さかな)に三人で乾杯した。

「デジタルの時代といっても、やっぱ地道な〝アナログ営業〟が基本なんですねえ」

缶ビールを片手に、亮太はしみじみと言った。本音を言えば〝アナクロ営業〟と表現したいところだったが、それは失礼な気がしてアナログ営業に言い換えた。すると、コップ酒を手した猪俣翁が、ふと真顔になった。

「ただ、わしは逆に、アナログの手法にこだわりすぎてたのかもしれんな。もちろん、地域メディアに拾ってもらえたのはアナログの成果と言えなくはないが、その先のデジタル

の拡散力ときたら恐るべき速さだった。ＳＮＳなんてもんは、しょせん子どもの遊びだろうと思っておったが、新しいメディアの力をつくづく実感させられた」

めずらしく殊勝なことを口にする。

「でも結局、今回はアナログあってのデジタルだったわけじゃないですか」

「まあ今回はそうだったかもしれんが、これからはアナログとデジタル、両輪のバランスをどうとっていくか。そこらへんの舵取りが肝になるんだろうなあ」

猪俣翁は遠い目になってコップ酒を呷り、いつまでも昔のやり方にこだわってる場合じゃないと痛感した、と言い添えた。

亮太はアナログの底力に目覚め、猪俣翁はデジタルの威力に圧倒された。二人の想いが初めて交錯した気がしたが、この先、姫のプロモーションは第二段階に入る。地元メディアの電波と箱と活字に拾ってもらったところで、つぎは何をどう展開すればいいのか。

「ここがターニングポイントって気がしてきましたね」

亮太も遠くを見ながら地酒を飲み下した。

周囲の状況が劇的に変わってきた中、もうひとつ、変わったものがある。

姫だ。

香港で曲作りをした頃から変わりはじめていたものの、ここにきて姫もまたターニングポイントを迎えた気がする。秋田駅前のライブ、盛岡のライブに続いてわんこFMに生出演したあたりから、音楽に向き合う姿勢に、これまでにない貪欲さが見えはじめたのだ。

とりわけ、わんこFMのインタビューは姫にとって大きな刺激になったようだ。大橋さんから最初に投げかけられた、

『ひょっとして現代音楽とかも聴いてるのかな？』

という質問に姫は何も答えられなかった。とっさに亮太が助け舟をだして事なきを得たものの、当人にはそれがショックだったのだろう。出演後に昼めしを食べているとき、思い詰めた表情で亮太に聞いてきた。

「現代音楽って何？」

曲作りのときに亮太は、現代音楽っぽくしてみた、といった表現をよく使っていたのだが、姫は意味を理解できないまま聞き流していたらしい。

ただ、改めて、現代音楽って何？　と問われると答えに詰まる。劇伴でやっていこうと決めた当初、曲想を広げるために現代音楽を聴きあさりはしたが、ちょっと齧った程度のレベルだけに、どう定義したものか迷った。

「基本的には、ルールを超えた自由な音楽なんだよね」

とりあえずそう説明した。

源流を辿れば西洋クラシック音楽の流れからきているのだが、二十世紀後半から〝無

調〟〝不協和音〟〝即興性〟などの特徴を持つ楽曲を現代音楽と呼ぶようになった。平たく言えば、キーや音階に捉われず、不快とされる不協和音や楽器以外の雑音なども自由に使って演奏する音楽、といったところだろうか。

姫が首をかしげている。話が漠然としていてわからないようだ。

「そういえば、こんなのがある」

亮太は動画サイトを開いて、ある楽曲を再生した。

舞台にピアノが置かれている。そこに奏者が登場し、観客の拍手を受けて鍵盤の前に座り、譜面を開く。いよいよ演奏開始、と思ったら奏者は鍵盤の蓋を閉じた。観客は耳を澄ませている。それでも奏者は蓋を閉じたまま座っている。だれかが遠慮がちに咳払いした。体を動かす衣擦(きぬず)れの音も聴こえる。すると奏者が腕時計を一瞥(いちべつ)して譜面をめくった。蓋はまだ閉じたままだ。静寂の中、空調の音が響く。観客の息づかいも伝わってくる。そのとき、奏者が鍵盤の蓋を開けた。今度こそ弾くのか、と思ったらまた蓋を閉める。その後もピアノは弾かない。途中、再び譜面をめくったり蓋を開閉したりしたが、演奏はしないまま再度腕時計を見るなり蓋を開け、奏者は席を立って観客にお辞儀をした。

「これで終わり」

亮太は言った。姫が不可解そうにしている。

「実はこれ、『4分33秒』っていう有名な〝曲〟なんだよね」

「曲？」

「ピアノを弾かなくても、静寂の中から偶然聴こえたノイズもまた音楽。そんな解釈で、まさにルールを超えた自由な音楽ってわけ」

作曲したのはジョン・ケージという現代音楽家で、ピアノの蓋の開け閉めは第一楽章から第三楽章までの区切りを示している。七十年近く前に発表されたときは、世界の音楽界に衝撃を与えた問題作だったという。

すると姫が呟いた。

「ドラえもんだ」

「ドラえもん？」

「ルールを超えてて自由」

「ああ」

ちょっと違う気もしたが、意味するところはわかった。ルールを超えた自由な発想なしに、ドラえもんの〝ひみつ道具〟は生まれない、と言いたいのだろう。

「そういえば姫は以前、ドラえもんを歌ってたけど、現代音楽的な感性が知らないうちに備わってたのかもね」

これまた無理な解釈ではあったが、あえて姫の気持ちを肯定してやりたかった。

ただ実際、ドラえもんではないものの、現代音楽はその後、ポピュラー音楽にも多大な影響を与えてきた。ジャズ界のオーネット・コールマンや山下洋輔、ロック界のフランク・ザッパやソフト・マシーン、映画音楽でも名を馳せた作曲家のフィリップ・グラスや坂本龍一などのアーティストを介して、いまやロック、ジャズ、映画音楽、ＣＭ音楽など、あらゆる音楽に刷り込まれていると言っても過言ではない。

「もっと聴きたい」

　姫が言った。

「うん、聴いてほしい。ぼくとの共作曲がどんなアーティストの影響下にあるかわかると思うし」

　わんこＦＭのインタビューでも挙げたジョン・ケージ、クシシュトフ・ペンデレツキ、スティーヴ・ライヒ、武満徹のほかオリヴィエ・メシアン、カールハインツ・シュトックハウゼン、一柳慧などのアーティストも教えた。

　以来、姫はネット動画を探して聴きあさりはじめた。そしてルールを超えた音楽を知るほどに、そもそも音楽のルールとは何なのか知りたくなったのだろう。和声や対位法といった音楽理論、スケールやモードといったジャズ理論も研究しはじめ、亮太に質問してくるようになった。

　こうなると、うかつには答えられない。エフエム一番とライブハウスの出演まで多少時間があるため、学生時代に独学で身につけた音楽理論を亮太もまた勉強し直しはじめた。

といって、けっして頭でっかちな前衛的音楽に走ったわけではない。亮太が目指しているのはあくまでも、ふつうの人の琴線に触れる音楽であり、姫にもそうあってほしいと考えている。その意味でも、姫をより成長させるためには何を教え、どこを刺激してやればいいのかを考えるようになり、姫と一緒に真摯に音楽を見つめはじめた結果、いつしか亮太自身も変わってきた。

そんな二人に感化されてか、ここにきて猪俣翁の意識も変化してきた。

「タブレットを買ってきてくれんか」

ある朝、突然、亮太に言ってきた。香港の騒ぎでネットやSNSの威力を思い知らされたことが大きかったのだろう、扱いやすいタブレットで挑戦しようと思い立ったらしい。猪俣翁もネットを使えるようになってくれるなら願ってもない。早速、仙台市内の中古PC店で一万三千円の格安タブレットを亮太が調達してくると、六十超えの手習いはきついなあ、とぼやきながらも猪俣翁は取説片手に格闘しはじめ、思いのほか早くマスターしてしまった。

楓子から再び電話が入ったのは、そんな頃合いだった。いつものように夕暮れどきに仙台の繁華街へ繰りだし、昭和が薫る飲み屋街〝文化横丁〟をめぐり歩いてからワゴン車に戻り、やれやれと定位置の前列席で横になったところで着信があった。

「できたよ」

いきなり告げられた。

「何が？」

「姫花の公式サイト、立ち上げた」

「マジかよ」

香港のアンソニーがわざわざファンサイトを立ち上げてくれたのに、本家本元の公式サイトがないのでは申し訳ない。そう考えてアンソニーの協力のもと作成したのだという。

「〝天才姫花〟で検索して見てくれる？　何か意見があれば反映させるから」

あたしだって頑張ってるの、とばかりに得意げに言い置いて楓子は電話を切った。

すぐに検索してみると、『天才歌姫〝姫花〟公式サイト』と題した水玉模様のトップページが現れた。姫が大好きなライブ衣装にちなんだデザインらしく、言語は日本語と英語から選べる。

冒頭には新着ニュース欄があり、『天才姫花のサプライズに香港騒然！』と見出しが立っている。続いて姫の動画と画像が並び、活動履歴、プロフィール、香港のファンに向けたメッセージ、アンソニーのファンサイトに飛べるリンク、さらにはサイト管理人、楓子宛ての問い合わせフォームも用意されている。

ただ、リンクも含めて隅々まで覗いてみたが、新着ニュースも活動履歴もまだまだ情報量が少ない。プロフィールは当然ながら〝非公開〟になっているし、少ない素材をどうにか使いまわして恰好をつけた、といった印象でスカスカ感は拭いきれない。

それでも、こんなものができてしまったからには、もはや亮太の胸に秘めておくわけにはいかない。公式サイトを確認し終えた亮太は、姫がいる後列席に身を乗りだした。音楽を聴いていた姫が訝しげにヘッドホンを外す。

「これ、楓子が作ったやつ」

携帯を差しだしてトップページを見せると、楓子さんが？ と姫が声を上げた。その声に驚いてか、荷室の床に寝転がってタブレットをいじっていた猪俣翁が身を起こし、どうかしたか？ と声をかけてきた。

「いえ、それが」

ちょっとたじろいだものの、猪俣翁がタブレットを覚えたいまこそ絶好のタイミングだ。

「天才姫花で検索してもらえますか」

そう伝えると、猪俣翁はしばしタブレットを操作してから、

「おい、何だこれは！」

不意に声を荒らげた。

「姫の公式サイトです。柏駅前と香港のパフォーマンスでＭＣをやってた、楓子っていう女性が作ってくれました」

香港の路上ライブに失敗して以来、姫の売りだし活動とは距離を置いていた彼女だが、その後、香港で思わぬ姫花人気が沸騰したことを受けて、自主的に公式サイトを立ち上げてくれた。そう説明した途端、また怒られた。

「なんでいままで黙ってたんだ！　香港で人気になったんなら即座に手を打つべきだろうが！」

「でも猪俣さんはネットとか否定的でしたし」

「いまは違う」

「いまはそうですけど」

その順応の早さに改めて驚いていると、猪俣翁は顎をさすりながら呟いた。

「しかし、香港がそんな騒ぎだとすると、いずれ日本もそうなるな」

東北でも徐々に人気が盛り上がってきたことだし、と独りごちるなり、よし、と立ち上がり、

「しばらく二人で頑張っててくれるか」

思わぬことを言いだした。

「二人で？」

「こうなったら、うかうかしておれん。ラジオとライブは二人にまかせた」

「猪俣さんはどうするんです？」

「当面、単独行動で頑張る。目途がついたら連絡するから、それまで二人で乗り切ってくれ。やり方はもうわかるだろうしな」

そう言うと財布から万札を何枚か抜きだし、活動費だ、と姫に押しつけた。

「あ、それと二人でまた新曲を増やしといてくれるかな」

この先、アルバムを一枚作れるぐらいはストックしとかないとな、と言い放つなり荷物をリュックに押し込み、荷室のスライドドアをガラガラッと開ける。

「あ、あの」

亮太が慌てていると、ワゴン車を降りかけた猪俣翁がふと姫を振り返り、

「ただし姫、今後の新曲は自分の言葉で歌え」

いいな、と念押しするなりリュックを担いで飛びだしていった。

それっきり猪俣翁とは連絡がつかなくなった。

その日は仕方なく、姫と二人で憂さ晴らしのごとくサシ飲みして寝てしまったが、翌朝、改めて携帯に電話しても応答がない。どこへ行ったのか、何をはじめたのか、まるでわからないまま二人きりで仙台に取り残されてしまった。

ひょっとして見捨てられたのか。そんな不安も頭をかすめたが、ただ、八百徳のワゴン車は置いていった。いくらなんでも借りっぱなしのワゴン車ごと見捨てることはしないだ

ろう、と思い直して、亮太は姫に告げた。

「とりあえず曲作りをしながら、ラジオとライブに備えよう」

極力、穏やかな口調を意識した。ここで亮太が動揺を見せたら姫がついてこなくなる。そう心して、万が一、猪俣翁が戻ってこない場合も取り乱さないように気持ちを立て直し、当面の予定を組み立てた。

昼間は広瀬川の河川敷にワゴン車を駐め、午前中は新曲作り。午後はラジオとライブのリハーサルに励む。夜になったら街へ繰りだし、猪俣翁仕込みの飛び込みでライブハウスやスナックをめぐり歩く。猪俣翁と楓子の動きも気にはなるが、この三つに全力を傾けよう、と姫を鼓舞した。

ところが、だった。早速、翌朝から曲作りをはじめたものの、いまひとつ姫のテンションが上がらない。香港のホテルにこもったときのように、音や言葉を投げかけても姫からのリアクションがなく、音のキャッチボールが生まれない。

「なあ姫、どうしたんだ？」

のっけからこれでは、新曲作りはもちろん、ラジオとライブの成功も覚束ない。もっと気合いを入れなきゃダメだろう、と語気を強めると、姫はおかっぱ頭を掻きむしり、

「わからない」

ぽつりと漏らした。

「何がわからないんだ？　ちゃんと言ってくれないか」

苛ついて詰問（きつもん）すると、

「自分の言葉で歌え」

憮然（ぶぜん）とした顔で睨みつけられた。

猪俣翁の言葉だった。言い置いていった当人は、ふと思いついたアドバイスを投げただけなのだろうが、姫の心には重く圧（の）しかかっていたらしい。

考えてみれば、これまで姫は、楓子の台本や亮太や猪俣翁が発した言葉の断片を拾い上げて歌詞に着地させていた。それはそれで摩訶不思議な世界が広がって面白かったのだが、いつまでもそれでいいのか、と猪俣翁は問題提起したのだった。

といって、自分の言葉で歌うとは、どういうことか。それが姫には悩ましいのだろう。

「難しく考えなくていいんだ。歌は歌詞がすべてじゃない。メロディと相まって初めてひとつの世界観が生まれるんだから、まずは姫の気持ちをそのまま言葉に置き換えてみたらどうかな」

亮太は微笑みかけた。それでも姫は強張った表情を崩さない。いつになく重苦しい空気に、亮太は唇を噛んだ。どうしたら姫は自分の言葉を見つけられるのか。

「ちょっと気分転換しようか」

思いきって提案した。こうしてワゴン車にこもっていても解決できる問題ではない気がしてきた。東北ツアーをはじめて以来、どこへ行っても飛び込み営業に追われて観光的なことは一切やってこなかった。この際、曲作りやリハはいったん中止してリフレッシュさせようと思った。

「よし、青葉山公園に行こう」

ネット検索してみると、広瀬川の近くの青葉山に大きな公園があった。今日一日、のんびり散策してこようと決めて、ワゴン車のエンジンをかけた。

河川敷を発ってすぐに緑が生い茂る山道に入り、ほどなくして青葉山公園の駐車場に到着した。そこからは二人でのんびりと園内をそぞろ歩いた。眼下に仙台市街を望める仙台城本丸跡に佇んだり、かつての領主伊達政宗の騎馬像を仰ぎ見たり、甘味処でずんだ餅を食べたりしてくつろいだ。

昼には一キロほど離れた仙台市博物館に移動して、併設のレストランでサーロインステーキを奮発して舌鼓を打った。満腹になったところで、仙台藩や伊達氏、慶長遣欧使節に関する資料が展示されている館内を見学した。歴史に疎い亮太は、正直、退屈してしまったが、姫はめずらしく熱心に見て回っていた。とりわけ、仙台市指定文化財、伊達家の紫色の陣羽織には興味を惹かれたらしく、長いこと足を止めていた。

駐車場のワゴン車に戻ったときには、午後三時を回っていた。入館料やら飲食代やらでそれなりの出費になったが、半日の休息ながら気分転換になってくれれば、と期待してい

ると、

「曲、作ろ」

姫が言いだした。あまりの即効性に意表を突かれて、

「お、おお」

つい口ごもってしまったが、その気になってくれたのなら拒む理由はない。急いで広瀬川の河川敷に舞い戻り、荷室にシンセをセッティングした。

「どんな曲にしようか」

鍵盤に向かうなり問いかけると、待ちかねたように姫が歌いはじめた。

おそらくは、すでに頭の中で歌が鳴っていたのだろう。いつもなら曲想を探るように歌いはじめるのに、既存の曲でも歌うように、なめらかにメロディと歌詞を紡ぎだしていく。

シンセをストリングスの音色にして追随した。似たような音列がゆるやかに繰り返される素朴なメロディラインを邪魔しないように、重厚な和音を響かせるだけのシンプルな伴奏にした。

すると姫が歌を止め、亮太に向き直った。

「スティーヴ・ライヒみたくして」

思わぬ注文がついた。先日、亮太が教えたスティーヴ・ライヒは、現代音楽の中でもミ

ニマル・ミュージックと呼ばれるジャンルの先駆者的な作曲家だ。パターン化されたフレーズをひたすら繰り返し、別のパターンも絡めたりしながら発展させていき、反復する音のうねりの中から情感を盛り上げていくスタイルで、その後のテクノ・ミュージックにも大きな影響を与えている。

それならば、と亮太は音色をグランドピアノに切り替え、メロディとは別パターンのパッセージを繰りだした。途端に姫がにんまりと頬をゆるめた。気に入ってくれたらしい。だったら、これはどうだ、とパッセージに変化をつけながら音列に表情をつけてみる。

「それ、違う」

今度はダメ出しされた。姫の頭の中には完成されたイメージが出来上がっているらしく、瞬時のためらいもないダメ出しだった。

そこからが長かった。曲の原型は固まっているのに、ディテールに納得がいかない姫が何度もダメ出ししてくる。これには亮太も意地になり、負けじと新しいパッセージを繰りだす。それに刺激された姫が、すでに固まっていたはずの旋律と歌詞のバージョンアップに挑みはじめる。

こうなると先が見えなくなる。どこまで手を加えればいいのか、どこでやめたら完成なのか、着地点が見えないまま、この日は結局、その一曲に没頭して夜を明かしてしまった。

気がつけば音楽の主導権は姫に移っていた。

なにしろ姫の爆発的な感性の噴出には、亮太が培ってきた知識や経験則では太刀打ちできない。いったん曲作りがはじまると姫の気持ちの赴くまま、ろくに食事も摂らずに創造と破壊を繰り返す状況になってしまった。

主導権を奪われた妬ましさはない、と言ったら嘘になる。それでも、このところの共同作業を通じて姫の秘められた才能を確信しただけに、それならそれでかまわないと思った。姫もまた亮太の存在が曲作りの起爆剤になっていると自覚しているはずだから、おたがいさまだ。

こうしてストイックな二人の曲作りは続き、気がつけばエフエム一番の生出演日になった。

当初は、きちんと準備して臨むつもりでいた。なのに、いざとなったら創造と破壊に時間を奪われたため、何の準備もできないままスタジオに駆けつけるはめになった。あとはもうリハーサルもなしに、パーソナリティの友部さんからスタジオに呼びこまれ、わんこＦＭでも披露した『勇ましい嘘』をぶっつけ本番で生披露することになった。

ところが、いざ伴奏をはじめた亮太は仰天した。ここ最近、創造と破壊ばかり続けてきたためか、これまでとはまるで違う方向に姫の歌が弾け飛び、それに亮太の伴奏も追随したため、わんこFMのときとはまったく別バージョンの『勇ましい嘘』になってしまった。

大丈夫だったろうか。演奏を終えた亮太は不安に駆られた。友部さんが聴いた旧バージョンと違いすぎる、とクレームがつくのではないかとひやひやしていると、

「いやあ凄い！　神バージョンだった！」

マイクの前の友部さんが声を上げ、リスナーのみんな、来週のＷＡＣＡＮＡライブは必見だ！　と推しまくってくれた。

これには亮太も安堵して、

「猪俣さんに聴かせたかったなあ」

生出演後、姫と二人きりになったところで漏らしたものだった。思いがけなく絶賛された新バージョンを聴いてもらえなかったことが、本当に残念だった。

いま猪俣翁はどうしているんだろう。あれから一週間ほど経っているのに、いまだに帰ってこなければ連絡もない。せめて来週のＷＡＣＡＮＡライブまでには帰ってほしいのだが、携帯に電話しても全然繋がらない。

猪俣翁からもらった資金は、そろそろ底を突きかけている。亮太自身の持ち金も青葉山公園で残りの大半を使ってしまったし、姫だってさほど持ち合わせていないはずだ。もちろん、ＷＡＣＡＮＡライブに出演料はない。八百徳のワゴン車も、いつまでも借りていら

れないだろうし、これ以上、猪俣翁なしのツアーは続けられそうにない。

「今回のライブを成功させたら東京に帰ろう」

亮太は姫に告げた。こうなったら帰京して作戦を立て直すしかない、と釈明すると、姫も同じ気持ちだったのだろう、即座にうなずいてくれた。

そうとなったら、あとは東北ツアーの締め括りとなるライブに全力投球するだけだ。曲作りはいったん中断して、与えられたライブの持ち時間をどう構成し、どう演奏するか。試行錯誤しながらリハを進めた。

五日後、いよいよ当日を迎えた。猪俣翁からは相変わらず音沙汰がない。これを終えたら予定通り帰京しよう、と改めて姫と確認し合ってからライブハウス入りした。

今夜の〝アップカミングナイト〟の出演者は五組。本来は四組らしいが、木下店長が姫花を割り込ませたため、演奏時間は一組三十分と決められた。おまけにリハは一組十分しかないから、シンセのセッティングの確認ぐらいしかできないが、文句は言えない。開演は午後六時。出演順はトップ。早い時間帯で、しかも仙台に友人知人はいないから、まず観客はゼロだと覚悟した。

ところが、いざ呼び込まれてステージに立つと、スタンディングの客が十人ほどいた。嬉しかった。たとえ対バンの客だったとしても、観客ゼロよりは演奏しがいがある。ほっとしながらもう一度観客席を見渡した亮太は、あ、と息を呑んだ。中央に立っている客は猪俣翁だった。しかも、さらに目を凝らすと右隣にはわんこＦＭの大橋さん、エフエム一番の友部さん、タウン誌の中森女史、左隣には、なんと楓子までいる。いつのまにか赤毛が黒髪になっていたから気づかなかったが、その手には動画用のカメラが握られている。

傍らには見知らぬ客が五人ほど佇んでいる。日本人ではなさそうだ。同じアジア系だが、服装と髪型が微妙に違う。熱烈なファンとは聞いていたが、わざわざ仙台までやってきたのか。アンソニーだろうか。香港人だ。先日、行ったばかりだからすぐわかった。

思いがけない事態に動揺しながらシンセの前に腰を下ろすと、楓子が動画カメラを回しはじめた。すかさず姫花がマイクに向かい、

「勇ましい嘘」

さらりと曲名を告げ、アカペラで歌いだした。

今夜の曲目は三曲。エフエム一番の好評を受けて創造と破壊の即興性を生かしたスタイルで一曲当たり八分は演ろうと申し合わせてきただけに、突然のアカペラにも動じることなく亮太は参戦のタイミングを待った。

〽勇ましい言葉には嘘がある
　勇ましい言葉には耳を塞げ

初めて聴く姫のアカペラに、ローカルメディアの三人が息を呑んでいる。香港人たちも目を輝かせて聴き入っている。その表情を見た瞬間、亮太にもスイッチが入った。いまだ、と直感したタイミングでシンセを奏ではじめた。

あとはもう無我夢中だった。それは姫も同様で、二人とも一曲目から飛ばし、そのまま二曲目の『自由って何?』に突入した。香港人たちが身を乗りだしている。どの顔も歓喜のあまり上気している。その興奮をさらに焚きつけるように、二曲目を歌い終えた姫が間髪を容れず、甲高くざらついた声で叫ぶ。

「水玉!」

広瀬川の河川敷で作った新曲だった。

〽水玉は弾ける　弾けると　くっつく
くっつくと　広がる　広がると　流れる
水玉は　あたし　水玉は　あなた
弾けて　くっつき　広がる　流れる

奇怪な歌詞だった。初めて聴いたとき、亮太は意味がわからず首をかしげたものだが、そこにスティーヴ・ライヒを彷彿とさせるパターン化されたシンセのフレーズを絡ませると、歌とシンセの反復によって得も言われぬ陶酔感が醸しだされる。

〽水玉が潰れる　潰れては　血に染め
血に染めて　汚れる　汚れては　笑われ
水玉は　あたし　水玉は　あなた
潰れて　血に染め　汚れて　笑われ

香港人たちが踊りだした。ステップを踏むのではない。ゆらりゆらりと体をくねらせて姫の歌に同化していく。

心地よさのあまり曲がどんどん長くなっていく。時間は三十分をゆうに超えている。それでも店長はやめさせない。それどころか、店長もまた体をくねらせている。中森女史も楓子も全身を揺らめかせ、大橋さん、友部さん、猪俣翁までもが水玉の世界に身をゆだね、終わらないでくれ、このまま永遠に終わらないでくれ、と無言のうちに訴えかけてくる。

「素晴らしすぎるよ！」

ライブハウスを後にした途端、出待ちしていた楓子が姫に飛びついた。

「いやほんとに今夜は神がかってたよね」

大橋さんも禿頭を撫でつけながら満面に笑みを浮かべている。とりわけ最後に歌った『水玉』には、太古の血が呼び覚まされる反復の美学があった、と褒め称えてくれた。

「やっぱ姫花ちゃんの歌には、心を鷲摑みにする何かがあるわよね。難解っぽい歌なのにポピュラリティがあるっていうか」

これはタウン誌の中森女史。写真もたくさん撮ったから、ぜひミニ特集を組ませて、とはしゃいでいる。

すると楓子が香港人を前に押しだした。

「アンソニーたちも、わざわざ仙台まで来た甲斐があったって大感激してたんだよ」

「アンソニー？」

まだ事情を知らない姫が問い返すと、スバラシイデス！　とアンソニーが片言の日本語で声を上げ、握手を求めてきた。

姫が手を差しだし、握手に応じた。いつにないリアクションだった。姫もまた異国の彼らの称賛に感激しているのだろう。

そんな微笑ましい光景を、亮太は離れた場所で眺めていた。一緒のステージに立った身ながら、今夜ばかりは姫が誇らしくてならず、ついニヤニヤしていると、

「よくやったな」

声をかけられた。猪俣翁だった。

「もう、どうしてたんですか。てっきり見捨てられたと思ってましたよ」

思わず文句を言ってしまった。

「まあそう言うな。わしにも、いろいろとやることがあったもんでな」

香港の盛り上がりを好機と踏んだ猪俣翁は、あれからまた盛岡の大橋さんに会いに行き、彼の古巣だった東京のメディア関係者を紹介してもらったのだという。その足で帰京して売り込みに行ったり、猪俣翁の古い人脈にコンタクトしたり、姫花の公式サイトを通じて楓子に接触して姫の今後について打ち合わせたり、あれこれ忙しくしていたらしい。

「ここぞというチャンスには速攻で行動する。そんなフットワークの軽さがプロモーターには欠かせんのだが、おかげで下地ができた。つぎは東京で正式なレコーディングに入るぞ」

「メジャーデビューですか！」

「いやいや、自主制作アルバムを作るんだ」

「自主制作ですか」

ちょっとばかり拍子抜けしていると、

「そんな顔をするな。メジャーなんぞと契約したら姫の才能は生かせんし、いいように吸い取られた挙げ句に、ゴミ屑（くず）のごとくポイだ。いまこそ、インディーズのまんま成功した

ＭＯＮＧＯＬ８００を見習おうじゃないか。自由気ままに活動して、みんなで幸せになろうじゃないか！」

亮太の肩をぽんと叩く。

「でも、自主制作アルバムを作るお金なんて」

「心配するな、金はみんなから集めればいい話だ。いまどきはクラ、クラド」

「クラウドファンディング」

楓子が口を挟んできた。

「おお、それだそれだ。そもそもはアンソニーが考えたシステムだそうで、やっぱり香港人は進んどるな」

「いえ違います、クラウドファンディングは日本でも普及してます」

楓子が苦笑しながら説明する。

言うまでもないが、アイディアやプロジェクトを実現したい人がウェブサイトを使って広く世間に呼びかけ、共感した人たちから資金調達するのがクラウドファンディングだ。アンソニーがファンサイトで、姫花を香港公演に呼ぼう！　と資金を集めていることを知って、楓子も公式サイトで自主制作資金を集めようと考えていたとき、香港の盛り上がりを知った猪俣翁が連絡してきた。まさに絶好のタイミングと、早速、二人で会って話をまとめたのだという。

「あとは亮太と姫が賛成してくれれば、明日からでも資金集めをはじめられるんだけど」

いいよね、と承諾を求められた。

「だけど、そんな簡単に集まるかなあ」

亮太は首をかしげた。

「大丈夫。香港公演資金だって八割方集まってるの。今回、アンソニーたちが仙台まで来てくれたのも、その打ち合わせのためなのね。で、香港公演と自主制作アルバムをセットでアピールすればきっと注目を浴びるはずだし、だからテレビも食いついてきたと思うの」

「テレビ？」

またもや初耳の話に戸惑っていると、おお、それを忘れておった、と猪俣翁が勢い込んで言った。

「今月末、姫と亮太にはテレビに出てもらうぞ。しかも驚くな、在京のキー局、東日テレビに生出演だ！」

第七幕　ディーバ降臨

早朝の新橋駅前にはカラスが飛びかっていた。夜中に飲食店が出したゴミ袋を見つけては歩道に舞い降り、中身をほじくりだして残飯をあさっている。

時刻は午前五時五十分。こんな時間に都心まで足を運んだのは初めてだ。こんな時間まで都心で飲み続けて朝帰りしたことは何度もあるが、同じ早朝でも、後ろめたさを抱えたオール明けと違って、妙に清々しい人間になれた気がするから不思議なものだ。

東日テレビの局舎までは歩いて五分ほど。朝六時に局入りしてほしいと言われているが、なんとか間に合いそうだ。出演時間は朝九時過ぎらしいから、こんなに早く入る必要があるのか、という疑問もなくはないが、テレビは未知の世界だけに時間厳守は鉄則だ。けさは必死の思いで早起きして、自前のプロ仕様のシンセを背負ってやってきたのだった。

姫も早起きできたろうか。ふと心配になった。

なにしろＷＡＣＡＮＡライブを終えてからの忙しさときたら売れっこアーティスト並み

だった。翌朝にはワゴン車を駆って仙台から帰京し、一服する間もないまま三日間でアルバム用の楽曲をブラッシュアップ。猪俣翁が押さえてくれたスタジオに入り、わずか六日間でレコーディングをすませて、『本日ネット配信開始！』とテレビで告知できる態勢を整えた。

「そんなに急がなくてもいいじゃないですか」

当初、亮太は不満を漏らしたが、猪俣翁に叱られた。

「せっかく大橋さんの伝手で摑んだ全国ネットのテレビ出演なんだ。アルバムが仕上がってなきゃ売りたくても売りようがないし、仮にもそんな事態になったら大橋さんにも仲介者にも申し訳が立たんだろうが」

仲介者とは、大橋さんが民放キー局時代に起用していたテレビ制作会社のプロデューサーだ。大橋さんの紹介で猪俣翁が会いに行き、動画を見せて香港の状況を説明したところ、ワイドショーネタにいいんじゃないか、と東日テレビの朝ワイド『キッパリ』に話を持ち込んでくれた。すると音楽ネタを探していた番組ディレクターが飛びつき、注目の新人コーナーへの出演が決まったのだった。

「この世界は人の繫がりを大切にしてこそ、つぎがあるんだ。チャンスをもらった恩に報いるためにも、何としても出演当日にアルバムを配信して、さらに飛躍してみせなきゃならんのだ」

「ですけど、アルバム制作費は集まってるんですか?」

「だからそっちの心配はするなと言ったろうが」

その後、楓子が制作費の募集告知をしたところ、早々に出資者が集まりはじめたそうで、それでも足りないときは、ネット配信の売上げを見越して借金してでも制作するという。

「ほかでも楓子くんは、いろいろと駆け回ってくれててな。アルバムジャケットやポスター、チラシのデザインは劇団時代に世話になったデザイナーに捻じ込んでくれたから、テレビ出演前にネット印刷で刷り上がる予定になっておる。CDについても、ネット配信の一週間後には販売できるよう段取りをつけてくれとる」

彼女も精一杯頑張っとるんだ、亮太も気合いを入れてやれ、と苦言を呈された。

楓子がそこまで猪俣翁に取り入っていることには驚いたものの、そう言われてしまうと何も言い返せなくなる。結局は、楽曲のブラッシュアップも含めて九日間の突貫工事でアルバムを完成させたのだが、それだけに亮太と姫の疲労は半端ではない。とりわけ姫は、レコーディングで歌いっぱなしだったのに、今日は朝から生放送で歌を披露しなければならない。果たして喉が耐えられるのか、さすがに心配になって寝起きに電話を入れてみたら、応答はなかった。

どうか無事に局入りしていてくれ。祈るような気持ちで亮太は局舎を目指した。

東日テレビの関係者入口は、局舎の裏側の目立たない場所にあった。毎日頻繁に人気者や著名人が出入りするだけに、あえて目立たなくしているのだろう。初めての局入りとあって、いささか緊張しながらゲートの警備員に、おはようございます、と挨拶すると、

「どちらさまで？」

足止めされた。

「姫花のサポートメンバーです」

警備員が手元のタブレットに目を落として問い返す。

「マネージャーさんですか？」

「いえ、伴奏者の亮太と言います」

盛岡での路上ライブ以来、これからは亮太の伴奏で歌いたい、と姫から乞われたからだが、

「聞いておりませんが」

首を横に振られた。

「おかしいなあ、マネージャーの猪俣から朝六時入りって聞いてきたんですけど」

「そう言われましても」

警備員は警戒する目で亮太を見据えながら、どこかに内線電話を入れた。

「やはり姫花さんは単独出演だそうです」

「いや、そんなわけないです、マネージャーの猪俣に聞いてみてください」

語気を強めたところに、

「おう、どうした?」

当の猪俣翁が局入りしてきた。それでようやく猪俣翁が番組ADに電話を入れてくれ、伴奏者がいる、と伝えて入館できたものの、トラブルは続いた。

いざ『姫花様』と書かれた狭い楽屋に入ると、ひと足先に局入りしていた姫もむくれていた。いましがた番組ディレクターが駆け込んできて、伴奏者なんて聞いてない、一人で演ってくれ、と吐き捨てていったのだという。

「いったいどうなってるんですか」

亮太は猪俣翁に詰め寄った。

「どうなってるんだろうなあ」

猪俣翁も首をかしげ、再びあちこち確認したところ、ようやく状況が見えてきた。

もともと香港の動画を見て姫の起用を決めたディレクターは、番組でも弾き語りをすると思い込んでいた。一方、猪俣翁は姫の意向を受けて現場のADに、伴奏者をつけますから、と伝えておいたのだが、無名の新人の要望だけに多忙なADは忘れてしまった。亮太の入館騒ぎの電話で初めて思い出したものの、とっさに保身が働いたのだろう。伴奏者がいるらしくて、と急な変更のごとくディレクターに伝えたことから、いまさらなんだ、とディレクターが楽屋に怒鳴り込んできた。

朝の生番組だけにスタッフはピリピリしている。ちょっとした行き違いです、と猪俣翁が改めてディレクターに釈明しても、新人を出演させてやるんだからガタガタ言うな、といった態度で聞く耳を持たない。仕方なく猪俣翁は姫に泣きついた。

「ここはひとつ、弾き語りでやってくれんか」

ＡＤのポカミスが原因だったとしても、こうなったからには現場の力関係がものを言う。どうか堪えてくれ、と説得したものの、

「亮太とやりたい」

姫も聞かない。

そもそも姫と亮太には、朝のワイドショーで歌うなんて、という本音があった。下世話なニュースの賑やかしに歌ったところで意味があるのか、と。それでも、猪俣翁が頑張ってくれたんだから、多少の不本意は呑み込もう、と妥協したのだが、いざこうなってみると、あまりにも舐められている。三時間も前に局入りさせてリハもなしに、歌わせてやるんだからつべこべ言うな、といった高飛車な態度には、姫でなくても反発したくなる。

だが猪俣翁は諦めなかった。楽屋の椅子に座ったまま動かなくなってしまった姫の前で、突如、

「頼む！　この通りだ！」

べったりと這いつくばって土下座を決めた。

最終的には、姫が一人で弾き語りをすることになってしまった。

猪俣翁に土下座までされては、さすがの姫も拒みきれなかったのだろう。しぶしぶながらも承諾し、楽屋で亮太のシンセをセッティングして弾き語りの練習をはじめた。

ところが、いざ本番が近づいてスタジオ入りしてみると、またしても思わぬトラブルに見舞われた。亮太のシンセで弾き語りするつもりで運んでいったのに、スタジオの奥で埃をかぶっているピアノでやってくれ、とＡＤから指示されたのだ。それは小学校の教室に置かれているような縦型のアップライトピアノで、しかも、音を確かめると調律も狂っている。

「これじゃあんまりですよ」

ＡＤに文句を言ったものの、そもそもグランドピアノは用意してないし、シンセも想定していなかった、と口を尖らせる。そればかりか、このピアノが嫌ならネット配信用のアルバムの楽曲を流すから口パクでやってくれ、とまで言う。

「もういいよ、姫、これでやろう。どんなピアノだろうが、姫の歌さえ最高だったら、ちゃんとみんなに伝わるから」

仕方なく亮太がそう言い含めると、姫は一瞬、目を剝いたきり黙ってしまった。

　そうこうするうちにも、有名女優の不倫問題をメインに取り上げていた番組は、グルメコーナーを挟んで九時十分過ぎに四度目のCMタイムに入り、いよいよ姫の出番になった。アップライトピアノがスタジオ中央に押しだされ、マイクがセットされたところで水玉ワンピースの姫が鍵盤の前に座る。あとはCM明けと同時に男性司会者が姫を紹介し、今回のアルバムのタイトル曲『水玉』を弾き語る段取りだ。

　亮太と猪俣翁はスタジオの片隅で見守った。姫の準備が整った直後にADがカウントダウンをはじめ、さっと手を差し伸べてキューを出す。

「さあ、今日の音楽コーナーは、日本人でありながら、いま香港で大人気の天才歌姫が遊びにきてくれましたよ！」

　元芸人の男性司会者が馴れ馴れしい口調で旺角の路上ライブの顚末を説明して、

「いけませんよ、こういう路上ライブを勝手にやっちゃ絶対にいけないんですけど、とにかく、いまや香港で大人気なんです。それが日本にも飛び火して、今日から初のアルバムがネット配信されるそうなんで、これから姫花ちゃん、どーんと来ますよ。この天才的な歌声を聴けば、なぜ香港で大人気になったのか、きっとわかるはずです！」

　姫花の歌などろくに聴いていないのに、背後に鎮座しているコメンテーターたちに笑みを振り撒きながら調子よく褒め上げ、

「それでは、姫花ちゃんに一曲歌ってもらいましょう。どうぞ！」

と声を張った。すかさず画面は水玉ワンピースのアップに切り替わり、カメラが引かれて姫の全身が映しだされる。

　すると姫は、おもむろに両手を伸ばし、静かにピアノの蓋を閉じた。亮太は、え、と声を上げそうになった。それでも姫は閉じた蓋を見つめたまま動かない。

　スタジオが静まり返った。いったい何が起きているのか、といった面持ちでだれもが固まっている。慌てた男性司会者が、

「それではもう一度、姫花ちゃん、どうぞ！」

　再度、コールした。それでも姫は無言のままピアノの前に座り続けている。

　スタジオが、ざわつきはじめた。ＡＤが『歌って！』と書いたカンペを掲げて必死にアピールしているが、姫は知らんぷりしている。

　もちろん、すでに亮太は姫が何をやっているか理解していた。あえてジョン・ケージのあの曲を演奏しているのだ。姫にも秘められたプライドがある。雑な扱いへの抗議の意思を込めて、スタジオの騒ぎも音楽だ、とばかりに沈黙の作品に挑んでいるに違いない。

　男性司会者が姫のもとに飛んでいった。とっさの機転で異常事態を切り抜けようとしたのだろう。姫の背後からひょいと両肩を摑み、作り笑顔で肩を揉んでみせ、

「初めてのテレビで緊張しちゃったかなあ」

　スタジオを和ませようと、おどけた物腰で語りかけた。それでも姫は口を閉ざしてい

る。これには男性司会者も、かちんときたのだろう。不意に表情を強張らせたかと思うと、

「さあ、頑張って歌おうか」

脅しつけるように言い放ち、無理やりピアノの蓋を開けようとした。

その瞬間、姫が叫んだ。

「まだ演奏中！　4分33秒！」

涙声だった。

途端に画面がシャンプーのCMに切り替わり、異常事態は瞬時にして断ち切られた。

「おまえら何やってやがんだ！」

ディレクターの怒鳴り声を振り切り、亮太は姫とスタジオを飛びだした。

猪俣翁は一人、事態の沈静化を図ろうとしていたが、いまさら何を言ったところで不毛な喧嘩に発展するだけだ。もうこんな場所にはいたくない、とばかりに亮太はシンセを担ぎ、姫は水玉ワンピースを翻し、さっさと局舎を後にした。

後日聞いた話では、番組はその後、CMタイムが明けるなり、何事もなかったかのように女子アナの天気予報がはじまったという。そして最後に男性司会者が神妙な面持ちで、本日は、お見苦しいハプニングがありましたことをお詫びします、と頭を下げて終了した

そうだが、その頃には亮太も姫も新橋の居酒屋街へ向かっていた。もはやテレビのことなど、どうでもよかった。ビールでも飲んで憂さ晴らしだ、とさばさばした気分でいたのだが、

「ちょ、ちょょっと待ってくれ」

猪俣翁が追いかけてきて、ディレクターやADからは完全に無視されたという。

「もういいですよ、テレビのことなんか忘れて昼飲みしましょう」

亮太が笑いかけると、それもそうだな、よし、三人で打ち上げだ！　と率先して店を探しはじめた。

新橋駅烏森口から程近い、二十四時間営業の居酒屋に飛び込んだ。まずは生ビールで、お疲れさま！　と乾杯したところで、遅ればせながら亮太は猪俣翁に謝った。

「せっかくわんこFMの大橋さんの紹介だったのに、すみませんでした」

すると猪俣翁は肩をすくめ、

「気にするな、たまたま当たったスタッフがひどかっただけだ。ちゃんと事情を話せば大橋さんだってわかってくれる」

笑みを浮かべて理解を示してくれた。その言葉にほっとして、生ビールの残りを一気に飲み干したそのとき、携帯が震えていることに気づいた。

楓子からだった。

「やっと出てくれたね、心配しちゃったよ」

さっきから何度か電話していたらしく、

「知ってる？　姫花のハプニングでネットが炎上してるの」

興奮した声で言う。

「マジかよ」

慌ててネット検索してみた。まずはキッパリの公式サイトにアクセスすると、確かに炎上閉鎖中だった。続いて〝姫花　キッパリ〟で調べると、ぞろぞろっとヒットした。番組視聴者が一斉にSNSに投稿したらしく、

『今日のキッパリ、ワロタワロタw　姫花マジでクレイジー！』

『姫花ってだれ？　4分33秒ってなに？』

『司会者、赤っ恥。肩揉みってセクハラだし』

まさにネット騒然というやつで、朝のハプニングが瞬く間に拡散していた。

亮太は慌てた。下手をすると姫花が歌い続けられなくなる可能性もあるだけに、姫と猪俣翁にも手伝ってもらい、昼飲みを中断して各方面の反響を片っ端からチェックした。

反響は大きく三つのタイプに分かれていた。『とんでもない歌手だ』といった批判コメント、『やらかしてくれたねえ』といった面白がりコメント、そして『姫花ってだれ？』といった質問コメント。一方で少数意見ながら、『若い頃に流行ったアングラ芸術運動を

思い出した』といったジョン・ケージを知る中高年世代の共感コメントもけっこうあった。

「こうなると、あとは世の中の風向きしだいだけど、ただ、ネット配信されたアルバムがどうなるかだよなあ」

亮太は腕を組んだ。男性司会者が姫を紹介するとき、ネット配信にも触れてはくれたが、その直後のハプニングがアルバムダウンロードにどれほどの影響を及ぼすのか。成りゆきしだいでは今後のプロモーションにも多大な影響が及ぶ。

「けどまあ、今日のところは飲みましょう」

ひとしきり検索したところで亮太は携帯を置き、生ビールのおかわりを注文した。姫と猪俣翁も携帯とタブレットをしまい込み、改めて三人で乾杯した。

それからは東北ツアー以来のぐだぐだの酒盛りになってしまったが、この時点ではまだ三人とも、今回のハプニングの底知れない影響力には気づいていなかった。

実際、本当の大反響が巻き起こったのは、それから一時間後のことだった。昼間からほろ酔い気分になりはじめた午前十一時過ぎ、ネットニュースのトップ項目に新着の見出しが躍(おど)ったのだ。

『東日テレ騒然　歌わぬ歌姫参上』

これが契機となって新たなアクセスが殺到した。しかも、この記事では〝前代未聞の放

送事故〟的な扱いだったが、その一時間半後にアップされた続報では、

『歌わぬ歌姫　実は沈黙の演奏』

と見出しが打たれ、テレビで演奏したジョン・ケージの『4分33秒』が無情にも断ち切られた事件として、識者のコメントも掲載された。

『そもそも4分33秒は、発表当時、コンサートホールが権力と化していたことに異議を唱えた音楽でもある。その問題作をあえてテレビ番組で演奏したのは、世紀の奇才ジョン・ケージへのオマージュとして、テレビが権力と化している現代に警鐘を鳴らしたのではないか』

いささか考えすぎという気もするが、これがさらなる起爆剤となった。

早速、ネットの知識人たちが食いついてきてSNS上で議論が沸騰したのだ。かくも過激な知的パフォーマンスをやってのけた姫花とは何者か。そんな好奇心のもと、姫花に対してカリスマ的なイメージが醸成されはじめ、姫花の歌を聴きたい！　という声が見る間に湧き起こった。

そんな声に後押しされて〝姫花ハプニング〟のまとめサイトが立ち上げられた。その冒頭に姫花の公式サイトと香港のファンサイトのリンクが貼られたことで、柏駅前と香港のパフォーマンス動画、楓子が撮ったWACANAのライブ動画も含めて、再生回数が急上昇した。

これに触発されて、たまたま秋田や盛岡で路上ライブを撮影していた人たちも、つぎつぎに動画をアップしはじめ、その動画を見た人たちのコメントも溢れ返った。

『姫花の歌声、マジ衝撃！』

『ガチ天才歌姫！　声だけで、すげー泣けた』

『スティーヴ・ライヒへのオマージュと思しき姫花の〝水玉〟も発見。これ必聴！』

挙げ句の果てには、

『水玉ワンピース、かっけー』

と姫花のお気に入りの衣装まで取り沙汰される騒ぎとなり、テレビのハプニングからわずか半日にして姫花人気が炸裂した。

この異常事態を知らせてくれたのも楓子だった。午後になって再び電話をもらったのだが、ただ、この時点で亮太たちは二軒目の焼き鳥屋にいて、かなり酔っていた。

「こうなったらすぐにでも、つぎの作戦に打って出なきゃダメだと思うの。いまから打ち合わせしない？」

楓子からは急かされたが、まともに打ち合わせなどできる状態ではない。

「だったら、明日、改めてうちの事務所に集まろうじゃないか」

最後は猪俣翁の提案で酒盛りをお開きにして、波乱だらけの一日を終えたのだった。

翌日、東日テレビ以外の各局の朝ワイドは、姫花ハプニングの話題で持ちきりになった。

キッパリの事件を山ほどのフリップを使って解説し、忖度上手なコメンテーターがしたり顔で姫花の騒動を語り倒していたが、亮太はテレビを消して高円寺駅へ向かった。楓子と一緒に町屋へ行く約束をしていたからだ。

「おはよう」

約束通り午前十時にやってきた楓子に、亮太は真っ先に不満を口にした。

「テレビの著作権侵害ってひどすぎないか？」

各局とも姫花ハプニングを取り上げるのはいいとしても、番組内で姫花の動画を勝手に流している状況に腹が立っていた。

ところが楓子は、あっけらかんと笑う。

「あれはあたしんとこに問い合わせてきた全局に、一部分だけならいいって許可したのよ」

勝手にごめんね、と肩をすくめる。なにしろ柏駅前と香港の動画の再生回数が、いきなり億を超えてしまったから、広告収入も億単位になるはずだ。そこにダメ押しのごとくテレビ局が動画の一部分を流してくれれば、さらに再生回数を稼げるはずだと楓子は皮算用し、独断で許諾したという。

「しかも聞いてよ、ブレイクしたのは動画だけじゃないの」

新宿へ向かう電車に乗り込み、肩を並べて座ったところで楓子は声をひそめる。

「昨日配信したアルバムのダウンロード数も、たった一日で五万ダウンロードを突破したの」

この勢いでいけばインディーズアルバムながら週間ランキング一位は間違いないそうで、

「マジかよ」

亮太には信じられない展開だった。

「だもんだから、今日はうっかり電車に乗っちゃったけど、もう電車移動なんかしてる場合じゃないわけ。すぐにでも移動用のメルセデスとか何台か買っとかなきゃ、あとあと大変なことになるよ」

「はあ?」

「はあじゃないって、亮太もそろそろ経営感覚ってものを身につけなきゃダメだよ」

楓子が呆れている。

とりあえずは動画の広告料もダウンロード料も、公式サイトを管理している楓子の口座に入金される。だが、一刻も早く入金用の法人口座を開設して、そこから必要経費をバンバン使って節税対策に励まないことには、来年になって途轍もない税金が降りかかってくるらしい。

おまけに、アルバムが売れるにつれてタイトル曲の『水玉』が大きな話題を呼びはじめている。WACANAライブの動画が拡散されるにつれ、スティーヴ・ライヒを思わせる曲調と奇怪な歌詞が話題を呼び、あの歌詞って男女の恋？　人間社会の性（さが）？　あるいは宇宙の星のこと？　とさまざまな臆測が飛びかい、歌詞の解釈をめぐって論争が起きるほど注目を集めているという。

さらには水玉衣装の人気も高まっていて、姫を〝水玉ディーバ〟と呼ぶ人たちまで現れた。そこで楓子は、アルバムの販促グッズとして水玉ワンピースや水玉Tシャツを先行投資して作ることも考えているそうで、

「そのためにも、とにかく事務所を法人化しないとヤバいの。世の中には、大儲けしたのに税金破産する人だっているんだから」

うかうかしてらんないのよ、と一人で焦っている。それでも亮太は、いまひとつ実感が湧かず、

「なんだか凄いことになってきたなあ」

苦笑しながら車窓の風景に目をやった。

『水玉』という楽曲が生まれた経緯は、実は亮太だけが知っている。仙台で曲作りに行き詰まって仙台市博物館を訪ねたとき、姫は伊達家の陣羽織に目を奪われていた。その紫地

の陣羽織は金糸刺繍された家紋のほかに、赤、青、緑、黄、白、大小五色の水玉が散らされたカラフルかつ斬新なデザインで、『紫羅背板地五色乱星』と命名されていた。つまり水玉は星を表現したものらしく、〝伊達男〟の語源にもなったおしゃれな伊達政宗の象徴として、いまも仙台市内の施設や店舗の装飾にもしばしば使われている。この伊達家の水玉を姫がどう解釈してあの曲が生まれたのか、それは聞いていない。聞いても言わないだろうが、おそらく姫は、時代を超越した水玉のパワーに触発されたのだと亮太は思っている。

そんな予期せぬ縁にも恵まれたせいか、姫を取り巻く状況は一夜にして一変してしまった。災い転じた福が、期せずして転がり込んできた。

「けど、こうなってみると、またなんとなく楓子の脚本に似てきた気がするよなあ」

亮太はふと漏らした。経緯こそ違うものの、脚本と同じくブレイクできてしまった。そんな意味で言ったつもりだったが、途端に楓子は目元を怪しく光らせ、

「だったらこの先、脚本通りラストまでやっちゃう?」

もっとボロ儲けできるかもよ、とやけに悪意を含んだ物言いで忍び笑ってみせる。

「縁起でもないこと言うなって」

思わず亮太が語気を強めると、

「もう、怒んないでよ、冗談なんだから」

楓子はひょいと首をすくめたが、冗談にしてもほどがある。

なんだか急に忌まわしい気分になって、亮太は改めて車窓を見た。いつのまにか電車は乗換駅の新宿のホームに滑り込んでいた。

楓子とともに八百徳ハイツに辿り着くと、一階の店先で徳永さんが野菜を並べていた。タオル鉢巻きに屋号入りの前垂れをつけている。

「こんにちは」

亮太が挨拶すると、

「おう、よかったな、姫花がブレイクしたんだって？　やっぱ猪俣さんはすげえ人だよ、おれが言った通りだったろ？」

得意げに陽焼け顔を綻ばせる。

先日、帰京してワゴン車を返却したとき、猪俣さんについていけば絶対成功するぞ、と背中を叩かれたのだが、そのことを言っている。

「いえいえ、徳永さんにも大感謝です。あのワゴン車がなかったら東北ツアーどころじゃなかったんですから」

おかげで運転も上手くなりました、と礼を言って八百徳ハイツの三階に上がった。

猪俣興業の事務所に入ると、先に着いていた姫が猪俣翁とグラスを傾けていた。またモーニングビアかと思いきや、ブレイク祝いのモーニングシャンパンだという。昨日、しこたま飲んだのに、と思いながら亮太と楓子もご相伴に与り、そのまま仕事の話になった。

「それにしても、素人さんが撮った姫の動画って、たくさんあるんだねえ。みんな勝手にアップしてるが、大丈夫なのかい?」

まずは猪俣翁が楓子に聞いた。亮太と同じく著作権の心配をしているようだ。

「テレビとかには許可を取らせますけど、素人の動画はしばらく放っておこうと思うんです。変な使い方をされたら別ですけど、いまはどんどん流してもらったほうがありがたいし」

動画によってもっと注目させたところで、ドームとかでどかーんと姫花のデビューライブを開催すれば、ますます盛り上がるじゃないですか、と白い歯を見せる。

「いいや、それはまだ早すぎるな」

猪俣翁が首を振った。こうなったからには姫の姿は見せないほうが得策だそうで、

「いったん火がついたら、いかに燃え尽きないように火を保ち続けるか、それが今後のプロモーションの肝になる。だから姫は隠しておいたほうが謎めいたイメージと渇望感を煽れるし、その間にセカンドアルバムを作ってしまえば、つぎの火種になる」

と楓子をたしなめ、わかるな、と亮太に視線を向ける。

「ただ、セカンドアルバムには、もっと時間がほしいです」

亮太は言った。今日の姫の様子からしても、まだまだ疲れが色濃く残っているし、ここで休息をとらないと曲作りにも影響する。

「それはわしもわかっておる。だから今週はゆっくり休んで、週明けからはじめてくればそれでいい。昔のコネでプロ用のスタジオを四か所押さえたから、それを渡り歩いて一か月間、腰を据えて曲を仕上げてくれ。レコーディング用には、また新たなスタジオを押さえるし」

「プロ用を一か月って、そんな贅沢なやり方でやるんですか？」

「もちろんだ、もうそれくらいの収益はあるだろうしな。ちなみに楓子くん、今後は株式会社猪俣興業の口座に入金されるようにしといてくれないか。わざわざ新しい法人を立ち上げなくても、すぐに節税対策を施せるし」

楓子の懸念はとっくに織り込み済みなのだろう、てきぱき指示すると、

「で、セカンドアルバムの完成までに、楓子くんはウェブ統括責任者としてネットの火を絶やさないよう面倒を見てもらいたい。わしは現場統括責任者として正式なファンクラブを立ち上げようと思う。今後は楓子くんとわしが両輪となって機能すれば怖いものなしだ。がっちり手を組んで姫のために頑張ろうじゃないか」

と役割分担まで決めてしまった。

猪俣翁が、ここまで楓子を受け入れようとは思わなかった。亮太としては、まだまだ楓

子を信用しきれないでいるのだが、この場で事を荒立てても、と思い黙っていると着信音が鳴り響いた。楓子の携帯だった。

着信を確認した楓子が、ふと顔をしかめて席を立った。そのまま事務所の隅へ行き、ぼそぼそ話していたかと思うと、

「ねえ亮太、玲奈が会いたいって言ってるんだけど」

受話口を押さえてこっちを見る。

「玲奈が？」

思わぬ名前だった。姫がブレイクしたと知って、またアプローチしてきたんだろうか。

「適当にあしらっといてくれるかな。どうせ新劇団の話だろうし、こうなったら楓子だって新劇団どころじゃないだろう？」

「けど、姫の件で重要な話があるんだって。みんなで猪俣さんのとこにいるって言ったら、みんなにも聞いてほしいからこっちに来るって」

「ここに？」

突然の話に戸惑っていると、

「来てもらえばいいじゃないか」

猪俣翁が口を挟んできた。玲奈とは柏駅前で会ったから知らない仲じゃないし、姫の件なら早いほうがいいだろうと言う。

「だけど」

今度は楓子が戸惑い顔で亮太を見る。

「何かまずいことでもあるのか？」

亮太が問い返すと、

「カジも一緒に来るって言うの」

「カジも？」

あんぐりと口を開けてしまった。


小一時間後、事務所のブザーが鳴った。

どうぞ、と猪俣翁が応じるなり真っ先に玲奈が入ってきた。すでにモーニングシャンパンを飲み終えた亮太たちは応接ソファでお茶やジュースを飲んでいたが、一人、モーニングビアも飲みはじめた猪俣翁に気づいて、

「おはようございます！」

ポニーテールを揺らして挨拶した。続いて入室してきた慶一郎も、失礼します！　と声を張り、マッチョな体を深々と折る。

すかさず玲奈が背後を振り返り、残りの一人を紹介した。

「彼は以前、一緒に劇団をやってた梶浦さんです。カジって呼んでください」

その声に促されて、カジが悪びれる様子もなく姿を現し、

「どうも」

スキンヘッドを撫で上げながらぺこりと頭を下げる。

亮太は楓子を見やった。カジに殴りかかるんじゃないか、と不安になったからだが、なぜか無表情でいる。よく舞い戻れたものね、と呆れているのか、あるいは、カジの意図を測りかねて出方を窺っているのか。

いずれにしても、不可解な再会もいいところだった。それはカジと楓子だけではない。玲奈と慶一郎と亮太、さらには姫も含めて、この六人が猪俣翁の事務所で顔を合わせようとは思ってもみなかった。

もともと玲奈はカジが大嫌いだと言っていた。カジからフェイクプロジェクトの手伝いを頼まれたときは、きっぱり断った、と玲奈自身の口から聞いている。なのに今日は、玲奈が仲介して楓子がいる場所に連れてくるとは、何がどうなっているのか。

楓子にしても、カジが一緒に来ることをよく許したものだ。同棲中の楓子を放りだしてピンポンマンション遊びにうつつを抜かした挙げ句に、突如、楓子のもとから逃げだしてフェイクプロジェクトを投げだしたクズ男なのだ。そんな男との再会など拒むに決まっていると思ったのに、これまたどうなっているのか。

どう理解していいのかわからないまま成りゆきを見守っていると、

「で、どういうご用件かな」

猪俣翁が玲奈に尋ねた。微妙な空気を察したのだろう、場を取りまとめようとしている。

「いえ、あの」

玲奈はしばし口ごもり、カジの顔色を見てから続けた。

「実は昨日、カジさんから連絡があって、猪俣さんに重要な話があるそうなんですね。で、楓子さんに連絡したら、亮太さんたちと一緒だということだったので、みんなにも聞いてもらおうと」

そこに楓子が割り込んだ。

「ねえカジ、重要な話だったら、あたしが先でしょう」

殴りかからないまでも口調に怒りが滲んでいる。

「いや、楓子とは場を改めて話そうと思ってたんだ」

カジがなだめるように言葉を返すと、楓子がたたみかける。

「場を改めて、どう言い訳するつもりよ。全部放り投げて逃げちゃったくせに」

「だからそれについては二人で話そう」

「いま話して。ここならみんなが証人になってくれる」

「なあ楓子、そういう個人的な話は」

「どこが個人的よ、姫だって亮太だって関係がある大事な話だよ。なのにカジったら女遊びばっかしてて、あんまりだよ。結局、あたしは金づるだったんでしょ？　都合が悪くなったからポイッてことでしょ？」

目を潤ませてカジに詰め寄る。

期せずして一同を巻き込んだ痴話喧嘩になってしまったが、楓子がカジとの再会を拒まなかった理由がようやくわかった。みんなの前で糾弾しようと手ぐすねを引いていたのだ。

「ちょ、ちょっと楓子、待ってくれないか」

亮太は口を挟んだ。

「あなたは黙ってて！」

「そう興奮するなって、だれの事務所にいると思ってるんだよ。まずは猪俣さんと話すのが先だろう」

「へえ、亮太もカジの味方するんだ、男なんて、みんなそうなんだから」

「まあまあまあ」

今度は猪俣翁が割って入ってきた。

「男女の機微については二人でゆっくり話し合ってもらうとして、とりあえず、重要な話とやらを聞かせてもらえんかな」

　カジに微笑みかけ、丸椅子を運んできて三人を座らせた。

　その温厚な物腰に安堵したのだろう。腰を下ろしたカジは、気持ちを切り替えるように
ひとつ咳払いしてから表情を引き締め、おもむろに切りだした。

「せっかくの機会なので率直に伺います。聞くところでは、猪俣さんは現在、姫花のマネジメントに携わっておられるようですが、どのようなお立場でやっておられるんでしょうか」

　唐突な問いかけに、猪俣翁はしばし間合いを置いてから、

「どのような立場とは？」

　訝しげに問い返した。

「一般にアーティストは、それぞれ音楽事務所や芸能事務所とマネジメント契約を結んで活動しているわけですが、猪俣さんは姫花と、どのような契約を結んでおられるのか、と」

「いや、とくに契約とやらは結んでおらん。わしの持ちだしで応援しとるだけの話でね」

「つまり勝手にマネジメント活動をやっておられるわけですね」

「まあ言われてみれば、勝手連的にやっておる」

「となると、ちょっと困りました」

「は？」

「姫花の専属マネジメント契約は、そもそもカジ企画が結んでおりましてね」

片眉を上げて猪俣翁を見据える。亮太は内心嘆息した。いま頃になって、そもそも論を持ちだしてくるとは思わなかった。

「なあカジ、いまさらそれはないだろう」

穏やかにたしなめた。姫のプロジェクトを投げだした男に、そんなことを言われる筋合いはない。途端にカジは声を荒らげた。

「いまさらも何も、カジ企画が姫花とマネジメント契約を結んでることは事実だ！」

「よくもそんなことを言えたもんだな。おまえが投げだした姫を、猪俣さんは自腹を切って盛り上げてきたんだぞ」

失礼だろう、と猪俣翁に代わって言い返したものの、カジは矛(ほこ)を収めない。

「いやいや、それとこれとは別の話だろう。おれはあくまでも法的な問題を言ってるわけで」

「法的なって、おまえ、自分が何言ってるのかわかってんのか？」

亮太が苛立(いらだ)ちを露(あら)わにするとカジはふと立ち上がり、ズボンのポケットから折りたたんだ紙切れを取りだし、もったいぶった仕草で広げて突きつけてきた。

「マネジメント契約書だ。ちゃんと姫花の署名捺印もある。カジ企画に断りもなしに、勝手に姫花のプロモーションを行ってきた行為は、明らかにマネジメント契約の侵害だ！」

第八幕　カジ炸裂

髪がセミロングに近い長さまで伸びてきた。

毛髪の成長速度は一か月平均、一から一・五センチというから、およそ三か月で少なくとも五センチ以上は伸びたはずだ。

それでも、かつてのロン毛の長さになるには、あと半年はかかると思うが、その頃、おれたちはどうなっているんだろう。この三か月ですら驚くべき大変化だったのだ。途轍もない事態に発展している気がしてならない。

実際、カジが姫花のマネジメントを掌握して以来、姫の業績たるや目を瞠るものがある。まずはネット配信スタートの一か月後に、アルバムダウンロードランキングが一位になった。配信の一週間後、ＣＤが発売されると、その売上げランキングも急上昇。いまやベストテン圏内に入り、一位の座を奪うのも時間の問題と言われている。

この好調ぶりを裏付けるように、柏駅前や香港の動画の再生回数も億の単位で伸び続けている。さらに、素人が撮影して勝手にアップした動画も、肖像権の侵害だとカジが素人たちに抗議して格安で動画を買い叩いて公式サイトに貼ったため、それもまた再生回数が上昇し続けている。

それやこれやの収益を合算すると、つい先日までの倹しい東北ツアーが嘘のような空恐ろしい金額になる。こうなると、もはや元貧乏劇団出身者の手には負えない。ここにきて経理関係は公認会計士の石崎に面倒を見てもらっているのだが、

「いまのうちにしっかり経費を使っておかないと、厄介なことになりますよ」

と何度も念押しされるほどの大金が転がり込んできている。

今年で五十になるという石崎は、カジ企画が姫花のマネジメントを仕切りはじめてから楓子が連れてきた。頭頂部が丸く禿げた河童頭に眼鏡顔。実直を絵に描いたごとき見た目の男だが、

「あたしが女王様だったときのお客さんなの」

みんなには内緒だからね、と楓子が教えてくれた。

「あの生真面目そうな人が、楓子女王様に叱られたり叩かれたりしてたのか？」

「生真面目そうな人だからこそM男なのよ。あたしを指名してきたやつなんて学校長、病院長、弁護士、銀行支店長みたいなのばっか。おかげで亮太もおこぼれに与ったじゃん」

「おこぼれ？」

「十二年物のシングルモルト」

「ああ、あれか。けど大丈夫か？　変態エロおやじに経理なんかまかせて」

「変態エロおやじだからこそ、まかせたんじゃない。あたし、バイトは辞めたけど、彼にはいまも個人的に調教してやってんだよね。バイト時代の倍額払うからって頼まれて。けど、それって奥さんにバレたら大騒動じゃん。だから彼は下手なことをできないの」

要は弱みを利用して引きずり込んだらしく、相変わらず楓子は楓子だった。

そうした中、亮太と姫はセカンドアルバムの最後の詰めに入っている。それが完成したら来年春に予定されている香港公演に向けたリハーサルがはじまるから、いまや〝キリッと切り揃えた短髪で、よろしくお願い申し上げます！　と最敬礼〟する必要はない。今後の生活費の不安が解消されたこともあり、だったらまたロン毛に戻そうか、と伸ばしはじめたのだった。

それは楓子も同じだった。金回りがよくなった途端、一度は黒髪に戻した髪をブロンドに染め直し、全身をイタリアンブランドで固めて悦に入っている。姫もまた、淡々とした佇まいこそ変わらないものの、最近はライブ衣装だった水玉を私服にも反映させはじめた。ジャケットもシャツもパンツもスカートも靴も、どこで見つけてくるのか、気がつけばすべて水玉で統一されるようになっている。

ただ唯一、猪俣翁だけは、別の意味で以前とは違う状況に置かれている。往年のプロモーター魂を全開にして飛び歩いていた日々から一転、いまは〝爺や〟と呼ばれる付き人の立場に追いやられ、姫の世話焼きに専念している。なぜそうなったのかといえば、言うまでもなく、カジに姫のマネジメント権を一手に握られてしまったからだ。

カジが猪俣翁に突きつけた紙切れは、猪俣翁の知り合いの弁護士に見せたところ、契約書というより覚書レベルの稚拙なものだった。しかもその中身たるや、マネジメント料として姫花の売上げの九割、歌唱、作詞、作曲を含めた全印税の九割もカジ企画に入るというひどい条件だった。それでも、カジと出会った当初に何も知らない姫が署名捺印してしまった以上、契約書として効力があるという。

「ちょっとあくどすぎないか？」

姫に代わって亮太は文句を言ったが、カジは平然としたもので、

「人聞きの悪いこと言うなって。お笑いのナシモト芸能だって、事務所九割、芸人一割って言われてんだぜ」

真っ当な報酬だ、と意に介さない。姫と楽曲を共作している亮太も同等の契約とされてしまったから、要は、空恐ろしいほどの収益の大半が、ごっそりカジ企画に入ってしまうわけで、世にいう悪徳事務所もいいところだ。

亮太は、初めて猪俣興業の事務所を訪ねた日のことを思い出した。友だちと一緒に姫を売りだそうとしているが、うまくいかない、と打ち明けた亮太に、わしが売りだしてやろう、と猪俣翁は言ってくれた。ただ、そうなると二股をかけるようなもので、姫がブレイ

クした暁にはカジと揉める日がくるかもしれない。そんな懸念を抱いたものだったが、もし姫が売れたら亮太くんの友だちと話し合おう、と猪俣翁は柔軟な姿勢を示してくれた。

　そこで、当面は二段構えでいこう、と亮太は判断したのだったが、いざこんな事態に陥(おちい)ってみると相手が悪すぎた。カジという男は他人を思いやって動くようなやつではない。姫の署名捺印がある以上、どうあがいても覆しようがなく、契約書を盾に一気にマウントを取ったカジは、温情めかして猪俣翁にこう告げた。

「場合によっては法的措置をとるにやぶさかではありませんが、それも大人げないじゃないですか。ですから、こういうのはどうでしょう。もし猪俣さんがカジ企画の傘下(さんか)スタッフとして残っていただけるのでしたら、事を荒立てない道も残されているんですがね」

「それはないだろう！」

　亮太は食ってかかった。姫を手弁当で応援し続けてくれた恩人に対して失礼すぎる、と嚙みついたのだが、まあ待ちなさい、と猪俣翁に押し留められた。

「亮太くんの気持ちはありがたいが、ここで仲間割れしてたら、せっかくブレイクした姫のためにならんだろう。ここはカジくんが言う通りにしようじゃないか。なにしろ最初に姫を発掘したのはカジくんなんだしな」

　結局は、恨み言ひとつ言うことなく潔(いさぎよ)くカジの軍門に下(くだ)ってしまったのだった。

　以来、カジ企画は法人化され、カジが代表取締役社長に就任した。楓子はプロモーションとネット戦略を仕切る宣伝統括部長。亮太は外部の立場からアーティストのプロデュースと楽曲制作を担う音楽統括部顧問。そして猪俣翁は、契約社員待遇の現場マネージャーこと〝姫の爺や〟に甘んじるはめになった。

　この人事には大きな意味がある。各人の肩書きを見ればわかるが、実は、取締役はカジ一人しかいない。現在の会社法では一人取締役の会社も認められているため、早い話がカジ企画は、合法的なワンマン会社なのだった。

　その結果、カジのひと声で新部署も立ち上げられた。劇場公演と専属役者をマネジメントする演劇統括部だ。担当部長は玲奈。部下の課長は慶一郎。この人事にも唖然とした。要するに玲奈と慶一郎は、姫が稼いだ金で新劇団を設立したも同然だからだ。玲奈があの日、大嫌いなカジを猪俣翁と引き合わせた裏には、こういうカラクリがあったのかと、その狡猾（こうかつ）さには舌を巻く。

　こうして、たった一通の契約書のために大逆転劇が起きた。そして人事を固めて社内体制を整えたカジがつぎにやったことは、表参道（おもてさんどう）にオフィスを構えることだった。青山（あおやま）通りに面したアパレル系っぽいおしゃれな七階建てビル。その六、七階を借り切り、わずか一か月ほどでカジ企画のオフィスを開設してしまった。

　オフィスのコンセプトは〝遊び心〟だそうで、事務デスクやパーテーションの類は排除。本物の生垣を間仕切りにしたり、ブランコを置いたり、こたつの休憩スペースを設けたり、昼夜食べ放題のビュッフェを作ったりと、シリコンバレーのＩＴ企業も顔負けの空間を造り上げた。それでいて七階フロアの半分を占めるスペースには、どこぞの大企業かと見まごう英国家具を並べ立てた社長室を設え、英国調のスーツで決めたカジが鎮座ましましている。

拠点を構えたところで所属アーティストも獲得しはじめた。今後のことを考えたら姫だけでは心もとないと、音楽アーティストは楓子、役者は玲奈が担当し、二人が競うようにしてスカウト攻勢をかけている。

となれば必然的に社員も雇わなければならない。カジの女性秘書を筆頭に、各部署ごとに募集をかけ、真新しいオフィスに知らない顔がみるみるうちに増えていった。ふだんはスタジオにこもっている亮太が、ある朝、オフィスに顔をだしてみたら、見知らぬ社員が十人近くもいて驚いたほどで、この先、給料が払いきれるのかといささか不安になる。もちろん、亮太も降って湧いた〝姫バブル〟の恩恵に浴している一人ではあるものの、とにかくカジの金遣いは荒すぎる。

それでも当人は意気軒昂だ。

「馬鹿な心配してんじゃねえよ。いまは先行投資の時期なんだ。まずは社内インフラと将来の金づるアーティストにどかんと投資する。と同時に、新たな事業スキームを構築していかねえと、つぎのフェーズに向けたストラテジーが立ちゆかなくなるんだよ」

どこで聞き覚えたのか、使い慣れない横文字をちりばめて力説する。

「けど、つぎのフェーズって何だよ」

亮太は問い返した。

「事業の多角化だよ。音楽事務所や芸能プロなんてもんは、しょせんアーティストやタレントの置屋みてえなもんだろ？　けどおれは、そんな狭い世界に留まるつもりはねえんだ。今後は、音楽と芝居に特化したトータルソリューション事業を展開するつもりでよ」

具体的には、音楽スクールと演劇スクールを併設した劇場を全国に開いて、カジ企画の人気アーティストを広告塔にして生徒を集める。その生徒たちに向けて楽器、音響製品、舞台衣装、大道具小道具といったツールも製造販売し、さらにはスクールのノウハウをパッケージ化して小中高校の情操教育分野にも参入。文科省にも食い込んでいきたいという。

「一見、夢物語に思えるだろ？　だが、Ｍ＆Ａを駆使した成長戦略の波に乗っちまえば、まず不可能な話じゃねえ。そして、これらの事業を結びつけるメディアも立ち上げてシナジー効果を高めれば、ゆくゆくは世界市場まで視野に入ってくるってわけよ」

カジはどうなっちまったんだ、と思った。元は劇団の看板役者だっただけに、辣腕（らつわん）経営者めかしてプレゼンしてみせるのだが、亮太には違和感しかない。

「やっぱカジは勘違いしてるよなあ」

ある晩、打ち合わせがてら楓子と立ち寄った銀座の高級鮨屋で、亮太はぼやいたものだった。なのに楓子ときたら、ふと箸を置き、

「けどあたし、カジって意外とビジネス向きだと思うよ。根っから悪い男じゃないし」

さらりと擁護する。

あれ、と思った。億単位の金を動かすカジ企画の要職をまかされた途端、あれほど腐していたカジに再びなびきはじめている。もともとブレ続けてきた楓子だけに、いまさら驚くことではないのかもしれないが、うっかりしたら男女関係に戻りかねない気さえしてくる。

一方で、姫はいまも音楽一筋の生活を続けている。姫が稼いだ金の大半をカジ企画に吸い取られて好き勝手やられているというのに、水玉コーディネートというささやかな楽しみを見つけた以外は、ひたすら楽曲作りに励んでいる。

それを思うと、おれも浮かれてはいられない。音楽統括部顧問という立場と報酬に加えて、姫との共作曲の印税が少ないながらも入る日々は、以前からすればかなり余裕がある。プロ用のスタジオは会社の経費で使い放題だし、楽器も自由に買えるし、銀座の高級鮨屋にも平然と出入りできるようになった。だが、ここで浮かれたら、いつか足元をすくわれる。カジの調子こいた顔を目に浮かべながら、亮太は改めて自戒した。

師走（しわす）の賑わいに溢れる町屋の商店街を歩いていくと、八百徳にも買い物客が群がっていた。まだ昼どきだというのに千客万来（せんきゃくばんらい）の大繁盛（だいはんじょう）で、徳永さんに挨拶しようと思っていたのだが、それどころではなかった。

また改めて、と失敬して八百徳ハイツの階段をとんとんとんと上がり、三階の一番奥にあるドアの前まできて、ふと気づいた。

以前は貼られていた『猪俣興業』と書かれたプラスチック板が剝がされている。

ちくりと胸が痛んだ。姫と関わることで往年のプロモーター魂がよみがえった猪俣翁は、カジが舞い戻ってくるまでは生き生きと飛び回っていた。それがいまや、姫が好きな水玉模様のカルピスを買いに走ったり、衣装バッグを担いだり、タクシーを拾いにいったり、駆けだしの若い衆のごとく仕事に追われている。

「看板、剝がしちゃったんですか？」

ブザーを押して部屋に入るなり猪俣翁に聞いた。カジ企画の中では爺やでも、いまも猪俣興業の代表であることに変わりはない。もったいないですよ、と残念がると、

「まあ仕事ができるのも、あと十年あるかないかじゃないですか。残る人生は姫のためだけに生きようと決めたんですよ」

猪俣翁は屈託なく笑った。社内的な役職が亮太のほうが上になったときから、猪俣翁は敬語を使うようになった。名前も〝くん〟付けから〝さん〟付けへ。これには亮太も居心

地が悪くてならないのだが、けっして当人は卑屈になっているわけではない。いまの自分の役割を楽しんでいるようにも見えるほどで、今夜、わざわざ亮太を招いてくれたのも、そんな気持ちの表れなのかもしれない。

　ここにきて亮太と姫はセカンドアルバムに掛かりきりで、香港公演のリハーサルも待ち受けているから、年末年始もうかうかと休んではいられない。なのに今日に限っては、スタジオのメンテナンスのために、ぽっかり一日空いてしまったため、

「亮太さん、たまには私の手料理で一杯やりませんか」

　昨夜の帰り際、猪俣翁から誘われたのだった。

　応接ソファに腰を落ち着けると、テーブルに猪俣翁の手料理がずらりと並べられた。赤貝とミル貝と牡蠣の三種刺し身盛り。豚バラ肉と大根をべっこう色に煮込んだ豚バラ大根。ほかにも自然薯(じねんじょ)の山かけ、芥子菜(からしな)の胡麻(ごま)和え、頃合いを見て本鮪(ほんまぐろ)と真鯛の鮨も猪俣翁が握ってくれるというから、いつになく気合いが入っている。

「まずはアフタヌーンビアからいきますか」

　猪俣翁が大瓶ビールを抜いた。すかさず亮太は釘を刺した。

「猪俣さん、今日は無礼講ですから敬語はやめてください」

「ああ、そうか。じゃあ今日だけってことで」

　思ったよりあっさり了解してくれ、あとはもう東北ツアーのときのように、だらだらと

したサシ飲みになった。

最初は昨日のスタジオワークの感想や、香港公演のセットリストなど仕事の話が中心だった。ところが、途中、冷や酒に切り替えたあたりから亮太は急に愚痴っぽくなった。

「けど最近、楓子がブレブレで困ってるんですよ。セカンドアルバムの売り方も香港公演の詳細も、全然決まらないんですから」

カジに権力を握られて以来、プロモーションやネット戦略とは距離を置いている猪俣翁に、つい本音をぶつけたくなったのだが、そんな思いを察してくれてか、

「まあ楓子くんのブレは、いまにはじまったことじゃないしねえ」

猪俣翁は苦笑した。

「え、猪俣さんもそう思ってたんですか？」

楓子に取り込まれてしまったと思っていただけに、ちょっと嬉しかった。

「そりゃあ、しばらく仕事をしてみれば、だれだってわかることだろう。だから、これはカジくんが舞い戻る前の話だが、わしは楓子くんに二つの指示をした。ひとつは、節税対策のために姫の売上げが猪俣興業の口座に入るように変更すること。もうひとつは、楓子くんにウェブ統括責任者になってもらうこと」

「ああ、あのときおっしゃってましたね」

「誤解があってはいけないから改めて釈明しておくが、あれはけっして、わしに有利な金

の流れにしようとか、そういう企みがあってのことじゃない。もし彼女がブレた場合の危機回避のために、金と仕事の主戦場から彼女を引き離しておこうと考えたんだよな。なぜかと言えば」

言葉をとめてコップ酒をぐいと呷り、

「彼女の行動原理は〝感情〟だからだ」

亮太を睨みつける。

「どういうことです？」

「おそらくは無意識のことだと思うんだが、彼女にとっては感情こそが正義なんだな。あらゆる物事を目先の感情だけで引き寄せたり突き放したりすることが、自分の正義だと思い込んでいる。だから彼女のもとには、ろくでもない人間しか寄りつかない。そりゃそうだ。感情で動いている彼女の危うさに気づいた人間は、それとなく予防線を張るからね。実際、亮太くんも彼女を信用してないだろ？」

いつになく辛口の猪俣翁だったが、亮太は小さくうなずいた。

「ところが、彼女のほうはどうかといえば、亮太くんが予防線を張っていることに気づけなくて、使えないやつ、と感情で判断してしまう。都合のいいように使い倒せばいい男、と決めつけて見下してしまう。それは、ほかの人間に対しても同じでね。わしも最初は、姫のプロモーションに夢中で彼女の危うさに気づけないでいたが、そうと気づいてからは、しっかり予防線を張るようにしたんだな。なのに相変わらず彼女は感情に振り回され続けている。その結果、彼女はろくでもない人間と浮ついた付き合いしかできない悪循環に陥ってるわけだ」

亮太は元劇団代表の角谷とカジの顔を思い浮かべた。そこに玲奈を加えてもいい。元ヒモの男二人はMの顔を使って、玲奈は従順な後輩面を見せて、感情で動く楓子女王様を利用してきた。

「そうか、そういうことだったんですか」

妙に腑に落ちて亮太が奥歯を嚙み締めていると、

「ただ、いま話していて気づいたんだが、そんな楓子くんの対極にいるのが姫なんだな」

「姫？」

「一見、ぽわんとしているように見えて、彼女は愚直なまでに感情を消して生きている」

「ああ、それはぼくも曲を共作してるうちにわかってきました」

初めは単なる感情の薄い娘だと思っていた。なのに曲作りに没頭しているときだけは感情の断片が覗き見える。そのたびに亮太は、淡々とした姫の内面に渦巻いている何かに思いを馳せるようになった。姫は無意識のうちに、感情に動かされるな、と自己規制している。その軋みから滲みだした澱のようなもの、それが姫の歌に凄みを与えているのではないか。最近ではそう考えるようになった。

「うん、そこなんだ」

猪俣翁は首肯(しゅこう)してから天を仰ぎ、

「わしも、そんな姫に気づいたとき、三十年前を思い出してなあ」

言葉を切って芥子菜の胡麻和えを口に運び、コップ酒を飲み干してから続ける。

「当時、わしはまだ三十代半ばだったんだが、タカベプロの特命プロジェクト部長をまかされておってな」

「それはすごいですね」

タカベプロといえば、だれもが知る大手プロだ。その幹部に三十代半ばで就任したとは。

「いやいや、当時はまだ中堅プロだったんだ。大手に追いつけ追い越せと、わしもガンガンやってた頃なんだが、あるとき社長の高部(たかべ)から特命プロジェクト部長を命じられた。何の仕事かと思ったら、要するに、社内の汚れ仕事を一手に引き受ける役職でね」

男と付き合っている女性アイドルの私生活に介入し、二人の仲を引き裂け。人気俳優の不倫スキャンダルを、雑誌記者に裏金を渡して握り潰せ。年末の賞候補になったライバル歌手に女をあてがい、セクハラ事件をでっち上げて賞レースから蹴落とせ。高部社長からは毎度毎度、えぐい指示ばかり飛んできた。

「もう毎日、嫌で嫌で仕方なくてなあ」

眉間に皺を寄せる。

猪俣翁がこの世界に入ったのは、才能を発掘して有名歌手に育て上げる仕事に生きがいを感じたからだった。実際、二十代から十年以上にわたって実績を積み上げてきたつもりだったが、気がつけば若手の後輩が台頭し、三十代半ばにして第一線から外されて汚れ役に身をやつしている。そんな自分が本当に嫌でならなかったし、心は荒む一方だったが、ここを乗り切れば再び表舞台に戻れる、と信じて頑張るほかなかった。

そんな折に、新たな指示が飛んできた。うちの女性演歌歌手が独立しようとしている、阻止しろ、というものだった。

独立で揉める話は芸能界ではよくあるが、ただ、この指示は猪俣翁にとっては特別な意味があった。その女性歌手は、猪俣翁が若手時代に初めて発掘して売りだし、歌謡新人賞まで獲らせた逸材だったからだ。

その後は担当が代わって疎遠になったが、何があったのか。不審に思って本人に聞いてみると、

「あたしは演歌歌手なんです」

女性歌手は唇を嚙んだ。聞けば、デビュー当時の活躍ぶりとは裏腹に、三十路を越えてからはヒット曲に恵まれず低迷に喘いでいた。そんな彼女に業を煮やしてか、高部社長がある日、ルックスは悪くねえんだから熟女ヘアヌード写真集を出せ、と言いだした。

彼女は仰天した。もともと聞き分けのいい素直な娘だったが、歌手としてのプライドを踏み躙られた衝撃は大きかったのだろう。だったら独立します、と宣言したのだった。

猪俣翁は、ほだされた。手塩にかけて育てた彼女が追い詰められている。独立を阻止するなど到底できない。では、どうしたらいいのか。汚れ仕事に追いやられた現状への反発もあって、悩みに悩んだ末に一念発起。彼女と二人、駆け落ちさながらにタカベプロを飛びだし、個人事務所を立ち上げた。

「それが猪俣興業だ」

猪俣翁は酒を注ぎ足し、また口に運ぶ。

ところが、事はそれで収まらなかった。猪俣翁が女性歌手の独立を後押ししたと知った高部社長が報復に打って出たのだ。芸能界のドンと呼ばれる長老に手を回し、彼女の仕事を徹底的に干し上げ、同時に、猪俣翁に対しては金銭トラブル疑惑をでっち上げ、業界内に触れ回って四面楚歌に追い込んだ。

それでも猪俣翁は踏ん張り続けた。大丈夫だ、絶対に大丈夫だ、と彼女を励まし、仕事を求めて地方めぐりを続けた。だが、すでに限界だった。業界内のいじめがさらに加速した結果、独立して一年後の秋、新潟に移動した直後に彼女は忽然と姿を消してしまった。

「消息がわかったのは二年後だった。富山県の温泉町に流れ着いて仲居をやっている、と風の噂に聞いて足を運んでみたら、そこで彼女は帰らぬ人になっていた。演歌歌手の過去話でなあ」

を隠して働いていたものの、心を病んだ挙げ句にみずから命を絶ったようで、まあ不憫な

猪俣翁は嘆息して部屋の壁を見やった。

目線の先には古びたポスターがあった。温泉街を歩いている着物姿の女性歌手、渚千鶴の『夕凪旅情』の宣伝ポスター。

「彼女、なんですね」

亮太の問いかけに、猪俣翁は力なくうなずいた。その目はうっすらと潤んでいる。

「八百徳の徳永さんも、渚千鶴の大ファンだった。だから、いまわしがここにいられるのも彼女のおかげでな」

目元を拭っている。おかげでその後も安い家賃で事務所を維持して、ローカルな歌謡祭やカラオケイベントのプロデュースなどの仕事で糊口を凌いでこられたという。

「結局、おのれの感情のままに他人を利用して生きている連中が金と権力を握ると、そういうことになってしまうわけだ。やつらの前では、理性や慈愛などひとたまりもない。だから、いまこそ、わしは姫を守ってやろうと思った。感情の出し方すらわからないままブレイクしてしまった姫には、わしのような付添人が必要なんだ。アーティストだなんだ言ったところで、しょせん、うたかたなものだ。三十年前の償いのためにも、爺やだろうが何だろうが、とにかく姫の傍らに張りついて守り続けてやりたいんだよ」

猪俣翁は再びコップ酒を手にすると、こくりこくり喉を鳴らして飲み干した。

姫花のファンはざわついていた。

衝撃のテレビ出演以来、歌姫の不可思議な魅力に取り憑かれてファンになったものの、当の本人は一向に姿を現さない。一度でいいから姫花の生の姿と歌声に接して、その世界にどっぷり浸りたい。そんな声が年末はもちろん、年が明けてからもネット上に渦巻いている。

とりわけ、いまや幻のライブと言われている仙台WACANAで初披露された曲、『水玉』の印象は強烈だったらしく、

『水玉、生で聴きたい！』

『年末年始だけで、百回も聴いちゃった』

といった書き込みが引きも切らない。そればかりか、

『姫花の水玉、歌ってみた』

とファン自身が弾き語りしている動画の投稿も急増している。水玉ディーバを略した〝玉ディー〟という言葉も広がりはじめ、

『玉ディーのコスプレ、見て！』

と、おかっぱ頭から水玉衣装までそっくり真似するコスプレーヤーまで出現している。

おかげで発売と同時に完売になった香港公演のチケットは、プラチナチケットとして日本国内にも流れ込み、高値の争奪戦が巻き起こっている。ネットのニュースサイトや新聞雑誌でも、その裏事情が頻繁に取り上げられ、メディア報道は過熱の一途を辿っている。彗星のごとく舞い降りた姫花とは何者か、と臆測まじりの記事を書き立てたり、過去の動画や画像が撮影された〝聖地〟の特集を組んだりして玉ディー人気を煽り立てている。

勢い、ファンの好奇心もヒートアップする。

『だれか玉ディーの居場所、教えてくれ』

『玉ディーの友だちって、知らない？』

『玉ディーって実在する人物なの？』

プライバシーを詮索する書き込みも相次ぎ、ネット特有の危うさも見え隠れしてきた。もはや姫花は単なる歌姫ではない。その存在自体が好奇と称賛の対象となっている。

『新たなカリスマ誕生！』と祀り上げる熱狂的な支持者がいる一方、『奇天烈なパフォーマーに浮かれるアホが増殖中』と腐すアンチ派も現れ、ネットのそこかしこで鞘当てが繰り広げられている。いわば姫花人気が社会現象化しつつある状況となり、これにはカジも、

「ほらな、おれの舵取りにまかせときゃ、こうなるわけよ」

と得意満面でいるが、それは違う。カジが舞い戻る前、いみじくも猪俣翁は言っていた。『姫は隠しておいたほうが謎めいたイメージと渇望感を煽れる』と。まさにその通り

の展開になったわけで、猪俣翁に代わって楓子が立ち上げた公式ファンクラブの会員数も驚異の勢いで伸びている。いまや年会費だけで表参道のオフィス経費が賄えるほどで、そうしたファンの期待に応えるためにも、セカンドアルバムのリリースは掛け値なしの勝負といえる。

それだけに、亮太も姫もうかうかしてはいられない。年末年始も休みをそっくり返上してスタジオにこもり、渾身のセカンドアルバムを完成させた。できれば、あと半年ほどかけて手を入れたかったが、贅沢は言っていられない。ファーストアルバムを九日間で仕上げたことを思えば、かなり時間をかけたといえるだけに、このアルバムがどんな反響を巻き起こすのか、期待半分、怖さ半分の心境でいる。

なにしろファンとは身勝手なものだ。ついさっきまで熱狂していたのに、いざ新作に納得がいかないとなれば、

『終わったな』

『ファンを舐めてんじゃね？』

と豹変（ひょうへん）するのは目に見えている。

亮太自身、かつて大好きだったアーティストを一作で見放した経験がある。あんなに大好きだったのに、なぜか裏切られた気分になったものだった。まして熱狂的なファンともなれば、手に負えないアンチと化す。大ファンだった歌手をＳＮＳで口汚く罵（ののし）ったり、ラ

イブ会場で生卵を投げつけたり、握手会で襲いかかったり、好きさ余って負の自己承認欲求が炸裂(さくれつ)するにきまっている。

もちろん、作品自体には自信がある。ファーストアルバムは感性と直感だけを頼りに手探り状態で作り上げたが、今回のアルバムの根底には、姫と亮太の確たる音楽観が横たわっている。いわば二人の意思が有機的に融合した、初のコラボ作品集に仕上がったと自負しているだけに、ファンの評価は気になるものの、ここは気持ちを切り替えて前に進むしかない。

亮太と姫は休む間もなく、香港公演の準備に取りかかった。アンソニーたちの頑張りで実現に漕ぎつけた香港公演は、姫のブレイク後、初のお披露目となる。セカンドアルバムの配信ともリンクさせる予定だから、これまた気が抜けない仕事だというのに、公演までの準備期間は三か月しかない。三か月あれば余裕だと言う人もいるかもしれないが、とんでもない。ここにきてカジが突如、

「香港公演には、フルオーケストラをバックにつけて豪勢にやろうじゃねえか」

と言いだしたからだ。

「いまからじゃ無理だって」

亮太は反発した。フルオケともなれば弦楽器、管楽器、打楽器などを含めて百人近い編成になるから、二人で演奏するのとはわけが違う。全二十パート以上の楽器のために楽曲

をアレンジし直し、フルスコアを書かなければならない。しかも一曲だけならまだしも、今回はファーストとセカンド、両アルバムの全曲を披露する予定になっている。

　その事前準備だけでも大変なのに、フルオケを従えたライブなど亮太も姫も初めてだ。一朝一夕のリハでは、とてもまとめられる自信がないから、

「やっぱカルテット程度のサポートバンドでなきゃ無理だよ」

　改めて反論したものの、カジは聞かない。

「この大事なときにネガティブなことを言うな。スタッフの士気にかかわるだろうが。今回の香港公演は、隠し通してきた姫の、一世一代の顔見世興行なんだ。香港のファンや日本のファン、いや、世界中のファンが息を詰めて見守ってんだから、がっつり見映えのするステージにしなきゃ意味ねえだろうが」

「けど、それだと制作費も跳ね上がるし」

「なあに、制作費なんてもんは、その後の列島縦断ドームツアーで取り返しゃいいんだ」

「え、ドームツアーもやるつもりなのか？」

「そりゃそうだ、単独公演だけでビッグビジネスになるわきゃねえだろが。香港公演は、あくまでも日本向けのショーケースだ。こんなにすげえんだぜ、と派手にやらかして、全国六都市のドームツアーを満員御礼にするって寸法だ。そのためにも、せこいネットのファンドなんかじゃなく、本物の投資家に支援を仰いだんだしよ」

「本物の投資家？」

「いまどきはＩＴ長者ってやつらが、いくらでもいるだろうが。これでも伊達におしゃれオフィスを構えたわけじゃねえんだ。やつらと渡り合うためにも舞台装置を整えて、夜遊びにも辛抱強く付き合って信用を培って姫を売り込んできたんだからよ」

　そういえばカジは最近、六本木やら赤坂やら銀座やらに夜ごと繰りだしているらしい。若手社員にメルセデスを運転させ、高級フレンチ、高級鮨、高級焼肉、高級バー、高級クラブ、さらには高級風俗まで、〝高級まみれ行脚〟と称して遊び歩いているらしい。

「そういう連中とは、あんま付き合わないほうがいいって」

　金の匂いがするところには、得体の知れない輩がはびこっている。いまに痛い目に遭う、と忠告したものの、馬鹿言うな、とせせら笑われた。

「これでもすでに億単位の投資が約束されてんだぞ。たとえばイタリアの高級ブランドとコネがある起業家とは、水玉ファッションのブランド化の話が進んでるし、姫花のサクセスストーリーの映画化話も飛びだしてんだ。亮太が知らねえとこでスケールのでけえ話が絶賛進行中なんだから、ビジネスのことはおれにまかせて、おめえは死ぬ気で公演を成功させてみろってんだよ！」

　拳を振り上げて吠え立てる。

　あとはもうなし崩しだった。翌日には、さっさと〝カジ企画社長〟のＳＮＳを立ち上げ

て、

『姫花の列島縦断ドームツアー、やるよ！』

と派手派手しく世間に公表してしまった。

こうなるとワンマン社長に歯止めは利かない。この先行発表にネットが大騒ぎになったものだから、味を占めたカジは何か思いつくたびに、社員の意向は無視して勝手に公表するようになってしまった。

『うちの演劇統括部が、幕張メッセを借り切って旗揚げ公演するよ！　ぼくも特別に役者として出演するから乞うご期待！』

と玲奈に発破をかけたかと思うと、

『今回はメッセを借りるけど、二年以内に音楽スクールと演劇スクールを併設した劇場を建設する予定。うちのトータルソリューション事業にも注目だよ』

と、くだんの事業多角化計画もぶち上げる。

ただ、ぶち上げたはいいが、あとは社員に丸投げしてしまうのだからいい気なものだ。挙げ句の果てには、どこやらのＣＥＯを真似て、

『現在、移動の効率化を目指してプライベートジェットの購入も計画中！』

なんてことまで言いだして、調子こくにもほどがある。

当人は有言実行を謳い文句にしているものの、こんな無茶な計画が姫の稼ぎだけで実現

できるわけがない。なのに、新たな所属アーティストが姫と同じように稼いでくれると楽観視しているのか、あるいは、移り気な投資家たちに大風呂敷を広げてアピールしているつもりなのか、

「我々エンタメ業界の人間は、世の連中に豪快な夢を見せてやらねえとな」

と嘯いて妄想並みの書き込みを続けている。

そんな勘違い男をメディアが放っておくはずがない。目立ちたがり屋のイケイケ社長ほど面白いものはない。当初は姫花だけがターゲットだったのに、カジが何かぶち上げるたびにネットニュースに見出しが躍り、ネット野次馬が寄ってたかって囃し立てたり物議を醸したりする騒ぎになっている。

もはや亮太としては無視するほかなかった。ギャンブル借金まみれだったカジが行き着いた根本原理は、結局のところ〝金はすべてを凌駕する〟だったわけで、こんな状態がいつまでも続くわけがない。

実際、姫花は人気アーティストの仲間入りをしたと言われてはいるが、こんなものは一過性でしかない。とりあえず生活には困らなくなったし、周囲のスタッフもチヤホヤしてくれているものの、カジが浮かれれば浮かれるほど亮太は冷めていく。

そのぶん、気持ちは音楽へ向かった。姫と二人で音楽を極めたい。この先のことは不透明なままだが、いまはひたすら音楽に浸っていたい、という気持ちが高まる一方だ。

ただ、ひとつ懸念がある。このところの姫は、フルオケ仕様の香港公演やらドームツアーやら無茶ぶりされてばかりだ。それでも抗うことなく亮太とともに神宮前のプロ用スタジオにこもり、フルオケ用のアレンジを手直ししたり自分の歌を掘り下げたりしているのだが、ここ数日、ふとした拍子に表情に陰りが覗くようになった。それは亮太にしか気づけない、かすかな陰りではあるものの、周囲の環境の急変でメンタルに大きな負荷がかかっているに違いなく、仮にもテレビ出演のときのような土壇場に追い込まれたら再び暴発しかねない。

一抹の不安を覚えた亮太は、ある日、スタジオ帰りに姫を南青山のショットバーに誘って聞いてみた。

「姫は今後、どうなりたいんだい？」

溜め込んでいる鬱憤を吐きださせてやろうとカウンターで肩を並べたのだが、

「もうお金いらない」

それが水玉模様のファッションに身を包んだ姫の答えだった。やはりカジのやり口に不満を募らせていたのだろう。思い詰めた表情でカクテルグラスを握り締めている。

「いやもちろん、おれも気持ちは同じだけど、ただ、お金もないと困るし、もうしばらく二人で頑張ろう」

なだめるように言い添えた途端、

「あたしは亮太と音楽やりたいだけ！」

決然と言い放たれた。

大人ぶって励ましたつもりの自分が恥ずかしくなった。ただ、一方では嬉しかった。姫の言葉には、いつだって嘘がない。その純な本音をぶつけられたことが本当に嬉しくて、そっと横顔を覗き見た。

きれいだった。いわゆる美人のきれいとは違う。おかっぱ頭に、きょとんとした丸い目に太い眉。ぽわんとした顔つきは初対面の頃と何も変わらないのに、あのときにはなかった毅然とした美しさが、姫の存在感をくっきりと浮き立たせている。

この娘は守ってやりたい。ふと思った。今後、何が起こるか予想もつかないけれど、何が起きようと、絶対におれが守ってやる。

いま初めて、そう思った。

第九幕　大炎上

「亮太、ちょっといい？」

楓子が強張った顔でスタジオに入ってきた。

ブロンドの髪が濡れている。今日は朝から冷たい雨が降りしきっているのだが、車から降りて傘も差さずに駆け込んできたらしく、いつも髪に気遣っている楓子にしては、めずらしいことだ。

今日も亮太は、姫とともに楽曲のバージョンアップに励んでいた。そんなさなかに何事かと訝っていると、楓子に続いて会計士の石崎も顔を見せた。

「何かあったのか？」

亮太はシンセの前から立ち上がった。

「それが」

楓子は言いかけて、マイクの前に立っている姫にちらりと視線を走らせた。只事ではなさそうだ。時計は午後九時を回ったところだから、ちょうど切りがいい。

「姫、続きは明日にしようか」

亮太は告げた。それで姫も察したのだろう、マイクを置いて隣のコントロールルームにいる猪俣翁に、帰る、と声をかけた。

すると猪俣翁も心得たもので、調整卓を操作しているエンジニアを促し、さっさとスタジオを出ていく。いまや猪俣翁も姫も、カジ企画のビジネス面にはノータッチとあって、あえて席を外したのだった。

「で、どうしたんだ」

改めて亮太は質した。待ちかねたように楓子が話しはじめる。

「あたし、先週から香港に行ってたんだけど、さっき表参道のオフィスに帰ってきてびっくりしちゃって」

「オフィスにはしばらく行ってないんだ」

「ああ、やっぱそうなんだ。ダメだよ、スタジオにこもってばっかりじゃ。亮太は一応、うちの顧問なんだから」

呆れた顔をする。

そう言われても、亮太だって年明け以来、多忙を極めている。姫との仕事に加えて、姫のブレイクに亮太が関わっていたことが業界内に広まったおかげで、かつてデモ音源を手に営業をかけていた音楽関係者からも個人的な仕事が舞い込みはじめているからだ。姫以外のアーティストへの楽曲提供や編曲のほか、舞台やドラマの劇伴まで。仕事がほしいときはけんもほろろだったのに、とても受けきれないほど声がかかる。

　といって無下には断れない。この忙しさがいつまで続くかわからないだけに、姫との仕事に差し障らない範囲で引き受けている。

　勢い、帰宅後に明け方まで個人仕事を頑張り、仮眠してから再び姫とスタジオに入る、といった日もめずらしくなく、このところ社内の状況には本当に疎い。

「申し訳ないんだけど、マジで知らないんだ。何があったんだ？」

　重ねて問いかけると、

「角谷」

　楓子が吐き捨てた。

「は？」

「角谷が戻ってきたの」

　楓子の留守中、オフィスの一角にご法度のはずのパーテーションで囲んだ個室が作られていた。何事かと覗いてみると、元劇団代表にして楓子のヒモだった角谷が大きなデスクにふんぞり返っていたという。

「マジかよ」

　二人の元ヒモ男が、まさかの揃い踏み。思わず失笑を漏らしてしまった。

「笑いごとじゃないって」

「けど、なんでいまさら」

「まあ聞いてよ」

楓子は女王様の仕草で石崎に顎をしゃくった。すると、女王様に頭が上がらない石崎が眼鏡をずり上げて口を開いた。

「実は先週付けで、角谷さんが相談役に就任されました」

「相談役？」

「ええ、カジ社長が急遽、抜擢されまして」

仰天した。元ヒモが、そのまた前のヒモに何を相談するというのか。

「いったいどうなってんだ」

楓子を見た。

「あたしこそ聞きたいわよ。おまけにその報酬ったら凄いの。いくらだっけ？」

石崎に問うと、まさかの八桁台の数字を口にする。

「冗談じゃない！　そいつは劇団の金を持ち逃げした犯人なんですよ！」

亮太はいきり立った。

「そうおっしゃられても、それがカジ社長のご指示なので私にはどうしようもないんです。ほかにも、このところ先行投資が途轍もない金額になっていて、ほとほと困っておりまして」

　最初は顧問会計士だった石崎だが、その後、カジの意向を受けてカジ企画の経理部長に就任した。以来、社内の金銭事情は熟知しているのだが、

「法人化した当初、税金対策に経費を使ってください、と言いすぎてしまったのが失敗でした。いまや経理の常識では考えられない金遣いの荒さでして」

　額の汗を拭っている。

「だったら、いまからでも社長を諫（いさ）めるべきじゃない？　そのための経理部長なんだし」

　楓子が石崎を責めた。

「そう言われましても、カジ社長がどういう方か、楓子さんもわかっているじゃないですか」

　オフィスを構えて社員を雇いはじめた当初、あんまり屏風（びょうぶ）を広げすぎると倒れますよ、と慌てて忠告はしたものの、まるで聞く耳を持ってくれなかった。それどころか、列島縦断ドームツアーだ、幕張メッセで旗揚げ公演だ、劇場建設だと、つぎつぎに新たな屏風を広げはじめ、もはや歯止めが利かない状態だという。

　たとえば列島縦断ドームツアーにしても、ドーム使用料のほか会場設営費、オーロラビジョンも含めたステージセット費、フルオケの奏者やスタッフのギャラ、ケータリング費、宣伝費、警備費、移動費、保険料などなど、諸経費も合わせれば一都市当たり最低で

も五億はかかる。全都市でチケットが完売したとしてもトントンか赤字なのだそうで、結局は、放映権や楽曲ソフト、グッズ販売などの売上げを伸ばして利益を上げるしかない。

「幕張メッセの旗揚げ公演にしても、推して知るべしです。劇場建設に至っては無謀以外の何物でもなく、いくら姫花さんが稼いでも追いつきません。ほかのアーティストや俳優もまだまだ育っていないのに、こんな無茶を続けていたら支出は青天井ですし、もはや企業の体をなしていないも同然です。それでもカジ社長は、投資家から掻き集めた資金を見せ金に事業を拡大しようとしてるんですから、これはもう言い方は悪いですけど、ぽっと出のベンチャー経営者が調子に乗って凋落する典型的なパターンなんですね」

石崎はふうと息をついて腕を組む。

スタジオの中が静まり返った。亮太も楓子も言葉を失っていた。

いざこうして金庫番から現実を突きつけられると、こんなプロ用のスタジオを借り切っていられるのも時間の問題だという気がしてくる。香港公演についてはアンソニーたちが仕切ってくれているから開催できるとは思うのだが、それが姫の最後の花道になってしまうのかもしれない。しかも、その稼ぎもまたカジの青天井に吸い込まれて、またしても路頭に迷うはめになるかもしれない。

「どうしよっか」

楓子が俯いた。なんだかまた、あたしの元の脚本みたいになっちゃいそうで怖い、と怯えている。

亮太は、うーん、と唸って拳を握り締め、楓子をなだめるように言った。

「こうなったら、楓子と石崎さんが何としてもカジの暴走を止めるしかないと思う。その上で、香港公演を成功させてセカンドアルバムを売りまくり、カジの浪費の穴埋めをするしかないと思うんだけど、ただなあ」

そこで言葉に詰まり、亮太は深いため息をついた。


高層ビルが立ち並ぶ豊洲の街の一角に、指定された店はあった。

ガラス張りのビジネスビルの一階に、ゆったりとした客席スペースをとったイタリアンカフェ。吹き抜けの高い天井を見上げながら店内に入ると、玲奈は窓際のテーブル席に座っていた。かつてはざっくりと結わえたポニーテールだった髪を、つやつやのロングヘアになびかせ、鼻筋の通った女優顔にナチュラルメイクを施して赤ワインのグラスを手にしている。

タワーマンションもニョキニョキと天に向けて伸びている豊洲には、街を取り囲む運河にちなんで〝キャナリーゼ〟と、しゃらくさい呼び方をされている若奥さんが生息しているそうで、平日の午後からビールやワインを飲んでいる女性客も少なくない。半年前までバイト暮らしだった玲奈も、すっかりこの街に染まってしまったようで、いまだ高円寺の築三十年マンションに暮らしている亮太には別世界の人間に見えてくる。

「さすがキャナリーゼは優雅だね」

皮肉まじりに声をかけ、テーブルの向かいに腰を下ろすと、

「いまのうちだけです、いつまで豊洲に住んでられるかわかんないし」

玲奈が肩をすくめた。幕張メッセの旗揚げ公演後は、主演女優兼演出家として多忙になるはずだからと、ちょっと気張って豊洲住まいをはじめたそうだが、再び板橋(いたばし)のアパートに逆戻りかも、と声を低める。

昨日の晩、突然電話をもらったときも同じような低い声だった。

「今夜、会いたいんですけど」

いまからマンションに行きたいと言われた。

「何かあったのか？」

「角谷さんのこと、知らないんですか？」

「ああ、それなら一昨日、聞いたけど」

「その件で、話したいことが」

そう言われて警戒した。

ここしばらく亮太はスタジオ、玲奈は旗揚げ公演の準備で忙しかったから、会うことも電話で話すこともなかった。それだけに、また玲奈が何か企んでいる気配を察して、

「今夜はダメだ。明日、そっちに行くよ」

と切り返したところ、このカフェを指定されたのだった。

「で、角谷さんがどうしたんだ？」

注文したコーヒーが運ばれてきたところで亮太のほうから話を振った。すると玲奈は、その質問には答えることなく、

「ていうか、なんで角谷さんが相談役になれたか、知ってます？」

逆に問い返してきた。

いや、と首を横に振った。元ヒモ同士が、なぜ急接近したのか。そんなこと、亮太にわかるはずがない。

「実はカジさん、脅されたんですよね」

「何か弱みでも握られたのか？」

「フェイクパフォーマンスですよ。柏駅前と香港のパフォーマンスが、どういうものだったのか、ネットに書き込んで暴露するって脅されてカジさんビビっちゃったんです」

「けど、そんなの、いまさら脅しにならないだろう。姫は実力でブレイクしたんだし」

「亮太さん、ネットの怖さを侮っちゃダメです。角谷さん、あの脚本の現物をまだ持ってるらしいんですね。これが証拠だって写真とかアップされたら大炎上じゃないですか」

いかに姫の歌がすごかろうが、姫が本当の意味で天才的な力を発揮しはじめたのは香港

以降のことだ。そもそもはフェイクパフォーマンスからはじまったと知られた日には、熱烈なファンほど白けるだろうし、激怒するファンも少なくないはずだ。そして、いったん大炎上してしまったら、ブレイクしたばかりの姫花など瞬く間に葬り去られる、と玲奈は言うのだった。

「けどその話、だれから聞いたんだ？」

楓子も知らなかったことだというのに、なぜ玲奈が知っているのか。

「カジさんから聞きました」

「え、本人が話したのか」

仰天した。

「だってあたし、カジさんに恩を売ってますから」

カジが社長になれたのは、玲奈が猪俣翁に引き合わせたおかげだった。それを恩に着せたら、カジは演劇統括部を新設したり給与を上乗せしてくれたり、それはもう厚遇してくれた。その後もしばしば星つきレストランに連れていかれたり、ブランド物の服やバッグをプレゼントされたり、かなり親密な仲になったらしく、

「まあ、ぶっちゃけ、途中からは口説かれてたんですけどね」

玲奈はくすりと笑って、さらさらのロングヘアを掻き上げる。カジの下心は見え見えだったが、悪い気はしないから適当にあしらっていたそうで、亮太のときと同様、カジにし

なだれかかっている玲奈の姿が目に浮かぶ。

「だからカジさん、あたしなら大丈夫だと思ったみたいで、角谷さんに脅されたことも真っ先に、なあ玲奈、どうしたらいいと思う？　って相談してきたんですね。で、大炎上しますよって、いまと同じ話をしたらマジでビビっちゃって、慌てて角谷さんを相談役に抜擢したんです」

ほんとにもう呆れちゃって、とまた肩をすくめる。

だが、亮太のほうこそ呆れた。早い話が角谷もまた、カジと同じように姫の稼ぎにたかりにきたわけで、その内情をぺらぺらしゃべっているのが、そもそも姫の稼ぎにたかってきた玲奈だという、もはや二重三重のろくでもない状況になっている。いいかげん開いた口が塞がらないでいると、玲奈が身を乗りだした。

「で、ここからが本題なんですけど、そこまでしてカジさんが角谷さんを黙らせたのに、今度は楓子さんと石崎さんが脅してきたみたいなんですね」

「はあ？」

「昨日の話なんですけど、突然、二人がカジさんのところにやってきて、このままじゃカジ企画は潰れるから放漫経営をやめろ、って脅されたみたいで」

「それは脅しっていうより忠告だろう」

「まあものは言いようですけど、ただ、そう言われてカジさんったら、どうしたと思います？　あたしを呼びだして、会社の危機を救うためにはスリム化を図るしかない。今後、演劇統括部は子会社化するから、独立採算制でやってくれ、って言いだしたんです」

　ひどくないですか？　とふくれっ面で亮太に同意を求める。カジにとっては恩人とも言うべき玲奈でさえ、いざとなれば切り捨てる。その無慈悲な姿勢が許せない、と憤っている。

「で、あたしも考えたんですけど、独立採算制の子会社なんていう名目で見捨てられるぐらいなら、こっちから見捨てなきゃダメだと思ったんですね。演劇統括部の人間がそっくりカジ企画を辞めて、新しい会社を立ち上げたほうが、あたしたちにとってはまだ前向きじゃないですか。演劇統括部の経費は、まだそこそこ残ってるし、オフィス用品とか社用車とかの固定資産も含めて退職金がわりにそっくりもらっちゃえば、リスクだって少ないし」

「だけど、会社を辞めて新会社を立ち上げる人間が、経費や固定資産をもらえるわけないだろう」

「それは大丈夫。ビビりのカジさんだったら、ちょっと脅せばもらえますって。もうこれ以上、あんな男に振り回されたくないし、とにかくあたしは芝居をやりたいんです。だからこの際、亮太さんも一緒に行動しませんか？」

「おれも？」

「だって、亮太さんもある意味、あたしと同じような立ち位置じゃないですか。カジさんと角谷さんが仕切る会社なんて、どうせ潰れちゃうんですから、泥船が沈む前にあたしたちと連携して新天地を切り拓いたほうが、今後の姫のためにもなるじゃないですか」

上目遣いに亮太を見る。

今度はそうきたか、と思った。こうなったら姫という金づるごと亮太を取り込んで、演劇統括部を玲奈の劇団に改変してしまう魂胆なのだろうが、そんな話に乗れるわけがない。

「それは無理だなあ、おれたちには香港公演も控えてるし」

やんわりと拒んだものの、玲奈は引かない。

「香港公演なんて、できるわけないですって。アンソニーが集めた姫のギャラと公演費用、いまどうなってるか知ってます？　カジさんが前払いしてほしいって交渉して、こっちに送金させたらしいんですけど、そのお金が、いまのカジ企画に残ってると思います？　どうせ別の何かに化けちゃってるに決まってるし、どう考えても香港公演なんて直前になってドタキャンですよ」

「いや、いくらなんでもそれは」

「いくらなんでもそれがあるのがカジさんでしょう！」

玲奈が声を荒らげた。その女優顔に似合わぬ凄みのきいた声に、店内の客がこっちを見ている。それでも亮太は怯まなかった。

「とにかく玲奈と組むつもりはない。おれは姫と一緒に音楽をやりたいだけなんだ」

今度はきっぱり拒否した。

途端に玲奈は憤然とした面持ちで赤ワインを飲み干し、テーブルに叩きつけるようにグラスを置いた。その衝撃でグラスの脚がぴしりと折れ、カップの部分が落ちてガチャンと割れた。

カフェの店員が飛んできた。しかし玲奈はかまうことなく席を立ち、無言のまま店を出ていく。

やれやれ、だった。亮太は店員に謝り、窓ガラス越しに見える玲奈の姿を横目で追った。玲奈は振り返りもせずに、カフェの前に路駐しているＢＭＷに歩み寄ったかと思うと、ひょいと助手席に乗り込んだ。

運転席には慶一郎がいた。やはり二人は懇ろなのだろう。玲奈から何か耳打ちされた慶一郎は、なだめるように玲奈の肩をぽんと叩くなり、荒っぽくＢＭＷを発進させた。


その暴露情報がネットを騒がせはじめたのは数日後だった。

発信源は、あるＳＮＳに書き込まれた匿名コメントだったらしいが詳細はわからない。

亮太は猪俣翁を通じて暴露の事実を知った。いつものようにスタジオで姫の仕事を終えて帰宅した直後にめずらしく着信があり、大変なことになりました、と伝えられ、急いでネットを検索してみると、こんな書き込みがあった。

『玉ディーこと姫花は、消滅した小劇団の脚本のもとに誕生したフェイクな天才歌姫である。柏駅前の即興パフォーマンスは茶番であり、十六歳という年齢も、実は二十歳だ。騙されるな！』

劇団ゆうまぐれの脚本は貼られていなかった。ラストの展開も書かれていなかったが、それはどう考えても元劇団員でなければ知り得ない内容だった。

猪俣翁の電話から三十分後、カジからも着信があった。最近は電話などくれたことがなかったくせに、

「だれがやらかした！」

開口一番、喚き立てた。

「おれにわかるわけないだろう」

亮太が冷静に返すと、ったく冗談じゃねえぞ！　と吐き捨てるなり電話は切れた。

だが、亮太にはわかっていた。カジにはとぼけたものの、暴露した容疑者は考えるまでもなく特定できる。

玲奈だ。楓子と角谷は、暴露されては困る側にいるから容疑対象外といっていい。ほかに考えられるのは、柏駅前パフォーマンスを手伝った元劇団員の萌絵と亜希子だが、演劇

統括部を新設する際、玲奈が誘ったところ興味ないと断られたそうだから、いまさら騒ぎ立てる動機は薄い。亮太に電話をくれた猪俣翁も容疑対象者ではあるものの、かつて『しょせん芸能なんてもんは茶番だ』と言い切ってパフォーマンスを容認し、いまは姫のためだけに尽くしている人だけに、まずあり得ないと思う。となれば、やはり玲奈、もしくは懇ろな慶一郎しかいない。カジ企画から切り捨てられ、亮太にも連携を拒まれた恨みを晴らそうと暴露に及んだに違いない。

とまあ、そこまでの想像はつくものの、ではどうしたものか。とりあえず世間の反応を探ってみると、

『玉ディーはフェイクだってよ、マジか！』

『やっぱおかしいと思ってたんだよな、まんまと騙されてた自分が情けない』

素直に驚いている人たちがいる一方、

『ガチで嘘、そんなの絶対にあり得ない！』

『この暴露情報こそフェイクだ。姫花が真の天才であることは、あの歌声が証明している』

と擁護する人たちも多い。さらには、

『まずもって、対抗勢力が姫花を貶めようとした陰謀だろう』

『いや、これは公開恐喝だ。いま水面下で金銭の授受が行われているはずだ』

と暴露の裏側を掘り下げる動きもあり、ネットは混沌としている。

ただ、この段階で当事者の亮太たちが過敏に反応してしまうと、ますます騒ぎが大きくなる。いまは慎重に情報収集しつつ、事態の収束を待つのが得策だと思った。

なにしろネットの世界は移ろいやすい。広がるのも早いが、忘れるのも早い。この状況を姫が知っているのかどうか、それはわからないが、あえて亮太のほうからは触れずに成りゆきを見守ろうと思った。

猪俣翁にも改めて電話でそう伝えると、

「それでいいと思います」

と言ってくれたから、いまはひたすら音楽に没頭して沈静化を待つのみ。そう決意して翌朝もルーティン通りスタジオに入り、この事態を知ってか知らずか、いつもと変わらない態度でいる姫とともに楽曲の練り上げや公演のリハーサルに励んだ。

ところが、そのまた翌朝、事態はさらに悪いほうへ発展した。ネットの騒ぎに気づいたスポーツ新聞が食いついてきたのだ。

『フェイク歌姫疑惑！　ネット大炎上の真相は？』

沈静化どころか火に油を注ぐ大見出しが一面ぶち抜きで躍り、『キッパリ』をはじめとする各キー局のワイドショーが大々的に報じはじめたからたまらない。

「いますぐ姫を隠して！」

楓子から緊迫した電話が入った。こうなってしまうと、ほかのメディアも押っ取り刀で押しかけてくるはずで、うっかり姫を矢面に立たせたら大変なことになる。カジ企画は沈黙を守るから、とにかく姫をメディアから隠して、と泣きつかれた。

「正直、困っちゃいました」

亮太は改めて猪俣翁に相談した。

「だったら〝疎開〟させましょう」

即座に提案された。伊豆高原に宿泊施設を併設したリゾートスタジオがいくつかあるそうで、大物アーティストが喧騒を避けて曲作りやレコーディングをしていることもあり、個人情報保護が徹底しているという。

「そこにしましょう」

亮太は即決し、猪俣翁に電話を入れてもらったところ、運よくひとつだけ空いていたリゾートスタジオを押さえられた。

その日の午後には東京を出発した。亮太が社用車のハンドルを握り、去年の東北ツアーさながらに姫と猪俣翁を乗せ、一路、伊豆高原へ向かった。

姫は黙って同行してくれた。暴露情報について知っているのかどうか、それはわからないし、亮太も猪俣翁もあえて聞かなかった。姫もまた異変は察しているはずだが、ここでも感情を消して、なぜ、と聞き返すことはなかった。

三時間近くかけて辿り着いたリゾートスタジオは、眼下に青い太平洋を望む素晴らしいロケーションにあった。周囲に拡がる林の合間には、企業の保養所がぽつりぽつり佇んでいる。近場には食品スーパーやコンビニもあるそうだが、シーズン外れとあってか行きかう車は少なく、ひっそりと静まり返っている。

スタジオに併設された宿泊施設はホテル並みの快適さで、テラスに立って大海原を眺めていると休暇に訪れたような気分になる。

「こんなスタジオがあるんなら、最初からここでやりたかったなあ」

思わず亮太が漏らすと、姫もこくりとうなずき、しばし海に見惚れていたほどの絶景で、その晩は、とりあえず姫の気持ちを落ち着かせようと久々に三人で酒盛りをした。

翌朝からは、香港公演のリハは中止してサードアルバムの曲作りをはじめた。カジの放漫経営や暴露騒動のために、せっかくの香港公演とセカンドアルバムの発売が危ぶまれる。それでも、音楽一筋の姿勢を崩さなければ、心あるファンはついてきてくれると信じて、なんとしてもセカンドアルバムは世にだそう。それが受け入れられたら続けざまにサードアルバムも発表して、世間の大騒ぎとは一線を画した姫花の存在感を示していこう、と三人で申し合わせた。

ただ、今後は姫の収入がどうなるかわからない。夜中にはまた亮太だけでスタジオにこもり、編曲や劇伴の個人仕事にも精をだすことにした。

再び楓子から電話がきたのは、そんな矢先だった。今日も一日姫と曲作りに励み、夕食後、部屋に戻って休んでいるときに着信があり、

「亮太、ますますヤバいことになっちゃった」

のっけからため息をつかれた。

「また何かあったのか?」

「カジ企画に投資するって言ってた投資家が、一斉にキャンセルしてきた」

フェイク歌姫疑惑がテレビの電波に乗った途端、手のひらを返されたのだという。

これにはカジも怒り狂って、約束が違う! と詰め寄ったものの、契約書に書かれている通りだ、と突っ撥ねられた。驚いて契約書を細かくチェックしたところ、巧妙な筆致でキャンセル条項が記されていたという。

「それはガチでヤバいなあ」

「でしょ。だから、ついに石崎のおやじも逃げだしちゃって」

調教の件が奥さんにバレてもかまわない、と腹を括って姿を消したらしく、要するに、それほどヤバい状況なのだという。

「まあ実際、カジが無茶できてたのも、投資家の後ろ盾があってこそだもんなあ」

亮太もため息をついた。

「だからカジもかなり焦ってて、最後の悪あがきで香港公演の追加チケットを勝手に刷り

増しちゃったらしいの」

「どういうことだ？」

「追加チケットをネットで高額転売して稼ごうとしたみたいなのね。けど、それがアンソニーにバレて、下手したら訴訟問題になるかもしれないっていうんだから、もう馬鹿もいいとこだよ」

もはや香港公演もキャンセル同然で、カジ企画の破綻は時間の問題。マジでどうしようもない状況、と楓子は苦笑いしてから、

「そういえば、疎開した姫は？」

取ってつけたように安否を尋ねる。

「無事にやってる。おれたちとしては成りゆきにまかせるしかないから、二人で伊豆の海を眺めながら音楽に没頭してる」

ほかにすることもないしさ、と亮太が自虐笑いを返すと、

「あとは神風を吹かせるしかないかもね」

楓子は思い詰めた声で言った。

翌日の朝食前、亮太は猪俣翁の部屋を訪ねた。いまは爺やとして一歩退いた立場にいる猪俣翁に、ゆうべ楓子から聞いた話をどう伝えたものか。ひと晩悩んだのだが、結局は、

率直に伝えるしかないと腹を決め、

「やっぱダメみたいですね」

とカジ企画の現況を話した。あとは神風を吹かせるしかないみたいです、とも付け加えると、猪俣翁はうんうんとうなずいてから穏やかな笑みを浮かべた。

「まあしかし、会社のことは我々には関係ないですから、もう一回、三人でやり直そうじゃないですか。東北ツアーに出たときに比べれば、まだましなほうだし、カジ企画がダメなら猪俣興業を復活させればいいわけですし」

肩をすくめてそう言うと、

「そうだ、また私が動いてみましょうか」

ふと思いついたように亮太を見る。

「どう動くんです?」

「それは、おいおい知らせますから、またしばらくの間、二人で頑張っててくれませんか」

早い話が、姫と仙台に置き去りにされたときと同じようにしようと言うのだった。

「わかりました。いろいろとすみません」

二度目のことだけに亮太も素直に受け入れたが、ただ問題は、姫にどう伝えるかだ。

その後も姫には詳しい状況を説明していないし、また姫から聞かれたこともない。彼女もネットぐらい見ているると思うのだが、世の雑事などどうでもいいと開き直っているのか、亮太と猪俣翁にまかせておけば大丈夫、と信頼を寄せてくれているのか、いまもひたむきに音楽と向き合っている。

「姫には私の野暮用ってことにしときましょう」

猪俣翁は言った。姫だって馬鹿じゃない、いまの状況ぐらい察してるはずですし、と亮太に言い含め、この日も一日、姫の世話を焼き、夕食を終えるなりタクシーを呼んで出発していった。

「よし、猪俣さんの留守中も頑張って、仙台で作った名曲『水玉』を超える曲を作ろう！」

亮太は明るく姫に発破をかけ、一夜明けた翌日も、朝食後は二人で高原の小道を散策した。ここに来てからというもの、姫が海を眺めるのが大好きだとわかり、のんびり歩いてからレコーディングスタジオに入るのがルーティンになっている。

そして午前中は今日も曲作りに集中し、昼には弁当の調達に出掛けた。宿泊施設の食事は朝と晩だけだから、これまでは猪俣翁が用意してくれていたのだが、今日は二人で食品スーパーまで歩いていき、豪勢な〝伊豆牛弁当〟を奮発した。

「たまには公園で食べようか」

いまや三月も間近とあって陽射しが暖かい。亮太の提案に姫もこくりとうなずき、昼どきとあって車で埋まっているスーパーの屋外駐車場の中をとことこ歩きだす。亮太もその後を追って歩きはじめた、そのときだった。

突如、甲高いエンジン音が響き渡った。え、と見やると、姫の傍らに駐まっている軽自動車がタイヤを鳴らして急発進した。

「姫！」

とっさに亮太は姫に飛びつき、小柄な体を前方に突き飛ばすようにして抱きついた。そのまま二人はズザザッとアスファルトに倒れ込み、手にしていた伊豆牛弁当が宙を舞う。反射的に振り返ると、軽自動車は轟音（ごうおん）とともに鋼鉄製の車止めに激突していた。激しい衝撃でエンジンルームは無残に押し潰され、破壊されたラジエーターから白い湯気がもうもうと立ち昇っている。

間一髪だった。一瞬たりとも遅れていたら間違いなく姫は撥ね飛ばされていた。

軽自動車の運転席から白髪の婆さんが降りてきた。ちょっとよろけているものの、エアバッグが開いたおかげだろう、大きな怪我はなさそうだ。

スーパーの店内から客と店員が飛びだしてきた。一人のおばさんが、大丈夫かい？　と姫に走り寄り、白い頬に滲んだ鮮血にハンカチを当てている。倒れ込んだ拍子にアスファルトに顔面制動して擦り剝いたらしいが、幸い、大事には至っていないようだ。

ほどなくしてパトカーが駆けつけてきた。降り立った警察官が、まずは姫と亮太の怪我

の状況を確認してから、いまだ呆然と佇んでいる婆さんのもとへ走っていき、

「パトカーで事情を聞かせてもらえますか」

やんわりと告げ、肩を支えるようにして姫と亮太の傍らを歩いていく。

その瞬間、亮太は、はっとした。姫の前を通りかかった婆さんが、チッと舌打ちしたからだ。それはもう微かな音だったから、空耳か、とも思ったものの、いや、間違いなく舌打ちだった。しかも、そのチッには明らかに、しくじった、と言わんばかりの悪意が込められていた。

ぞくりとした。

あり得ないはずの事態を直感したからだ。

婆さんは姫を狙って故意に車を暴走させたのではないか。ついに、楓子の脚本がラストへ向けて実行に移されたのではないか。

第十幕　悪魔ビジネス

楓子が書いた脚本の第一稿は、こんな展開だった。

『潰れかけた音楽事務所の社長が、素人娘のフェイクパフォーマンスを仕掛け、まんまと天才歌姫〝姫花〟の売りだしに成功して大金が転がり込んできた。ところが、姫花バブルの到来に舞い上がった社長は遊蕩に興じはじめ、無茶な投資にも乗りだした結果、気がつけば再び倒産寸前まで追い詰められた』

ここまでは奇しくも現実と似たような流れになっているが、『窮余の一策として社長が閃いたのが、芸能界お得意の引退興行だった。大ブレイク一年にして衝撃の引退宣言を行い、ラストツアーとラストアルバムの発売でもうひと儲けしたら、事務所は見捨てて海外脱出しようと目論んだ。ところが、事務所の五人の幹部がその思惑に気づいて激怒。ドタバタの泥仕合の挙げ句に事務所は空中分解。翻弄された姫花は路頭に迷い、一人街角で嘆き節を歌う』

というエンディングになっていた。

ミュージカル仕立ての喜劇とはいえ、ラストシーンで悲哀を前面に打ちだしてくれると音楽的にはまとめやすい。劇伴担当の亮太としては一応納得したものの、当時の角谷代表が第一稿を読み終えるなり、

「結末がつまらんなあ」

と言いだした。途中までは観客もフェイクなサクセスストーリーを面白がってくれるだろうが、もっと、がつんとくるラストじゃないと拍子抜けする、と腐した。

「けど、あたしは姫花っていう、いたいけな娘の悲哀を描きたかったわけ。だから喜劇でありながら、ラストは噛み締めるような哀歌で幕を下ろしたほうがいいと思うのね」

楓子はそう反論したが、それでも角谷は、いいや、やっぱ違う、と言葉を繋ぐ。

「いいか楓子、うちの劇団に足りないのはインパクトなんだ。広く世の中にアピールするためには、もっと物議を醸すような強力な山場シーンがないと観客はついてこないし、話題にもならない。うちがいまいちブレイクできないでいるのも、そこに原因があるわけで、ここらで楓子も腹を括って、衝撃作を書き上げてみろよ。この一作で、今度こそブレイクを果たそうぜ！」

唾を飛ばして楓子を煽り立てた。そこに看板役者のカジが口を挟んだ。

「だったら代表、〝夭逝〟ってのはどうですか」

「ようせい？」

角谷が問い返す。意味がわからないようだ。

「若死にって意味ですよ。昔っから、天才と謳われてるアーティストほど、全盛期の若い頃に死んで歴史に名を遺してるじゃないですか」

古いところでは、ソウルシンガーのオーティス・レディング、ロックギタリストのジミ・ヘンドリックス、女性シンガーのジャニス・ジョプリン、パンクロックのシド・ヴィシャスなど、夭逝ゆえに伝説のカリスマと語り継がれているアーティストは数知れない。もちろん、日本でもシンガーソングライターの尾崎豊（おざきゆたか）やフジファブリックの志村正彦（しむらまさひこ）など、命日のたびに追悼イベントが開かれる夭逝アーティストはたくさんいる。

「つまり、追い詰められた社長は姫花を夭逝アーティストに祀り上げようと思いつくんですね。これなら、姫花ゆかりの〝聖地〟で追悼イベントを開催したり、既存の楽曲をリメイク発売したり、ドキュメンタリー映画を公開したりして、もうひと儲けできるじゃないですか。しかも、翌年以降も毎年毎年、命日イベントを開いたり、聖地巡礼ツアーを開催したり、未発表曲を発売したりして何年にもわたって稼ぎ続けられる。ラスト一年しか稼げない引退興行に比べたら、こんなおいしい商売はない。とまあ、あれこれ皮算用した社長は悪魔の〝夭逝ビジネス〟に手を染めるわけです」

「なるほど、要するに、姫花が夭逝した体（てい）で世の中に仕掛けていくわけだ」

角谷が身を乗りだすと、カジが苦笑いした。

「いやいや、夭逝した体なんかじゃインパクトがないです。姫花がガチで死んでくれなきゃ盛り上がらないじゃないですか」

「てことは、夭逝ビジネスのために社長が姫花を殺っちまうと」

「それです！」

　カジがパンッと手を叩いた。

「ただなあ、社長がみずから殺るってのは直球すぎないかなあ」

「それは違います。社長がみずから殺るからこそ観客は衝撃を受けるんですね。狂気の殺人にまで社長を追い込んだ悪魔のエンタメ商売。そこに巻き込まれて翻弄されるいたいけな姫花。両者の対比をテーマに据えた物語にすれば、芝居にぐっと深みが増すじゃないですか」

「ただ、姫花が社長に殺られちまったら落ちはどうするんだ？　悪辣な社長が逮捕されて一件落着、なんて結末じゃテレビのサスペンスドラマになっちまうし、亡き姫花に街角で嘆き節を歌わせるわけにもいかないだろう」

「ていうかそれは」

　言いかけてカジが言葉に詰まった。インパクト重視の展開は思いついたものの、最後の落ちまでは考えていなかったらしく、ふと考え込んでしまった。

　そのとき楓子が口を開いた。

「その流れでいくなら、あとは仲間割れしかないと思う」

脚本担当の存在感を示そうとしているらしく、自信たっぷりの口ぶりだった。

「仲間割れって、だれが？」

角谷代表が首をかしげると、

「音楽事務所の五人の幹部よ」

楓子が説明する。

姫花の不自然な死を訝った五人の幹部は、犯人は社長だ、と直感した。姫花の死によって起死回生の夭逝ビジネスが可能だとわかったからだ。ただ、もしそれで社業がV字復活した日には、再び社長が浮かれて暴走する危険性がある。それでなくても社長のせいで崖っぷちに立たされていた幹部たちだけに、今度こそ暴走を食い止めなければ、と警戒を強めた。

「その直後に、当の社長が何者かによって殺害されちゃうわけ」

「おお、第二の殺人か」

角谷代表が声を上げた。

「そう、ここまでくれば、もう結末は決まったも同然じゃない」

楓子がにやりと笑う。

「どんな結末だ？」

「社長が消えたことで、五人の幹部による夭逝ビジネスの主導権争いが勃発するの。だれが社長を殺ったかわからないが、こうなると自分も殺られるかもしれない。疑心暗鬼になった五人は、殺られる前に殺っちまえ、と密かに殺し合いをはじめて、一人また一人と幹部が消えていく。で、最後に残った二人の幹部が、一対一の死闘の末に刺し違えたところで、舞台はパーンと暗転。客席に姫花が遺した歌が切々と流れる中、静かに幕が下りる」

どう？　とばかりに楓子が口角を上げた。

「うん、それだ！　それでいこう！」

角谷が膝（ひざ）を打った。そもそもは喜劇だったというのに、こんな凄惨（せいさん）なラストでいいのか、と亮太は訝ったが、その場の勢いであっさり決定してしまい、楓子は早速〝夭逝&殺し合い〟の結末に書き換えたのだった。

もちろん、これはあくまでも芝居の話だ。夭逝からの殺し合い、なんてことを真顔で語っていられたのも、脚本上の話だからこそなのだが、いまやそれをリアルな世界で実行しようとしている人間がいる。伊豆高原のスーパーの駐車場でそう直感した亮太は、恐るべき事態に背筋を凍らせた。

あのとき、なぜ姫が通りかかった瞬間、婆さんは軽自動車を急発進させたのか。それが偶発的なものでないことは、あの舌打ちが物語っている。婆さんは姫を夭逝させるためにアクセルを踏みつけた。間一髪、姫は難を逃れたものの、あれは間違いなく故意に引き起こされた事故なのだ。

となると、じゃあ、だれが婆さんにやらせたのか。

容疑者はカジ、角谷、楓子、玲奈、慶一郎の五人だろう。ほかに萌絵と亜希子も脚本の内容を知ってはいるが、カジ企画とは関わりたくない、と縁を切っているから除外していいだろうし、やはり疑わしいのはカジたち五人だ。

ただ、姫が伊豆高原に疎開したことは亮太と猪俣翁しか知らなかったはずなのに、どこから伝わったんだろう。いや、違う。よくよく考えてみると、楓子は知っている可能性がある。姫を疎開させた直後に、投資家たちにキャンセルされた、と電話してきた楓子に、亮太はこう言った覚えがある。

『二人で伊豆の海を眺めながら音楽に没頭してる』

この言葉を聞き逃さなければ、伊豆で音楽に没頭できる環境としてリゾートスタジオに行き着くのは難しくない。いくつか当たりをつけて内偵すれば、朝食後のルーティンとして高原の小道を散策している姫ぐらい発見できるだろうし、そのまま張り込みを続ければ急発進のタイミングだって摑めるはずだ。

となれば、急発進の仕掛け人は楓子なのか。

そういえば彼女が『脚本通りラストまでやっちゃう?』と冗談を飛ばしたことがあった。カジが暴走しはじめた当初は『あたしの脚本みたいになっちゃいそうで怖い』と怯えてみせていたが、カジ企画がいよいよダメだとわかったときは、『あとは神風を吹かせるしかないかもね』と思わせぶりに言い放った。つまり楓子は、急発進で神風を呼ぼうとしたのではないか。

ただ、とまた亮太は考える。そもそも楓子は自分から事を仕掛ける女ではない。その場の感情の赴くままにだれかを煽り立て、おこぼれに与るタイプだ。そう考えれば楓子は、カジか角谷に姫の疎開場所を教えて夭逝ビジネスをそそのかした、という仮説も成り立つ。

一方で、玲奈と慶一郎も怪しい。伊豆疎開をどこで知ったのか、という疑問は残るにせよ、楓子と違って玲奈は自分から狡猾に仕掛けていくタイプだ。立ち上げかけている新劇団の存続のため、懇ろになった慶一郎を従えて夭逝ビジネスに舵を切った可能性も否定できない。

いずれにしても、いまやリアル世界の幹部たちが、追い詰められた挙げ句に、いたいけな姫を生贄(いけにえ)にしようとしている。しかも今回、刺客の婆さんが姫の夭逝化に失敗したため、この先、二の矢、三の矢が飛んでくることはまず間違いない。

では、おれは、どうすればいいのか。どうやって姫を守ればいいのか。そしてこの先、どんなリアルな結末が待っているのか。

考えるほどに亮太は、崖下の闇を覗き込むような恐怖に駆られた。

姫の手を引いてそそくさとスーパーの駐車場を離れ、周囲に目配りしながらリゾートスタジオの宿泊施設に戻った。

それぞれの部屋に逃げ込んでしまえば、とりあえず襲われることはない。そう思ったからだが、だからといって、もうこのまま泊まり続けているわけにはいかない。

「ちょっと事情が変わったんで、一時間後にここを発つ。荷物をまとめといてくれるかな」

たがいの部屋に入る直前、姫にそう告げると、

「どこ行くの？」

不安そうに問われた。だが、いま話してしまうと姫がパニックに陥る恐れがある。まずは刺客の目から逃れることが第一だと判断し、

「詳しいことは、あとで話す」

それだけ言い置いて亮太は自室に入り、すぐさま猪俣翁に電話を入れた。

「おお、亮太さん、曲作りは順調ですか？」

開口一番、相変わらずの敬語で問われた。

「猪俣さん、敬語はやめてくれませんか。もう会社の役職なんか関係ないんですから」

とっさにそうお願いし、二人でこもりきりだと曲作りが捗り（はかど）ますね、と答えると、

「ただまあ、二人でこもりきり、なんてことが世間に知られたら、ますます騒がしくなりそうだなあ」

猪俣翁が口調を改めて苦笑いしている。

「あの、何かありました？」

「なんだ知らんのか、姫と共作者の恋仲説」

「はあ？」

素っ頓狂な声を上げてしまった。ここしばらくネットは見ないようにしていたのだが、そもそものフェイク騒ぎに加えて、いまや姫花の男関係にまで注目が集まっているという。

「ぼくらは、そんなんじゃないですよ」

慌てて否定したが、その後、東京でネット大炎上の対応策を模索している猪俣翁としては、どう収拾したものか困っているらしく、

「正直、世間の好奇心に蓋はできんだろうし、このまま姫を隠し通せるとも思えん。こうなると、こっちから発信すべきかもしれんなあ」

と言いだした。

「いや、それはダメです。実は今日、とんでもないことが起きましてね」

それで電話したんです、と言い添えて、スーパーの急発進事故について話した。

「それは大変だったねえ。ちなみに怪我は？」

「幸い、姫が頬を擦り剝いた程度でした」

「だったらよかった。近頃は高齢者の交通事故が増えてるからねえ」

的外れな感想が返ってきた。

「いえ、そういうことじゃなくて」

考えてみれば猪俣翁にはまだ楓子の脚本について話していない。黙ってて申し訳なかったんですが、と謝ってから脚本の内容を説明し、夭逝ビジネスが実行に移された可能性がある、と姫の危機を訴えた。すると猪俣翁は、

「うーむ」

低く唸ってから、諭すように言った。

「こう言っちゃなんだが、亮太くん、疲れてるんじゃないかね？　姫と二人きりで大変なことはわかっておるが、悪い噂ってやつは、いったん広まると覆すのは並大抵じゃないんだ。わしが三十年前にでっち上げられた金銭トラブル疑惑も、いまだに信じている人がおるほどだから、そうした現実に翻弄されて苦しい心中もわからなくはない。ただ、だからといって現実と芝居の脚本を、ごっちゃにしてはいけない。最初は脚本を真似て姫を売りだした。それは事実なんだろうが、その後は脚本の筋書き通りじゃなかっただろう？」

「いえ、でも、いまにして思えば姫が売れるまでの流れも脚本に似てるんです。だから、

それを知ってる人間が追い詰められた挙げ句に、悪魔の夭逝ビジネスに走ったとしてもおかしくないと思うんですよ」

「まあちょっと冷静になりなさい。うわべの流れが脚本に似ていようが、姫はあくまでも自分の才能と努力で売れたんだ。香港の件にせよ、テレビの件にせよ、一見、運と偶然に恵まれたように見えるかもしれんが、それは違う。並外れた才能と努力に裏づけられた人間には、運も偶然も味方してくれるものなんだ」

「でも猪俣さん」

言い返しかけたが、とにかく聞きなさい、と遮られた。

「亮太くん自身にもいろいろあったから、ちょっと気持ちが昂ってるんだと思う。少し落ち着いてもらうためにも、こういう言い方をしよう。百歩譲って夭逝ビジネスが実行に移されたとして、伊豆の田舎の婆さんが、そんな馬鹿げた殺人を請け負ったりするかね？あまりにも現実離れしてると思わんかね？」

「だけど、これまでだって現実離れしたことばかり起こり続けてきたじゃないですか。いいですか、姫は今日、ガチで殺されかけたんです。その現場にぼくはいたんです。猪俣さんこそ現実を直視してください！」

たまらず声を尖らせてしまった。

受話口の向こうから、ふう、と大きく息を吐く音が聞こえて電話回線は沈黙に包まれた。一分、二分、いや三分は続いたろうか。

切ってしまおうか、とも思ったが、ここで唯一の味方を失いたくない。どう言葉を繋げたものか思案していると、不意に猪俣翁が声を上げた。

「よしわかった！　亮太くんがそこまで脚本の呪縛に囚(とら)われているのであれば、こうしよう。だれかが天逝ビジネスを実行しようとしているかどうか、その真偽のほどは別にして、姫はしばらく私が預かろう。疎開ではなく、わしが〝隔離〟するかたちであれば、もし本当にだれかから狙われていても安心だろうしね」

アンチ派のファンの中には、姫と懇ろの亮太がフェイクの首謀者だ、と攻撃を繰り返している人間もいる。その意味でも当面、姫を隔離したほうがいい、と猪俣翁は言う。

「でもそれだと」

「いや、わしのことなら大丈夫だ。爺やになったときも言ったと思うが、姫はちゃんとわしが守る。隔離するための費用の心配もいらん。とにかく亮太くんは安心して個人の仕事に打ち込んでほしい。ここにきて編曲や劇伴の仕事が殺到してると言ってたよね。こうなった以上、この先の収入源は大切にしなければいかんし、姫との仕事を再開できるまではいろいろと大変だろうが、とにかく頑張ってくれるかな」

春めいた午後の陽が落ちたところで、伊豆高原駅に近い山林で社用車を乗り捨てた。

リゾートスタジオに置き去りにしてくることも考えたが、姫と二人、キャリーケースを引いて三キロ近い距離を歩くのはリスクがある。

水玉ファッションも目立ちやすいと思い、

「しばらく水玉は禁止だよ」

と姫に言い含めた上で、宵闇に紛れて小走りに駅前のレンタカー屋へ向かった。電車を使うと、いざというときに逃げ場がない。軽自動車をレンタルして改めて伊豆高原を出発し、東京を目指して夜の一般道を飛ばした。

都内に入ったら再度猪俣翁に連絡し、姫の受け渡し場所を決める段取りになっているが、その先は猪俣翁まかせになる。夭逝ビジネスなどあり得ない、と否定しつつも、そんなに不安なら姫を隔離しよう、と猪俣翁は言ってくれた。その言葉を信じようと思った。

いまの亮太には、ほかに信じられる人間がいない。カジも楓子も角谷も玲奈も慶一郎も、それぞれに負の思惑が強すぎて、今後、何をしでかすか予断を許さない。猪俣翁だけが唯一、出会ったときから一貫して姫のために行動してくれている人だけに、意見の相違はあっても大丈夫だろうと見定めた。

なぜ急遽、帰京するのか、姫には話していない。伊豆高原に疎開した理由も、結局は話すことも聞かれることもないまま曲作りに打ち込んでいたのだが、この急展開には姫だって思うところがあるに違いない。なのに黙って荷物をまとめて、亮太の指示通り水玉を封印して帽子と眼鏡とマスクで変装してついてきてくれた。それほど信頼されているのだと思うと嬉しい反面、いつになく身が引き締まる。

やがて軽自動車は東伊豆の海沿いを走る国道に合流し、伊東、網代、熱海、真鶴と一時間半ほどかけて北上した。その間、車中の姫と亮太は、リゾートスタジオで作った楽曲を何度となく聴き返した。それに合わせて歌を口ずさみ、気がついた改良点を指摘し合いながらさらに曲想を膨らませていく。

そうこうするうちに車は伊豆半島を抜けて、相模湾に面する小田原を通過した。この先、平塚に入ったら海辺の国道から外れて厚木から世田谷へ向かうルートに変える予定でいる。どこから国道を外れたらいいのか、しばらく道路標識に注意を払っていると、

「あそこに入って」

突如、姫が声を上げた。

「どこ？」

「あそこ」

ヘッドライトに照らされた広告看板を指差している。ビジネスホテルだった。平塚市内にあるようだ。

「どうした、疲れたのかい？」

時計は午後八時を回ったところだから、一泊したいということか。いささか困惑した

が、姫の気持ちもわからなくはない。理由もわからず伊豆高原に疎開させられたと思ったら、またもや急な移動を強いられている。何も知らされないまま連れ回される精神的な疲労は、予想以上に大きいのかもしれない。

「わかった、泊まっていこう」

ここは姫の気持ちに添って、平塚市街にあるビジネスホテルへ向かうことにした。

ところが、いざホテルのフロントに掛け合ってみると満室だという。近くにあった別のビジネスホテルも当たってみたものの、同じことだった。それでようやく気づいた。曜日感覚がすっかり抜けていたが今日は金曜日だ。さて、どうしたものか、と考えていると、

「じゃ、こっち」

姫がまた指差した。ラブホテルの看板がある。

「ここはまずいよ」

苦笑しながらたしなめたものの、

「ここでいい」

いつになく強硬に主張する。

仕方なくラブホテルの前を通ってみると、恋人たちにとっては、まだ早い時間帯なのだろう、〝空室〟と入口に表示されている。しょうがない、何もしなきゃいい話だし、と亮太は腹を決め、近くのコンビニで弁当と飲み物を買ってから人目を忍ぶようにしてラブホ

テルに入った。

ドアを開けると、饐えた匂いが漂う狭い部屋に、ダブルベッドがどーんと置かれていた。一番安い部屋を選んだせいか、ここは昭和か、と見まがうほど薄汚れたピンクの壁紙が侘しい。

部屋の隅に二人のキャリーケースを置いて落ち着き場所を探した。椅子もソファもないため、ダブルベッドの端に並んで座った。香港のゲストハウスでも二段ベッドの下段に座って二人きりの時間を過ごしたが、愛し合うことだけが目的の空間にいると思うと、なぜかドギマギする。

「飲むかい？」

照れ隠しにコンビニのレジ袋からペットボトルを取りだした。姫はこくりとうなずいて変装用の帽子と眼鏡とマスクを外し、まだ擦り傷が残る頰をさらしてミルクティーを口にしてから、

「どうしてこうなったの？」

唐突に核心に迫る質問をしてきた。移動中は聞きづらかったのか、あるいは、腰を据えて問い詰めたくてラブホテルに入ったのか、ちゃんと話して、とばかりに亮太の返答を待っている。

どこから話せばいいだろう。ちょっと考えてから亮太はキャリーケースを開けて脚本を

取りだした。いつか必要になる予感がして東京を発つときに入れておいた。これまで隠してきた後ろめたさはあるものの、ここは勇気を奮って告白すべきだろう。

「そもそものはじまりは、これなんだ」

脚本を差しだした。いままで黙っていたのは、余計な雑音を入れて心をざわつかせたくなかったからだ、申し訳ない、と頭を垂れてから説明した。

第一稿のラストが修正されたこと。芝居の稽古中に角谷代表が逃亡して劇団が消滅したため、カジが脚本のリアル化を目指して姫をスカウトしたこと。その後の経緯は姫も知っての通りだが、ここにきて元劇団仲間が内輪揉めをはじめ、フェイクパフォーマンスの件が世間に暴露された結果、だれかが悪魔の商法を実行に移そうとしている恐れがあること。そこでいま、猪俣翁に姫を隔離してもらうために密かに移動している、と正直に打ち明けた。

姫は黙っていた。どう考えても当人には衝撃の事実だと思うのだが、すべてを聞き終えても淡々とした面持ちでいる。ちゃんと理解してくれたろうか。不安になった。もしかしたら、あまりのショックで言葉を失っているのかもしれない。相変わらず無表情でいる姫の真意を測りかねて亮太は言い添えた。

「恥ずかしい話だけど、おれもいつのまにかゴタゴタに巻き込まれて、気がつけば姫と二人で頑張らざるを得ない状況になってたんだよね。ただ、誤解がないようにこれだけは言っとくけど、姫を利用して儲けようとか、そんな気持ちは一ミリもなかった。姫はフェイクなんかじゃないし、並外れたポテンシャルを秘めた本物の天才歌姫だと気づいたしね。だから、そんな姫と一緒に音楽をやりたい。姫と二人でしか創れない音楽を追求したい。途中からは、その一心で頑張ってきたし、応援に加わってくれた猪俣翁もまったく同じ気持ちでいてくれている。なのに、こうなってしまったのはマジで悔しいし、姫に申し訳なくてならない」

本当にごめん、と改めて頭を垂れると、姫が嫌々をするように首を左右に振った。やっぱ許してもらえないいんだろうか、と唇を噛んでいると、違う、とまた姫が首を振る。

「何が違うんだい？」

「そんなこと、全部知ってた」

ぽつりと言う。

「え、全部知ってて黙ってたのかい？」

「だってシカトされるの嫌だし」

いままでは無視されたくなくて知らないふりをしていたが、今日ばかりは、ちゃんと聞こうと思ったのだという。

「シカトなんかしないって。もともと、こっちが悪いんだから」

思いがけない言葉に語気を強めると、並んで座っていた姫が腰を浮かせ、ダブルベッドを揺らして亮太に向き直った。

「けど、あたしんちはそうだった」

は？　と首をかしげると、消え入りそうな声が返ってきた。

「お父さんもお母さんも、ずっとあたしをシカトしてた」

実家は、いまも横浜(よこはま)にあるはずだという。

父親は大学病院の勤務医、母親は元小学校教諭の専業主婦だった。物心ついたときにはニュータウンの新築住宅で暮らしていたというから、裕福な家庭だったのだろう。

二歳違いの姉と弟がいた。両親の血を引いてか、二人とも幼いころからよくできた子で、どちらも中学受験を勝ち抜いて中高一貫の名門校に進んだようだが、その後、どうしているかはわからない。

そんな姉弟の狭間に生まれたのが、姫こと田嶋節子だった。聡明かつ溌剌(はつらつ)とした姉弟に比べて生まれながらに反応が鈍く、言葉も遅く、ただもうぼんやりしているだけの可愛げのない子だったらしい。

おままごとにも、お人形さん遊びにも、公園の遊具にも一切興味を示さない。極度の人見知りのために友だちもできない。けっしてしゃべれないわけではなかったが、公園に出掛けても、ぽつんと一人で隅っこの花壇にしゃがみ込み、蟻(あり)やカマキリをじっと見つめていた。

それは幼稚園に入っても変わらなかった。先生から何を言われようと教室の隅に座って絵本を読み耽っている。その規格外の態度に当惑した先生から注意された母親が、同じ血筋の娘とは思えない、と嘆いていたものだが、そうした中、節子にとって唯一のお気に入りができた。

両親が姉のために買ったピアノだった。姉はピアノよりバレエに熱中していたため、いつのまにか節子がピアノの前に座るようになっていた。といっても、何かの曲を弾くわけではない。毎日のように出鱈目に鍵盤を叩いては、歌とも叫びともつかない声を張り上げていたのだが、そんなある日、母親にピアノ教室へ連れていかれた。

せっかく興味を持ったのだから習わせよう、と教諭時代の知人に頼み込んだらしかったが、節子は動揺した。あんなにお気に入りだったピアノなのに、見ず知らずのおばさんから指図されて教室のピアノの前に座らされると、なぜか体が強張ってしまう。鍵盤を見つめたまま顔を引き攣らせ、身動きすらできなかった。ドレミを弾きましょう、と促されても、リズム体操で遊びましょう、と手を引かれても、頑として聞かなかった。

これにはピアノの先生も匙を投げ、節子は再び自宅のピアノの前に座るようになった。

「どうしてあなたは、そんななの！」

体面が損なわれた母親は怒り狂ったが、節子は沈黙を貫き、ますます自分を閉ざした。

　母親が節子を相手にしなくなったのは、そのときからだった。食事こそ与えられたものの、こんな娘は手に負えない、とばかりに無関心を決め込まれ、節子に関わり合わなくなった。以来、節子はますます内にこもり、一日の大半をピアノの前で過ごすようになった。気分の赴くままに鍵盤を叩き、それに合わせて好き勝手に声を張り上げ、ひたすら音の世界に揺蕩(たゆた)うことで我を忘れた。

　その頃には父親からも相手にされなくなった。それでなくても勤務医は忙しい。夜遅くまで病院に詰めっきりで、ようやく帰宅しても患者の容体急変でまた呼びだされる。休日もしばしば出勤し、当直だってある。なのに帰宅のたびに、妻から節子の愚痴をこぼされてうんざりしていた父親は、娘を無視する、という妻のやり方に倣(なら)いはじめた。話しかけることも目を合わせることもしなくなり、節子という存在そのものをないものとして扱うようになった。

　怒鳴られるよりも、殴られるよりも、無視されるほど辛いことはない。小学校に上がった節子は、心の開き方がわからないまま自分の感情を押し殺すようになった。新しく出会った先生にも同級生にも、当然ながら馴染めない。ぽわん、とした面持ちで日がな一日教室に座っているだけで、教科書もノートも開こうとしなかった。

　こうして一年が過ぎ、三学期の終わりになって母親が担任に呼びだされた。もう通常学級は無理なので、特別支援学校に転学してはどうでしょう、と勧められた。

帰宅した母親は、ずっと無視していた節子をつかまえて、親に恥ばっかりかかせてどういうつもり！　となじった。それでもぽわんとしている節子に激昂し、もうあんたなんかうちの子じゃない！　と罵った。

翌日の早朝、節子は家を出た。朝靄が立ち込める中、たまたま食卓に置いてあった母親の財布をくすねて最寄り駅へ向かい、初乗り区間の切符を買って電車に乗った。

どこでもいいから遠くへ逃げたい。節子の頭にはそれしかなく、七歳の家出娘はくすねた財布だけを手に、姉のお下がりの水玉シャツを着て車窓を流れる景色を眺めていた。

鹿児島で保護されたのは数日後だった。当時の節子には、遠くイコール九州という頭しかなく、大人に紛れて普通電車を乗り継いで九州を目指した。検札がくればトイレに隠れ、夜は密かに駅構内に寝泊まりし、やっとのことで辿り着いたのが鹿児島中央駅。ここで降りようと改札を強行突破した直後に駅員に捕まり、警察に引き渡された。

警察では〝要保護児童〟と判断され、〝身柄付通告〟という措置により空路で羽田に飛び、横浜の児童相談所に移送された。いまも飛行機の窓側の席が怖いのは、そのときも窓側の席だったからだ。

児童相談所に〝一時保護〟された節子は、父母には会いたくない、と帰宅を拒んだ。面接した児童福祉司は、両親からの数年に及ぶ無視を児童虐待と認定し、節子の意思を優先して児童養護施設に入所させた。

節子にとっては願ってもない措置だった。彼方に横浜の海が望める高台に立つ施設の寮に連れていかれ、ここが今日からあなたの部屋よ、と小さな居室に案内されたときは、心底、ほっとしたという。

「それで伊豆高原でも毎日、海を見てたんだ」

亮太は言った。

毎朝のルーティンで高原の小道を散策しているとき、遠く広がる海を眺めるのが姫は大好きだった。ふと足を止めて海風におかっぱ頭をなびかせ、郷愁に浸るかのように佇んでいる姿が印象的だったが、その理由が初めてわかった。

「やっぱ辛かったんだね」

児童養護施設といえば昔でいう孤児院だ。一人きりの日々は、さぞかし辛く寂しかっただろうと思ったからだが、

「違う」

姫は首を振った。

「え？」

「楽しかった」

無視されるのではなく、温かく見守られている。そんな施設の雰囲気が性に合っていたし、本当に楽しかったという。対人関係は以前と変わらず苦手だったが、一人でやりたい

ようにやらせてもらえたから、学校以外の時間は居室の窓から海を眺めながら、ぼんやりしたり、好きな歌を口ずさんだりして過ごしていた。

高校卒業後は横浜を離れたい気持ちが強くなり、東京は家賃が高いため、都心に便がいい千葉県の船橋で一人住まいをはじめた。介護施設のバイトに就いたのは、融通が利くバイトだったこともあるが、子ども時分から自分が施設の世話になっていたこともあり、年老いた人たちの世話をしたいと思ったからだった。

「けど、いつか歌って暮らしたいと思ってた」

それが節子の心の支えだった。ピアノは一向に上達しなかったものの、歌を歌っているときの幸福感は何物にも代えがたいものがあった。だから初めてカジから声をかけられたときは、歌わせてくれるのなら、とにかく黙ってついていこうと心に決めた。

その後の紆余曲折には、正直、心が折れそうになることもあった。それでも、ここで自分がやりたいようにやったら父母がそうだったようにシカトされる。シカトされたら歌えなくなる。その恐怖ゆえにひたすら感情を押し殺し、歌に閉じこもっていたというから不憫な話だった。

「ごめんな、そんな思いをしてたなんて」

姫に謝った。そもそもはカジがはじめたこととはいえ、責任を感じた。すると、そんな亮太を励ますように、

「でも、おかげで亮太に出会えた」

にんまりと口角を上げる。

「そう言ってもらえると嬉しいけど」

亮太は照れ笑いした。姫が初めて心を開いて過去を語ってくれたことが嬉しかった。本当に嬉しかった。

ただ、問題はこれからだ。ふと現実に立ち返った亮太は、冷蔵庫型のドリンク販売機から缶ビールを二本取りだした。ここがラブホテルということも忘れて姫の数奇な生い立ちに聞き入っていたが、そろそろ息抜きをしようと思った。

姫がおいしそうにビールを飲んでいる。めずらしく一人でしゃべり続けたから喉がカラカラなのだろう。亮太もまたビールを半分ほど空け、ふうと息をついたそのときだった。

「歌いたい」

姫が言った。

「あたし、ずっと、ずっと、歌い続けたい」

姫もまた現実に立ち返ったのだろう、どうすればいい？　と不安そうに亮太を見る。

「姫が歌いたい気持ちはよくわかる。でも、いまは緊急事態だ。とりあえず東京に着いたら、猪俣さんの指示に従って身の安全を図ってくれるかな。それから先のことは、ぼくが考えるから、いまは自分の身を守ることに徹してほしい」

穏やかに告げると、姫は残りのビールを一気に飲み干し、クシャッと缶を握り潰すなり言い放った。

「あたし、香港に行く！」

「は？」

「香港のみんなの前で歌いたい！」

「でも、さっきも言ったように香港公演はキャンセルになったんだ」

「路上でいい。亮太と二人でまた路上でやる！」

「いや、だけど」

なだめようとした途端、潰れた空き缶を投げつけられた。

「香港行きたいの！　みんなの前で歌いたいの！　お願いだから一緒に行って！」

駄々っ子のごとく手足をバタバタさせながら叫んだかと思うと、大粒の涙をぽろぽろこぼしはじめた。

亮太は唇を噛んだ。姫がこんなにも激しい感情を爆発させたことは一度としてなかった。亮太と出会って、ようやく音楽という居場所を見つけた。歌を通して感情を弾けさせる喜びに目覚めた。なのに再び歌を奪われようとしている事態に、姫はダブルベッドを揺さぶりながら叫び、泣き喚き、涙を流している。

『あたしは亮太と音楽やりたいだけ！』

以前言われた言葉も思い出した。その一途な姿勢は、いまも一貫して変わっていない。

愛しいと思った。こんなに愛しい女性がほかにいるだろうか。

改めてしげしげと姫を見た。このところの心労が祟ったのか、下膨れだった顔も小太りだった体も思いのほか細くなり、痩(や)せたというよりやつれている。おれも追い詰められていたとはいえ、こんな変化も見逃していたのか。いまにして気づいた亮太は、とっさに姫の肩を引き寄せ、座ったままギュッと抱き締めた。不意打ちの抱擁に、姫が体を強張らせている。それでも亮太は、姫の温もりを確かめるように両腕に力を込め、

「よし、香港に行こう」

耳元に囁きかけた。間髪を容れず姫も亮太の背中に両腕を回し、

「好き！」

涙声を上げるなり押し倒してきた。

華奢(きゃしゃ)になった姫の体を支えるようにしてダブルベッドに仰向けになった。すかさず姫が上から口づけてきた。堪えきれない衝動がそうさせたのだろう、かちんと歯と歯がぶつかった。その初々しいキスを亮太がやさしく受け入れた途端、溢れてやまない姫の涙の雫(しずく)が、ぽたりぽたり亮太の頬に滴(した)り落ちてきた。

愛おしい一夜を過ごした亮太は、翌朝一番、姫とともに東京へ向かった。

これで別れ別れになるのは辛かったが、これも姫のためだと自分に言い聞かせ、浅草(あさくさ)のウィークリーマンションで落ち合った猪俣翁に姫を託し、逃げるようにして高円寺の自宅マンションに帰ってきた。

久しぶりに一階の郵便箱を覗いてみると、郵便物で溢れ返っていた。投入口からはみ出しているのはもちろん、ぐいぐい奥に押し込まれて圧し潰されているものもある。

伊豆高原に疎開して一週間ちょっと経つが、それにしても、以前の配達量からすると途轍もない量だ。どこからこんなに、と驚いて蓋を開けると、どさどさっと崩れ落ちた郵便物の大半が、アンチ派のファンからの嫌がらせ手紙やハガキだと気づいて再度驚いた。

いつのまにか亮太の自宅が特定されていたらしかった。その執念深さにぞっとしながら中身を調べてみる。罵詈雑言(ばりぞうごん)を書き殴ったハガキから、ご丁寧(ていねい)に虫の死骸(しがい)や汚物をびっしり詰め込んだ封書まであり、よくもまあ、こんなものをわざわざ送りつけてきたものだと、先鋭化したファンの不気味さを思い知らされる。

ここに至っても暴露騒ぎは収まっていない。そんな現実を痛感させられるとともに、姫の船橋のアパートはどうなっているのか、想像するほどに心が泡立った。えらいことになった。泡を食って猪俣翁に電話を入れ、郵便箱の惨状を伝えると、

「そりゃ深刻な事態だな」

猪俣翁も危機感を抱いたらしく、姫は早急に別の場所に移すから、亮太くんも十分に気

をつけなさい、と気遣ってくれた。

その晩は、部屋にしっかり施錠してドアチェーンを掛け、締め切りが迫っている個人の仕事の編曲に取り組んだ。リゾートスタジオでも夜は個人の仕事に励んでいたが、請け負った仕事はまだまだたくさんある。いつまでもビビってはいられないし、こんなときこそ今後に備えて稼いでおこうと夜を徹して鍵盤に向かった。

翌朝は、わずかばかりの仮眠をとったところで、アンソニー宛てのメールを書いた。香港に行こう、と姫に約束したからには早々に段取りをつけなければ、と思ったからだが、本音を言えば気が重かった。

すべてはカジの仕業とはいえ、アンソニーがあれだけ頑張ってくれた香港公演が、その後、正式にキャンセルになった。せっかく集めた資金もカジ企画の使途不明金として消えてしまったのだから、訴訟を起こされてもおかしくない。それでも、あえてメールしようと思ったのは、あのアンソニーだったら姫の立場を理解してくれる気がしたからだ。姫はカジ企画の不祥事とは無関係なばかりか、むしろ被害者の一人だ。なのにアンチ派のファンからは、いわれなきバッシングを受け、いまや身の危険すらある。そんな姫の厳しい状況をきちんと説明し、

『ここまで追い詰められてもなお、姫は香港の皆さんに歌を聞いてほしいと願っています。無料の路上ライブのために、ぜひ力を貸していただけないでしょうか』

と姫と亮太の想いを伝えようと思った。

もちろん、断られる可能性のほうが高いことはわかっている。というより、もしかしたらアンソニーがアンチ派の先頭に立っていないとも限らない。ただ、仮に断られたとしても、姫の願いを叶えるために、危険を冒してでも香港に乗り込み、サプライズで路上ライブをやってしまおう。亮太としては、そこまで腹を括って依頼メールを書き上げ、翻訳ソフトで英語と広東語に変換した。

果たしてまともに翻訳されているのか、それは判断できないが、躊躇している時間はない。ままよとばかりに送信ボタンを押して送ってしまった。

リアクションがあったのは深夜になってからだった。

今夜もまた編曲の仕事をしつつ、そわそわしながら着信を待っていたのだが、午前一時過ぎになって待望のメールが届いた。香港との時差は一時間。現地は零時過ぎだから、寝しなに発信してくれたに違いない。正直、返信すらないかもしれないと覚悟していただけに、飛びつくようにしてメールを開くと、日本語の文字が並んでいた。

『どこの国も荒唐的狡猾人あります。憎らしいは姫花ならずは承知ですから、私の力を借りるは可能になるでしょう』

アンソニーも翻訳ソフトを使ったようだが、どうにか理解できた。〝どこの国にも出鱈目で狡猾な人間はいます。憎むべきは姫花ではないとわかっているので、力を貸しましょう〟と嬉しいことを言ってくれている。

『ただし姫花の路面歌唱、早急にする知らせは人たちの混乱が招致するはずの可能性ですから、その日はその日にぶっつけ知らせが良好と判断して良いです。人たちの集まりは少々の失礼あるやもしれぬで勘弁ですか？』

続くこの文章は難解だったが、何度か読み返して呑み込めた。〝ただし、姫花の路上ライブを早めに告知すると混乱を招く恐れがあるので、本番当日、いきなり告知したほうがいいと思います。観客が少なくなるかもしれませんが、お許しいただけるでしょうか？〟

どこまでも懐の深い人だった。彼の言い方を真似（まね）れば、どこの国にも善意の人はいるもので、勝手なお願いに対して、ここまで配慮の行き届いた返信で快諾してもらえるとは思わなかった。こうした異国のファンの善意を反故（ほご）にしたカジの罪の重さは計り知れないものがあるし、また、カジの金に群がって破綻に追い込んだ連中の罪深さにも恥じ入るばかりだった。

その後、カジがどこでどうしているかはわからない。追加チケットを勝手に刷り増した直後に、またしても逃亡して消息不明になってしまったが、これにはアンソニーも『裁判沙汰の下拵（したごしら）えは着々の按配（あんばい）です』と罪を追及する心づもりでいるようだし、亮太もまた、訴訟の際は何なりと証言します、と返信した。

なにしろカジのやり口には腹が立ってならない。浅草のウィークリーマンションで猪俣

翁に姫を受け渡したときも、彼のせいで姫が隔離に追いやられたかと思うと悔しくてならず、

「あんな卑怯なやつはいないですよ」

と亮太はぼやいたものだった。すると猪俣翁は白い眉根を寄せて言った。

「まあ結局、姫も歌っていたように、この世の中、〃勇ましい嘘〃との闘いだからね」

確かにそうだ。もともとあの歌は、亮太が言った『勇ましい言葉の裏には必ず嘘がある』という言葉から生まれたものだが、ここに至るまでのすったもんだは、息を吐くように勇ましい嘘をつくやつと、その勝ち馬に乗ろうと蠢くやつらが引き起こしたものと言っていい。

しかも、勇ましい嘘をつくやつは、それだけでは終わらない。嘘がバレそうになると平然とズルをして、破れかぶれの愚挙に及ぶ。挙げ句の果てに尻をまくって逃げだし、過去の負の言動を消し去ろうとするから始末に負えない。

実際、どこの集団にもそういう卑怯なやつはいる。学校にも、会社にも、地域にも、国にも、世界にも。その縮図がここだったのかと思うと、なおさら悔しく、また虚しくなるが、では、どうやってやつらと闘えばいいのか。まさにいま、破れかぶれの愚挙に翻弄されている亮太たちが最悪の結末を迎えないためには、どうしたらいいのか。

猪俣翁が腕を組んだ。

「まあ、カジたちが夭逝ビジネスに及んだかどうか、それはまだわからんし、かつて汚れ仕事に手を染めたわしに、とやかく言う資格はないかもしれん。それでも、あえて言えというのなら、そういうやつらのやりたい放題にさせないためには、〝動じない理性〟と〝密かな善意〟を忘れないことだろうな」

亮太は小首をかしげた。言葉としてはわからなくもないが、具体的にはどうすればいいのか。

「それは人それぞれ、自分で考えることだ。人間なんてものは弱い生き物だし、ともすれば勇ましい嘘に引きずられそうになる。そんなときも、動じない理性と密かな善意を忘れずにいれば、おのずと思考も行動も変わってくる。その積み重ねの先に必ずや、やつらを封じ込める底力が生まれてくる、とわしは信じておる」

最後は禅問答のごとき言葉で締め括られた。

第十一幕　ジーニアス絶唱

春爛漫（らんまん）の土曜日の夜。スターフェリー乗場は観光客で溢れていた。

香港島から九龍（クーロン）半島の尖沙咀碼頭（チムサーチヨイ）に着岸したフェリーからは、香港人が〝大陸人〟と呼んでいる中国内地の団体客が小旗を掲げた添乗員に率いられ、ぞろぞろと吐きだされてくる。

時刻は午後七時四十分を回っている。対岸のビジネス街、中環（セントラル）の高層ビル街には賑々しくネオンが灯され、香港の長い夜のはじまりを予感させる。

「お待たせ！」

団体客の合間から日本語が聞こえた。見ると、ニット帽に眼鏡とマスクをかけた女性がタタタタッと駆け寄ってくる。服装は上下ともジャージという場違いさに、近くにいる観光客が奇異の目を向けている。

「お疲れ！」

亮太は声をかけた。姫だった。変装していてもすぐわかった。浅草のウィークリーマンションで別れたあと、安全のため埼玉県川越の格安ゲストハウスに潜んでいたのだが、会うのは控えろ、と猪俣翁から釘を刺されていたため二週間ぶりの再会になる。

嬉しくなって思わずハグした瞬間、はっとして姫から離れた。後ろから姫のキャリーケースを引いた猪俣翁が歩いてきたからだ。とっさに、お疲れさまです、と会釈して繕ったが、猪俣翁はとっくに察しているのだろう、柔和な笑みを浮かべてうんうんとうなずいている。

あれから亮太は個人の仕事の傍らアンソニーと連絡を取り合い、香港路上ライブの準備を進めてきた。日取りは土曜日がいいだろうと見定め、演奏場所と当日の段取りを決め、さらに音響機材についても話し合った。前回は最低限の機材を日本から持っていったが、今回は数多くのファンが押しかけてくるはずだけに、高出力のものでないと音が届かない。だったら友だちから借りとくよ、とアンソニーが言ってくれ、厚意に甘えることにした。

当日の段取りはこうだ。まずは亮太が香港に先乗りし、アンソニーたちと準備を進める。現場の混乱を避けるため、姫と猪俣翁は準備が終わる頃合いに亮太と合流し、ぶっつけ本番で路上ライブに臨む。ライブ終了後は、即座に姫と猪俣翁が現場を離れ、香港国際空港へ直行して深夜便で帰国する。居残った亮太は後片づけをして、もう一泊する。ただし、翌日の夕方には劇伴仕事の打ち合わせが入っているため、早起きして早朝便で帰国する。とまあ、三人ともけっこうな強行軍になってしまった。

「声は出そうかい？」

姫に聞いた。リハがないのが心配だった。

「大丈夫」

余裕の言葉が返ってきた。空港から中環碼頭まで、的士ことタクシーの中で発声練習をしてきたから問題ないという。

タクシーを奮発してくれたんだ、と思った。ここにきて亮太も猪俣翁も極力出費を抑えている。姫バブルのときに入った金も多少は残っているものの、この先どうなるかはわからない。姫の隔離先を川越の格安ゲストハウスにしてくれたのもそれゆえだが、わざわざ的士に乗り、中環碼頭からは姫の要望に応えてスターフェリーに乗り換えてくれた猪俣翁の気遣いに感じ入った。

「よし、行こうか」

姫の肩をぽんと叩き、周囲を窺いながら歩きだした。

海峡沿いに延びるプロムナードこと尖沙咀東部海濱公園は、人で溢れていた。街路灯に照らされた散策道は全長二百メートル、幅は広くても十メートルほどしかないのだが、たくさんの人たちが押し寄せている。

「こりゃ、すごい賑わいだなあ」

猪俣翁が声を上げた。

「今日は特別なイベントがありますからね」

亮太は笑った。実際、この人波が観光客だけでないことは明らかだ。ちょっと観察すれば、水玉模様を身につけた人たちが、そこかしこに見かけられる。

今日の朝、『午後八時より姫花が路上ライブやるよ！』とアンソニーがSNSで告知してくれたおかげだった。さっきライブの準備をはじめたときも、すでに周囲にはファンと思しき人たちが集まっていたし、準備を終える頃には散策道を埋め尽くしていた。

過激なアンチ派はいないだろうか。ふと不安に駆られたが、いまのところ危険な兆候は見られない。仙台で会ったアンソニーの仲間が早くから警戒してくれているし、万一のとき、姫花を脱出させる方法も打ち合わせてある。それでも、いざ姫が登場したら何が起こるかわからない。最後まで気を抜かずにいこう、とみんなで申し合わせた。

身動きできないほどの混雑の中、ジャージ姿の姫を庇うように肩を抱きかかえ、人波を掻き分け、掻き分け、先を急いだ。周囲からは時折、日本語も漏れ聞こえるが、大半は香港人の若い男女だ。幸いにして姫花と気づく人はいないものの、もうじき午後八時だというのに、なかなか演奏場所に辿り着けない。着いたらすぐにはじめられるよう、頭の中で楽曲をイメージトレーニングしながら進んでいくと、突然、拍手と歓声が湧き上がった。

午後八時になったらしい。いよいよだ、とみんなが姫の登場を促している。急ぐぞ、と亮太が足を速めた途端、姫が立ち止まった。

「どうした?」

問いかけたものの姫は答えず、素早く帽子と眼鏡、マスクを剝ぎとったかと思うと、ジャージの上下も勢いよく脱ぎ捨て、ふんわりとした水玉ワンピース姿になった。

「玉ディー!」

だれかが叫んだ。香港の地にもその愛称が伝わっているらしく、ほかの人たちも口々に、玉ディー! 玉ディー! と声を上げはじめる。

そのとき、突如、あれほど混雑していた人波がモーゼの逸話さながらに左右に分かれ、奇跡の花道が生まれた。姫がおかっぱ頭を揺らして歩を進めた。街路灯の光を浴びた水玉ワンピースの姫には後光が射したかのようなオーラが漂い、だれもが息を吞んでいる。

亮太も思わず見惚(みと)れていると、猪俣翁に背中を叩かれた。我に返って花道の姫を追いかけ、路上ライブとは思えない本格派の機材が揃った演奏場所に辿り着く。

アンソニーが姫にマイクを手渡した。亮太はシンセの前に座る。二人を取り囲むファンが固唾(かたず)を吞んでいる。

「你好(ネイホウ)!」

姫が挨拶した。途端に大きな拍手と歓声が巻き起こったかと思うと、つぎの瞬間、不意に若い男がダダダッと姫に駆け寄った。何か手にしている。

ヤバっ！

亮太は慌てた。猪俣翁もアンソニーたちも動転しているが、とっさのことにだれも止められない。もうダメか、と覚悟した刹那、あろうことか男は姫の前に平伏するように跪き、手にしていたものをうやうやしく差しだした。

一本のカルピスだった。青い水玉模様のペットボトル。すると姫は泰然とした物腰で水玉ワンピースを翻し、微笑みを浮かべながら受けとり、

「水玉！」

高らかに日本語で曲名を告げ、カルピスを片手に歌いはじめた。

〽水玉は弾ける　弾けると　くっつく
くっつくと　広がる　広がると　恋しい
水玉は　あたし　水玉は　あなた
弾けて　くっつき　広がる　恋しい

やっぱ天才歌姫だ。改めて思った。ハプニングが起きたにもかかわらず、姫の歌声は圧巻だった。力強く伸びやかなハイトーンボイスが尖沙咀の夜空に響き渡り、詰めかけたファンが夢見心地で聴き惚れている。つい先日まで痛々しくやつれていた顔も姿態も艶っぽ

く引き締まり、その自信に満ちたディーバの輝きに、だれもが魅了されている。

亮太もシンセで追随した。事前に決めた曲順では、前回、旺角の路上で披露した『自由って何？』を初っ端にやる予定だったが、姫が機転を利かせて『水玉』に差し替えてくれたおかげで、一瞬とはいえ緊迫した現場が、ほっこりと和んだ。

しかも、姫が歌った歌詞をよく聴くと、オリジナル版とは違っている。以前は〝流れる〟だった一節を〝恋しい〟に変えている。なぜ変えたのか、亮太にはその気持ちがわかる。今夜の姫は、それほど幸福感に包まれているのだ。伊豆高原、浅草、川越と閉じ込められ続けてきた。その過酷なストレスから、この場限りとはいえ、異国のファンの前で一気に解放された悦(よろこ)びがそうさせたに違いない。

もう大丈夫だ。亮太は胸を撫で下ろした。この衆人環視下では、アンチ派だって狼藉(ろうぜき)を働くどころではないはずだ。それは姫も同じ心境なのだろう、『水玉』を歌い終えると休む間もなく『自由って何？』を歌いはじめた。

亮太もリズミックなバッキングでもり立てた。平塚の一夜以来、いつかまた姫と音楽で弾けたい、と願い続けてきた夢がようやく叶ったのだ。一瞬ごとに表情を変える姫の歌声に即興のフレーズを織り交ぜながら応え、二人の音楽世界に揺蕩(たゆた)う幸せを噛み締めていると、そのとき、亮太の目の端に二人の制服警官の姿が映った。

異様な人出を警戒して様子を見にきたようだ。アンソニーもすぐに気づいて警官のもとへ飛んでいく。合法的にやっている、と釈明しているらしく、近くにいるファンたちも、歌を聴かせてくれ、と訴えかけている。

それを知ってか知らずか、姫の歌がさらにエスカレートした。リズムに乗せて渾身の歌声を張り上げ、聴衆を煽り立てるように水玉の姿態を揺らめかせている。ファンが飛び跳ねはじめた。人間、本当に嬉しいと飛び跳ねるものらしい。その熱狂ぶりに警官二人が後退りした。いま刺激しては逆効果と判断したのか、一歩引いた場所で腕組みして、路上ライブでこの規模はやりすぎだろう、とばかりに見守っている。

その表情を見た亮太は、これ以上は無理かもしれない、と悟った。その後もＳＮＳで拡散されているためか、プロムナードの人波は膨らむ一方だ。下手をすると将棋倒しすら起きかねない状況だけに無理はできない。

「あと一曲だ」

『自由って何？』が終わると同時に姫に声をかけた。今夜はほかに『勇ましい嘘』など全八曲を披露する予定だったが、端折ることにした。

姫は一瞬、残念そうな目を見せたものの、割り切りは早かった。

「ラストは新曲、『ぐるぐる』！」

マイクに向かって叫び、高々と両手を突き上げた。間髪を容れず亮太はスローテンポのイントロを紡ぎだし、姫がざらついたハスキーボイスで歌いはじめる。

〽歌いたいのは　笑いたいから
笑いたいのは　生きているから
生きているのは　死にたくないから
死にたくないのは　歌いたいから
ぐるぐる　ぐるぐる　ひとは　ぐるぐる
ぐるぐる　ぐるぐる　ひとは　ぐるぐる

伊豆高原で生まれた曲だった。いかにも姫らしい素朴かつシンプルな歌詞だが、その歌声に乗ると、言葉の意味を超越した、心を揺さぶる圧倒的な情感が押し寄せてくる。とりわけ〝ぐるぐる〟を繰り返す部分にはトランス状態を彷彿(ほうふつ)とさせる中毒性がある。

「どういう意味なの？」

姫に尋ねたときは、

「人間って、ずっと、ぐるぐるしてるから」

わかったようなわからない説明が返ってきたが、ミニマルミュージックへのリスペクトを秘めた反復が続くほどに、心の細胞膜を蕩(とろ)かすごとくじわじわと沁(し)み入ってくる。いましがたまではしゃいでいたファンたちも、いつしか鎮(しず)まり、じっと聴き入っている。

　やがて歌はエンディングを迎え、姫は再び、ぐるぐる、ぐるぐる、ぐるぐる、と幾度となく反復したところで出し抜けに、

「唔該（ンゴイ）！」

　ありがとう！　と叫ぶなり亮太に歩み寄り、愛おしげにハグしてきた。思いがけない姫の振る舞いに亮太は焦ったが、ファンたちは自然に受けとめてくれたらしく温かい拍手が返ってきた。

　あとは引き際だ。ハグに応えながら亮太は姫の耳元に、

「すぐ移動する」

　と囁きかけ、さりげなくハグを解くなり、舞台の袖にはける体で姫の手を引いて歩きだした。

　途端にファンの輪の中からアンコールの声が飛びかいはじめた。正直、後ろ髪を引かれる思いだったが、引き際を逃してはいけない。察しよく待ち構えていたアンソニーに先導されてファンの合間を縫って素早く現場を離れ、プロムナード沿いの道路、ソールズベリーロードに停車していたワゴン車に姫を押し込んだ。

　アンソニーの仲間がハンドルを握っている車内には、すでに猪俣翁が姫のキャリーケースとともに乗り込んでいた。

「じゃ、よろしく！」

亮太が声をかけるなりワゴン車はドアを閉じ、夜の香港国際空港へと走り去っていった。

翌朝、目覚めたときには午前六時半を回っていた。

ヤバっ、と跳ね起きた。今日は午前八時四十五分の便で帰国しなければ、劇伴の打ち合わせに間に合わない。大急ぎで荷物をまとめて宿を飛びだした。

ゆうべは姫を送りだすなり機材を片づけ、アンソニーたちを飲みに誘った。無事に路上ライブができたのも、姫の身が守られたのも、彼らの力添えのおかげだ。感謝と安堵の気持ちを伝えたくて尖沙咀のパブへ繰りだした。

ただ、亮太は翌朝六時起きで空港入りしようとセーブして飲んでいたのに、アンソニーたちとの楽しい酒でつい盛り上がってしまい、気がつけば午前二時。慌てて宿に戻ってアラームをかけ、仮眠のつもりで外出着のまま横になったのだが、結局、寝過ごしてしまった。

的士をつかまえ、宿から一キロほど離れた九龍駅に乗りつけて直通電車〝機場快線(ゲイチヨンフアイシン)〟に駆け込んだ。時計は六時五十分。空港までは二十五分ほどだからギリギリの時間だ。早朝はLCC便がないため、通常価格の便を奮発したから乗り逃すわけにはいかない。機場快線の座席に腰を下ろし、遅延なく到着するよう祈りつつ息を整えた。

そういえば、姫と猪俣翁は無事帰国できたろうか。ふと気にかかった。二人は昨夜二十三時四十五分のＬＣＣで香港を発ち、日本時間の早朝五時過ぎには羽田空港に降り立ったはずだ。となれば、もう姫は川越のゲストハウスに着いていると思うのだが、どうしたろう。

連絡が入っているかも、と携帯を見ると留守電が入っていた。猪俣翁からだった。着信は、ほんの五分ほど前の六時四十五分。日本時間で七時四十五分だと考えながら、急ぎ再生してみる。

『襲われた！』

怯えたような緊迫した声が入っていた。続いて川越の大学病院の名前を口にするなり、ぷつりと声が途切れた。

愕然とした。ゆうべ、姫の無事に安堵したばかりだというのに、何が起きたのか。取り急ぎ第一報を入れてくれたのだろうが、まるで状況がわからない。病院に担ぎ込まれたとなると、姫は負傷したのか。命に別状はないのか。

頭は空転するばかりだったが、慌てて猪俣翁に折り返した。繋がらない。電源を切っているのだろうか。念のため姫の携帯にもかけてみる。出られる状況でないとは思うものの数回コールすると、留守電になった。

「姫、大丈夫か！　元気でいろよ！　絶対元気でいろよ！」

機場快線の車内にもかかわらず大声でメッセージを吹き込み、そうだ、と気づいてネットニュースを見た。何も出ていない。事件の直後だからだろうか。

姫、と改めて呟いた。路上ライブの最後にハグされた感触と温もりが甦(よみがえ)った。あのハグが別れのハグになってしまったのか。一夜明けたら、こんな事態が待っていようとは。思いをめぐらせるほどに絶望感に見舞われる。

香港国際空港の機場(ジーチャン)駅に到着した。電車のドアが開くなりダッシュで出発ロビーに上がってチェックインし、すぐさま出国手続きをすませて搭乗口へ走った。

気ばかりが焦る中、どうにか飛行機に乗り込めた。荒い息をつきながらシートに落ち着いた途端、再び不安が頭をもたげた。その後、姫はどうしたろう。離陸直前、もう一度、猪俣翁に電話してみたが、やはり繋がらない。

向こうは向こうで修羅場(しゅらば)なのかもしれない。そう思うほどに、ねっとりと粘つく嫌な汗が噴きだしてくる。ほかのだれかに連絡したくても、ほかに事情がわかる相手はいない。楓子はどうか、とも考えたが、彼女が犯人でない証拠はない。仕方なく携帯の電源を切ってシートにもたれたところまでは覚えているが、極度の不安と睡眠不足が睡魔を呼び寄せたのだろう、いつしか寝入っていた。

日本時間の午後一時五十五分、羽田空港に到着するなり携帯の電源を入れた。猪俣翁から連絡がなかったか確認しようと思ったのだが、なんと姫から留守電が入っていた。

姫は無事だったのか。胸を躍らせながら再生してみると、何も吹き込まれていない。よくよく耳を澄ませると、屋外にいるような物音がするものの、声は聴こえない。何度再生してもそれは同じで、かすかな希望を抱いて折り返してみると、また留守電だった。

「いま羽田に着いた！　すぐ病院に行くぞ！」

それだけ吹き込んで電車に飛び乗った。タクシーより電車のほうが早く着くとわかったからだが、それでも、川越の大学病院まで一時間半あまりかかった。

総合受付で姫の本名、田嶋節子、そして付き添っているはずの猪俣翁の名前を告げた。すぐに居場所がわかった。霊安室だという。霊安室！　動悸が激しくなった。やはり間に合わなかったのか。胸が張り裂けそうになりながら女性看護師に案内されて霊安室に入ると、ベッドの前の椅子で、だれかがうなだれている。

「姫！　無事だったのか！」

思わず声を上げると、姫は口を閉ざしたままゆらりと椅子から立ち上がり、ベッドに横たわっている人の顔にかけられた白い布をめくってみせる。

猪俣翁だった。

昨夜、尖沙咀で別れたばかりの白髪白眉の柔和な顔は、眠っているようにしか見えない。

「なんで猪俣さんが」

何が起きたんだ？　と声を震わせながら尋ねた。それでも姫は黙っている。

「男に刺されたそうです」

代わりに女性看護師が答えてくれた。現場がこの病院の近くだったため、すぐに集中治療室に運び込めた。おかげで一時は持ち直したものの、高齢ゆえだろう、ついさっき容体が急変して事切れたという。

「だれです、刺したのは」

語気を強めて問い返した。ところが、これ以上は、と看護師は言葉を濁す。事件性が疑われる遺体は、このあと警察署の安置所に搬送され、検死と関係者の事情聴取が行われるそうで、うかつなことは言えないらしい。

「姫は現場にいたのか？」

もう一度問いかけたものの、まだ黙っている。

「彼女、ショックで声が出せないんです」

看護師が釈明するように言った。失声症の疑いがある、と教えてくれる。

過度な心的外傷のため、発声器官に問題がないのに声を発せられなくなる症状だそうで、衝撃的な事件に遭遇した人に、ときどき見られるという。その心境は亮太にもわかった。姫が無事だったことには安堵したが、まさか猪俣翁が凶行の犠牲になろうとは思わなかった。こうして遺体を目の前にしていても、いまだに信じられない。

やがて搬送車の手配がついた。夕方に予定されている劇伴の打ち合わせは、緊急事態だと伝えて延期してもらい、打ちひしがれた姫の手をとり、猪俣翁の亡骸とともに川越警察署に移動した。

警察での事情聴取は困難を極めた。唯一、現場にいた姫が声を発せられないため、刑事の問いに姫が筆談で答え、事情がわかりにくい部分は亮太が補足するかたちで進められた。

姫の証言は、こうだった。

前日の深夜、香港を発った姫と猪俣翁は、けさ五時過ぎ、予定通り羽田空港に到着。空港内の早朝営業レストランでモーニングビアとともに朝食を食べてから、モノレールと電車を乗り継いで川越へ向かった。香港に行くまで姫が隔離されていたゲストハウスに再度投宿するためだ。

「どうしてお二人でゲストハウスに？」

刑事が問い返した。年寄りと若い娘がなぜ、と疑問に思ったようだが、

『あたしの身が心配だからって』

姫が紙に書いた。過激なアンチ派がネット上で危険な発言を繰り返していたため、浅草から移動する際、猪俣翁は家財をそっくり処分。八百徳ハイツの部屋も引き払って、二段ベッドだけが置かれた二人部屋に同居していたらしい。

「猪俣さん、そこまでしてたんだ」

驚いて亮太が口を挟むと、

『すべては姫のためだって言ってた』

姫がペンを走らせた。猪俣翁に口止めされていたため、亮太には知らせなかったという。

そんな事情もあって、再び同居するため川越駅に降り立ったのが午前七時半過ぎ。駅から十分ほどの距離を急ぎ足で歩き、香港を発ってからおよそ八時間後、ゲストハウスの玄関に入ろうとした刹那、背後から罵声が飛んできた。

「ファンを舐めてんじゃねえ!」

振り返ると包丁を手にした若い男が姫に襲いかかってきた。驚愕して立ちすくんだ瞬間、

「姫逃げろ!」

猪俣翁が叫ぶなり姫の前に立ちはだかり、男の包丁を腹で受け止め、道路に崩れ落ちた。

玄関前の騒ぎに気づいたフロント係の男性が飛びだしてきたのは、その直後だった。だが、倒れた猪俣翁に泣きすがる姫をよそに、すでに男は逃げ去っていた。

そこから先の姫の記憶は曖昧だという。うろたえる姫に代わってフロント係が警察に通

報したり、業務用のライトバンで猪俣翁を病院に搬送したりしてくれたことも、断片的にしか覚えていないらしい。

ただ、ひとつだけ、集中治療室に入ったとき、まだ猪俣翁に意識があったことだけは、はっきり覚えているという。ということは、猪俣翁が亮太に電話したのは刺された直後、あるいは病院への搬送中だった。とっさに姫の盾になり、おのれの身を犠牲にしつつ、気丈(きじょう)にも亮太に第一報を入れてくれていた。

〝姫はちゃんとわしが守る〟

あの言葉は本気だったのだ。命を懸ける覚悟だったのだ。

そうと気づいた亮太は泣いた。事情聴取中にもかかわらず男泣きに泣いた。

第十二幕　沈黙の彼方

川越市街のシティホテルにチェックインしたときには、すでに陽は落ちていた。

事情聴取を終えて、さてどうしよう、と考えたとき、ゲストハウスに泊まる気にはなれなかった。第二の襲撃の心配がある。猪俣翁を救護して事情聴取にも応じてくれたフロント係には申し訳なかったが、宿泊はキャンセルし、シティホテルに予約を入れたのだった。

姫とともにダブルルームに落ち着いたところでコンビニで買ってきた弁当を食べた。二人とも食事どころではなかったからだが、そういえば猪俣翁は食事中、いつも飲んでいたと思い出し、

「結局、羽田空港のモーニングビアが最後になっちゃったんだなあ」

つい漏らしたのがいけなかったのだろう。憔悴しきった姫はろくに食べないまま箸を置いた。

「ごめんな、疲れたろうから先に寝るといい」

亮太が促すと姫は無言のままうなずき、シャワーも浴びずにベッドに潜り込んだ。

　姫はいまだに声を発せられないでいる。看護師の言葉通り、やはり失声症なのだろう。どこまで不憫な娘なのかと身につまされるが、こうなったら猪俣翁の遺志を継いで、おれが命懸けで姫を守らなければならない。亮太は改めて覚悟を決め、携帯を取りだした。

　いまも警察署に安置されている亡き猪俣翁の葬儀その他、取り仕切れるのは亮太しかいない。まずは身内の方に連絡しようと思ったのだが、考えてみれば猪俣翁のプライベートについては何も知らない。人と人の付き合いって、こんなにも儚いものか、とうなだれた瞬間、町屋の八百徳を思い出した。徳永さんだったら心当たりがあるかも、と思い立ち、電話を入れた。

「え、猪俣さんが！」

　突然の訃報にしばし絶句した徳永さんは、身代わり殺人だなんて、ひでえ話だ、と吐き捨て、犯人はファンなのか？　と聞く。

「それが」

　言葉に詰まった。犯行時の言動からしてアンチ派の可能性は高いものの、夭逝ビジネスの刺客でないとは言いきれない。以前、猪俣翁に否定されたから警察では言わなかったが、いまもって夭逝ビジネス説を捨てきれないでいる亮太は慎重に言葉を繋いだ。

「とりあえず、お身内の方にお知らせしたいと思ったものですから、事件の詳細は判明ししだい改めてお知らせします」

するとと徳永さんは言った。

「確か猪俣さんの入居保証人は妹さんだったと思うんで、当時の契約書を探して連絡してみるよ」

「ありがとうございます」

「いや、とんでもない。猪俣さんが家財を処分してまで姫花さんに尽くしたのは、渚千鶴のことが心残りだったんだろうし、おれも同じ気持ちだったからよくわかるんだよ」

亡き渚千鶴への贖罪の気持ちが、猪俣翁の命懸けの行動に繋がった。そう言われてますますやりきれなくなった亮太は、電話を終えるなり深々と嘆息し、疲れきって熟睡している姫の寝顔をしげしげと見た。

そのとき携帯電話が震えた。楓子からだった。躊躇したものの、ここはきちんと話したほうがいいだろう、と思い直して応答すると、

「ごめんね、バイトで携帯見られなかったの」

沈痛な声で謝られた。楓子はその後、カジ企画があっけなく倒産したため女王様のバイトに復帰しようとしたが、もう年齢的に需要がないと断られた。仕方なくコールセンターで働きはじめたら、仕事中は携帯禁止。今日は早番で残業もあったため、いましがた仕事を終えて携帯をチェックしたら『襲われた！』と猪俣翁の第一報が入っていた。驚いてネットを見ると〝姫花の身代わり殺人〟で大騒ぎだったそうで、

「怖いわねえ、ファンって」

怯えた声で呟く。その他人事のような物言いに亮太は苛ついて、

「残念だったな、脚本通りでなくて」

つい皮肉を口にしてしまった。実際、楓子も含めたカジ企画の残党が、アンチ派をそそのかした可能性もなくはない。

「やめてよ、悪い冗談は」

楓子は叱りつけるように言うと、

「ちょっと会いたいの」

いまどこ？　と聞く。今日の事件のことも含めて、亮太と現状を総括したいという。

まだ何も解決していない状況で何を総括するというのか。正直、当惑したが、ただ、楓子を通してカジたちの動きを探れるかもしれない。夭逝ビジネスに手を染めたのか否か。姫の安全のためにも情報収集したほうがいい、と判断して会うことにした。

二時間後、川越駅前のカラオケ屋で楓子と落ち合った。二人きりで内密の話をするには打ってつけだと思い、亮太が指定した。

久々に会った楓子は、また黒髪に戻っていた。バイト先は金髪禁止だそうで、やんなっちゃうよね、と肩をすくめて飲み物を注文し終えると、

「捕まったね」

と亮太を見る。え？　と問い返した。

「犯人だよ、さっきニュースサイトに上がってた」

ゲストハウスの前に設置されていた防犯カメラの映像をもとに警察が捜索し、ネットカフェに潜んでいた犯人を逮捕したらしい。

「けど、まだ警察から何も連絡ないし」

ひょっとして姫の携帯に連絡がいったんだろうか。ネットも見てないから何も知らなかった。

「ちなみに犯人は？」

先を急いだ。

「姫花の熱狂的ファンからアンチ派に寝返った男らしい。フェイクな歌姫にまんまと騙された、って逆上してたみたい」

詳しい犯行の経緯は取り調べ中だというが、香港で路上ライブがあると知った男は即座に香港へ飛び、プロムナードから立ち去る姫を追って香港国際空港、羽田空港、川越と尾行してきて凶行に及んだらしい。

「だけど、どこから帰国便が漏れたんだろう」

「詳しくはわかんないけど、有名人の追っかけって、そういう執念深さがあるのよ。人気アイドルが飛行機に乗ったら、前後左右の席が追っかけで埋め尽くされてた、なんてことは〝アイドルあるある〟らしいし」

「それにしても、単独犯行でそこまでやれるかな」

バックに黒幕がいたりして、と思いきって言ってみた。

「どういう意味よ」

「だから、アンチ派を装った刺客の可能性もなくはない」

「また夭逝の話？　あのさあ、はっきり言っとくけど、そんな馬鹿なこと、あたしは絶対やらないし、カジだってそんな度胸はないからね」

「度胸って言い方はないだろう、大事な人が亡くなったんだぞ」

「言い方が悪かったら謝るけど、とにかく、カジはもうとっくに逃げちゃってるし、刺客なんてあり得ない」

「やっぱカジは逃亡したのか」

「そういう男なのよ。どっかから逃亡資金を調達して東南アジアに飛んだらしい」

「どっかからって？」

「そんなのわかんないよ」

楓子は首を横に振ったが、これで話が繫がった。資金調達先は猪俣翁だ、と確信した。

シティホテルの部屋でコンビニ弁当を食べているとき、姫から筆談で聞いた話がある。

カジが行方をくらます直前、猪俣翁は密かにカジに接触し、著作権の買い取りを持ちかけたらしい。この話にカジは、どうせ姫は終わりだからと、目先の金欲しさに承諾した。結果、猪俣翁が家財を売り払った金はそっくり失われたが、姫の著作権は取り戻した、とゲストハウスに同居しているときに伝えられたという。

猪俣翁はそこまでしたのか、と亮太は驚いたものだが、楓子の話で裏づけられた。猪俣翁は心の底から姫を案じていた。〝動じない理性と密かな善意〟のもと、姫の身代わりになったことも含めて、全人生をかけて姫を守ろうとした。

「結局、姫のことを全身全霊で考えてたのは、猪俣さんだけだったのかもしれない」

亮太は悔いた。楓子に言うべき言葉ではなかったかもしれない。それでも言ってしまったのは、亮太もまた姫を守ると決意しながら著作権の買い戻しなど考えもしなかったし、まして身代わりになる覚悟までしていたろうか、と激しい自責の念に駆られたからだ。

「それを言うなら、あたしなんか加害者の一人のようなもんだったし」

楓子がめずらしく自省的な言葉を口にして目を伏せる。

すでにメディアが大騒ぎしているだけに、いずれカジの逃亡先は炙(あぶ)りだされるだろうし、香港公演に絡んだ横領罪及び詐欺罪で捕まるのも時間の問題と思われる。楓子としては、今後、どう行動すべきなのか。角谷、玲奈、慶一郎も含めて、その場の風向きに流されてきた身として、姫、アンソニー、亡き猪俣翁に対して、どう償(つぐな)うべきなのか。正直、わからなくなってきたという。

亮太は奥歯を噛み締めた。いつになく自分を責める楓子に返す言葉が見つからなかった。カラオケルームが沈黙に包まれた。今夜は、このへんにしたほうがよさそうだ。亮太はふと背筋を伸ばし、切り上げどきを窺っていると、

「ねえ、歌おっか」

楓子がマイクを手にした。

「馬鹿言うな」

歌うために来たわけじゃない、と咎めた。

「違うの、姫花の歌を一緒に歌いたくなって」

「そんな気にはなれない。姫はもう歌えなくなるかもしれないんだ」

ショックが高じて声を失っていると伝えた。

「大丈夫、きっとまた歌えるようになるよ。治せる病気なら治せばいいんだし」

猪俣さんの追悼のためにも、歌お、と言い添えると楓子はマイクをオンにして、アカペラで歌いだした。

〽勇ましい言葉には嘘がある
　勇ましい言葉には耳を塞げ

思いがけない選曲だった。楓子の歌はまともに聴いたことがなかったが、ほどよく倍音を孕(はら)んだ声が意外と曲に合っている。この歌には思い入れがあるのか、じんわりと語りかけてくるような歌声だった。

ところが、途中、なぜか声が上ずりはじめた。メロディも不自然にふらついてくる。急にどうしたのか。ふと楓子を見ると、目を真っ赤に腫らして唇を震わせている。こみ上げる涙を懸命に堪えている。

「楓子」

声をかけた。途端に楓子はマイクを下ろし、恥ずかしそうに俯いた。

「あたしってブレっぱなしだったよね。根が弱虫だから、ずっと、ずっと、ブレブレだった」

楓子の口から、そんな言葉が飛びだそうとは思わなかった。楓子は楓子なりに自己矛盾に気づいていた。気づいていながら流されていた、と懺悔(ざんげ)している。

ひょっとして方便だろうか。ちらりと疑ったものの、いや、信じよう、と思い直した。

考えてみれば亮太だってブレてばかりだった。ブレずにいたのは姫だけだったのではないか。楓子とはいろいろあったし、腐れ縁と言えば腐れ縁だ。それでも、ここまで曝(さら)けだしてくれたのだ。信じよう。そして、許そう。

終幕　回生

ひと仕事終えてリビングに戻ると、節子がおっぱいを飲ませていた。

水玉模様のベビー服を着た〝たまみ〟を抱きかかえ、片胸をはだけて乳首を含ませている。たまみは小さな唇をうぐうぐと動かし、母の恵みを味わっている。この世に生をうけて六か月。母の温もりに安心しきって身をまかせている。

「一曲完成したんだけど、聴いてくれる？」

亮太は言った。去年デビューした女性歌手向けに作った新曲だ。真っ先に聴いてほしくてタブレットで再生すると、節子はたまみの体をゆらゆら揺らしながら聴いている。

あの名曲、『水玉』が生まれた仙台の地に移住して二年近くになる。亮太のロン毛もかつてと同じ肩まで伸び、劇伴と作編曲の仕事だけでどうにか暮らしてこられた。打ち合わせのために新幹線で上京するとき以外は、広瀬川を望むマンションで親娘三人、のんびり生活している。

この街に出会えてよかったと思う。そして、この街に戻れて本当によかったと思う。

新曲を聴き終えた節子が大きくうなずいている。いい曲だね、と目顔で褒めてくれている。相変わらず声は失っているものの、思いは十分に伝わってくる。病院に通って治療も受けてはいるが、いまは夫婦ともども、気長に快癒を待てばいいと考えている。

亮太はふとリビングの壁を見た。そこには渚千鶴のポスターが貼ってある。猪俣翁の実妹が見つかり、葬儀を営んだときに徳永さんから譲り受けたものだが、あのうたかたな一年の名残は、いまやこれしかない。これ以外のものは、すべて節子が捨て去ったからだ。

きっかけは二年前のある日だった。国内外を騒がせた身代わり殺人は姫花の熱狂的ファンの単独犯行であり、背後関係は一切ないと発表された。伊豆高原の老婆暴走も無関係と判明。あの舌打ちは老婆自身に向けたものだとわかったこともあり、翻弄されっぱなしだった節子はひとつの決断を下した。

『本日をもって姫花は消滅します。楽曲の著作権も一切放棄します』

ネットを通じてそう宣言したのだ。

姫花という存在が生みだす金が厄介事を引き起こすのなら、姫花を消し去り〝著作権フリー〟にすればいい。野望や利権とは無縁な、だれもが自由に聴いて歌える歌になるのなら本望だ、とけじめをつけた。

この宣言を境にファンは沈静化し、事態は収束へ向かった。国外逃亡したカジは、角谷の腹いせでタイに潜んでいるとチクられ、香港公演に絡む横領罪で逮捕された。その角谷もまたカジへの恐喝の罪で捕まり、クズ男同士、クズな結末を迎えた。その一方で玲奈と慶一郎は、あざとくも姫花騒動の顚末を芝居に仕立てて公演にかけ、地味にヒットさせて残り火を灯したものの、姫花の名前がネットを賑わせたのはそれが最後だった。結局のところ、世間は一年と経たないうちに姫花を忘れ去った。

これでよかったんだ。いまでは亮太も納得している。節子が著作権フリーを言いだしたときは、そこまでしなくても、と反対したものだった。でも、あの決断がなければ、いまののどかな暮らしはなかったはずだし、ここにきて節子が姫花の曲をＢＧＭのごとく流して、たまみに聴かせるようなこともなかったと思う。

姫の決断には楓子も賛同してくれた。彼女はその後、コールセンターのバイトをやめて福岡県の久留米(くるめ)に帰郷したのだが、その直前、亮太が上京した折に新宿の居酒屋で飲んだときのことだ。

「正直、姫ってすごい女性だと思うよ」

開口一番、楓子は言った。そもそもの脚本では、夭逝ビジネスに走った幹部が疑心暗鬼に駆られて全滅した。それに対してリアル世界では、夭逝ビジネスや殺し合いには発展しなかったものの、不義と不信の連鎖に翻弄(ほんろう)された挙げ句に尊い犠牲者を生んでしまった。それでも不幸中の幸い、全滅という結末にまで至らなかったのは、ひとえに姫の決断の賜(たま)物(もの)だと言うのだった。

「ただ、やっぱ猪俣さんがなあ」

亮太はうなだれた。

「けど、おかげで姫は生き永らえて新しい命を授かったわけじゃない。猪俣さんが亡くなったのは残念だけど、きっと、つぎの命に繋げるために先立ってくれたんだよ」

あたしも久留米で、つぎの命に繋げなきゃ、と楓子は静かに微笑んだ。

たまみがおっぱいを飲み終えた。

節子がはだけた片胸をそっとしまい込むと、たまみが小さなゲップを漏らした。その仕草が愛おしかったのだろう。節子がまた、たまみを揺らしてよしよしとあやした。

そのときだった。揺れに合わせてたまみが、ごにょごにょ、ごにょごにょ、と声を漏らした。

え、と亮太は耳を澄ませた。〝ぐるぐる　ぐるぐる〟と聴こえたからだ。香港のプロムナードで姫花が最後に披露したあの歌。

もちろん、たまみはまだしゃべれない。まして歌など歌えるわけがないのだが、その愛くるしい声に応えるように、

〽ぐるぐる　ぐるぐる　ひとは　ぐるぐる

節子が歌いはじめた。

亮太は声を上げそうになった。二年半ぶりに節子が発した声は、初めて愛娘に聴かせる歌声だった。すると、母親の節回しをなぞるようにして、たまみもまた〝ぐるぐる　ぐるぐる〟と歌のごとく声を合わせる。

やさしい響きのぐるぐるだった。二人の声がハーモニーのごとく溶け合い、リビングが穏やかな幸せに包まれていく。

たまらず亮太は母娘に駆け寄り、両手を大きく広げて二人を抱き締めた。

本作品は、令和元年十一月、小社より四六判で刊行されたものに、著者が文庫化に際し、加筆・訂正したものです。

なお、この物語はフィクションであり、実在の人物や団体等には一切関係ありません。

JASRAC　出　2209864-201

うたかた姫

一〇〇字書評

切・り・取・り・線

購買動機（新聞、雑誌名を記入するか、あるいは○をつけてください）	
□（　　　　　　　　　　）の広告を見て	
□（　　　　　　　　　　）の書評を見て	
□ 知人のすすめで	□ タイトルに惹かれて
□ カバーが良かったから	□ 内容が面白そうだから
□ 好きな作家だから	□ 好きな分野の本だから

・最近、最も感銘を受けた作品名をお書き下さい

・あなたのお好きな作家名をお書き下さい

・その他、ご要望がありましたらお書き下さい

住所	〒				
氏名		職業		年齢	
Eメール	※携帯には配信できません		新刊情報等のメール配信を 希望する・しない		

この本の感想を、編集部までお寄せいただけたらありがたく存じます。今後の企画の参考にさせていただきます。Eメールでも結構です。

いただいた「一〇〇字書評」は、新聞・雑誌等に紹介させていただくことがあります。その場合はお礼として特製図書カードを差し上げます。

前ページの原稿用紙に書評をお書きの上、切り取り、左記までお送り下さい。宛先の住所は不要です。

なお、ご記入いただいたお名前、ご住所等は、書評紹介の事前了解、謝礼のお届けのためだけに利用し、そのほかの目的のために利用することはありません。

〒一〇一-八七〇一
祥伝社文庫編集長　清水寿明
電話　〇三（三二六五）二〇八〇

祥伝社ホームページの「ブックレビュー」からも、書き込めます。

www.shodensha.co.jp/bookreview

祥伝社文庫

うたかた姫（ひめ）

令和 5 年 2 月 20 日　初版第 1 刷発行

著　者　原　宏一（はら　こういち）
発行者　辻　浩明
発行所　祥伝社（しょうでんしゃ）
東京都千代田区神田神保町 3-3
〒 101-8701
電話　03（3265）2081（販売部）
電話　03（3265）2080（編集部）
電話　03（3265）3622（業務部）
www.shodensha.co.jp

印刷所　堀内印刷
製本所　積信堂
カバーフォーマットデザイン　芥　陽子

造本には十分注意しておりますが、万一、落丁・乱丁などの不良品がありましたら、「業務部」あてにお送り下さい。送料小社負担にてお取り替えいたします。ただし、古書店で購入されたものについてはお取り替え出来ません。

Printed in Japan ©2023, Kouichi Hara　ISBN978-4-396-34867-0 C0193

祥伝社文庫　今月の新刊

原　宏一
うたかた姫

劇団員らは一攫千金を目論み、幻の脚本に沿って現実で一芝居打つことに。だが脚本のラストでは人が死ぬ？　予測不能の青春群像劇！

瀧羽麻子
あなたのご希望の条件は

転職エージェントの香澄。仕事に不満はないが不安がよぎることも。転職の相談に乗るうち、やがて自身の人生にも思いを巡らせ——。

友井　羊
無実の君が裁かれる理由

「とぼけてんじゃねえよ」ストーカーと断罪された僕。曖昧な記憶、作為と悪意。こうして罪は作られる！　青春×冤罪ミステリ！

小杉健治
もうひとつの評決

五対四で有罪。この判決は、本当に正しかったのか？　母娘殺害事件を巡り、六人の裁判員と三人の裁判官は究極の選択を迫られる！

宇江佐真理
ほら吹き茂平
なくて七癖あって四十八癖　新装版

嫁ぐ気のない我儘娘に対し〝ほら吹き茂平〟と渾名される大工の元棟梁が語ったのは……。真っ当に生きる人間の笑いと涙の人情小説集。